APENAS HUMANOS

SYLVAIN
NEUVEL

APENAS HUMANOS

LIVRO 3 DOS ARQUIVOS TÊMIS

TRADUÇÃO MATEUS DUQUE ERTHAL

Grafia atualizada segundo o Acordo Ortográfico da Língua Portuguesa de 1990, que entrou em vigor no Brasil em 2009.

Título original
Only Human

Foto de capa
Pedro Blanco/ Getty Images

Preparação
Marcela Oliveira

Revisão
Luciane H. Gomide
Marise Leal

Dados Internacionais de Catalogação na Publicação (CIP)
(Câmara Brasileira do Livro, SP, Brasil)

Neuvel, Sylvain
Apenas humanos : Livro 3 dos arquivos Têmis / Sylvain Neuvel ; tradução Mateus Duque Erthal. — 1ª ed. — Rio de Janeiro : Suma, 2020.

Título original: Only Human.
Sequência de: Deuses renascidos.
ISBN 978-85-5651-092-1

1. Ficção científica 2. Ficção norte-americana I. Título. II. Série.

20-32743 CDD-813

Índice para catálogo sistemático:
1. Ficção : Literatura norte-americana 813

Maria Alice Ferreira – Bibliotecária – CRB-8/7964

EDITORA SCHWARCZ S.A.
Praça Floriano, 19, sala 3001 — Cinelândia
20031-050 — Rio de Janeiro — RJ
Telefone: (21) 3993-7510
www.companhiadasletras.com.br
www.blogdacompanhia.com.br
facebook.com/editorasuma
instagram.com/editorasuma
twitter.com/Suma_BR

Eyaktept eket ontyask atakt oyansot ot.
Eyantsant eps.

PRÓLOGO

ARQUIVO Nº 2101

REGISTRO DE MISSÃO — CAPITÃO BODIE HOUGH E TENENTE BARBARA BALL, CORPO DE FUZILEIROS NAVAIS DOS ESTADOS UNIDOS DA AMÉRICA, DIVISÃO MECHA

Local: Cerco ao hotel Dar es Salaam, Tobruk, Líbia

— Central, aqui é Jápeto. Alvo na mira.

[*Entendido, Jápeto. Manter posição.*]

Mantendo posição... Exatamente aqui, onde deveríamos estar. Eu sou mesmo muito bom, pode falar!

— Chega, Bodie, menos. Você só usou aqueles números que eles te passaram. Quando conseguir fazer *moonwalk* com esse robô gigante, aí sim pode se achar.

— O que é isso de *moonwalk*? Andar em câmera lenta?

— Fala sério, Bodie! Quantos anos você tem?

— É "capitão Bodie" pra você, tenente *Baaalll.* Me corrige se eu estiver errado, mas acho que foi você que tropeçou numa casa na última vez em que ficou com as pernas. Caiu de cara no chão e ainda quebrou o pulso do Benson. Tô certo?

[*Jápeto, aqui é a Central. Se vocês dois puderem parar de brigar um segundo, nós temos trabalho a fazer. Você está de frente para o hotel?*]

Afirmativo, Central. É bonito esse hotel. Não me importaria em tirar uma parte das férias e descansar por aqui.

[*E eles conseguem ver o robô de onde estão?*]

Se esse "eles" são as pessoas olhando pra gente lá do último andar, sim, eles com certeza conseguem nos ver. Não tem nada mais alto que a gente na cidade inteira. Fica bem difícil não ver.

[*Entendido, Jápeto. Estamos em contato com o presidente nesse instante. Mantenha posição.*]

Mantendo posição. Por que estamos aqui em Tobruk, aliás? Eu achava que a sede do governo ficava em Trípoli.

— E fica.

— O que é isso aqui, então?

— Outro governo. Você não pesquisa nada antes de sair em uma missão?

— Mas é o mesmo país.

— Acontece de vez em quando. Quando eu era pequena, eles chegaram a ter três governos por um tempo.

— E qual é o governo de verdade, nesse caso?

— Depende. Cada um vai dizer uma coisa.

— Isso não faz o menor sentido. Bom, não importa, né? Daqui a vinte minutos, vai ter um general americano mandando aqui.

— Você quer dizer um general americano *aconselhando* o governo democraticamente eleito da Líbia.

— Isso, isso.

[*Jápeto, aqui é a Central. O presidente não foi tão receptivo quanto gostaríamos. Use o feixe de luz e remova a metade norte do edifício. Repito: destrua a metade norte do edifício.*]

Entendido, Central, nós…

— Capitão, último andar, segunda janela da direita para a esquerda.

— Estou vendo. Central, parece que algumas pessoas ainda estão nessa parte do edifício. Quer dar um minuto a elas para a evacuação? Podemos pulverizar os carros do estacionamento, vai tirar todas de lá.

[*Jápeto, você recebeu suas ordens.*]

— E agora, o que a gente faz?

— Como assim, o que a gente faz? Você escutou o cara, tenente. Começa pelo centro do edifício e depois segue varrendo para a sua direita. Mira bem baixo, e talvez a gente consiga poupar aquelas casas lá de trás.

— Sim, senhor… Em posição.

— Ativar feixe de luz. Diz quando estiver pronto.

— Hum… quando estiver pronto. Você está vendo o feixe, né? Vai saber quando eu tiver acabado.

— Desligando o feixe. Uau, o negócio é bom mesmo. Nem faz barulho. Central, aqui é Jápeto. O alvo foi destruído. Metade, pelo menos.

[*Entendido, Jápeto. Nós temos as imagens de satélite. Manter posição.*]

Cara, eu amo o meu trabalho!

— Dá pra ver.

— O que você quer dizer com isso?

— Quero dizer exatamente o que você está pensando. Você disse que ama o seu trabalho. Eu disse que dá pra perceber. Nada mais. Algum problema?

— …

— Que bom! Enfim... A gente ainda deve ficar um tempinho por aqui. Quer conversar sobre alguma coisa? Livros?… Não? Filmes, então? Você tem algum hobby que eu não saiba?

— …

— Tá bom, eu começo. Eu coleciono aquelas Repolhinho.

— Eu não faço a menor ideia do que...

— Relaxa. Também não é da minha época. Eram várias bonequinhas, uma diferente da outra. Não se comprava, se "adotava". Vinham com certidão de nascimento, documentos de adoção, um cartãozinho para a gente escrever a primeira palavra delas, os primeiros passinhos, o que elas mais gostavam de comer.

— Elas falavam?

— Não, Bodie. Não falavam. Nem comiam. Era só pra parecer de verdade, como se você estivesse realmente adotando um bebê que tinha nascido dentro de um repolho.

— Como é que se adota uma boneca?

— Comprando, claro. Elas ficam na loja. A gente compra, mas chama de "taxa de adoção". Enfim, essas bonequinhas eram uma febre na década de 1980. As pessoas ficavam doidas. Tinha até briga nas lojas. A moda não durou muito, mas uma ou outra empresa continuou fabricando por mais ou menos quarenta anos. Minha mãe tinha seis bonecas Repolhinho. Ela me deu todas quando eu era adolescente, e agora eu é que faço coleção. As mais antigas são bem difíceis de achar e geralmente custam uma fortuna.

— Você coleciona bonecas. Nada esquisito isso.

— No ano passado, vendi uma por cinco paus.

— Você vendeu uma boneca por cinco mil dólares?

— Brutis Kendall, nascida no campo de repolho no dia 1º de novembro. Perto do pezinho de hortelã. Estava na caixa, com todos os documentos.

— Nossa. Mas continuo achando esquisito. Você não deveria...

[*Jápeto, aqui é a Central. O presidente da Câmara dos Deputados da Líbia acaba de pedir ajuda e assessoria técnica ao governo dos Estados Unidos. Bom trabalho. Apenas aguardem mais um pouco. A Marinha está trazendo as tropas nesse momento, e estarão aí em aproximadamente vinte minutos. Podem retornar à base assim que chegarem. O pessoal de Navegação vai mandar as coordenadas para casa em um instante.*]

Entendido, Central. Câmbio e desligo. Mais uma para os mocinhos. Espalhando a liberdade pelo mundo, uma cidade de cada vez.

— Eu tenho bastante certeza de que eles já eram livres antes.

— Bom, agora estão *mais* livres.

PARTE 1

QUANDO EM ROMA...

ARQUIVO Nº EE955 — ARQUIVO PESSOAL DE ESAT EKT

ENTRADA DE DIÁRIO — DRA. ROSE FRANKLIN

A gente tem que tomar cuidado com o que deseja.

Há mais ou menos dez anos — eu tinha trinta e sete na época —, um robô gigante de outro planeta veio visitar a Terra… e acabou dizimando parte de Londres. Nós conseguimos destruí-lo, mas outros treze robôs apareceram. Dessa vez, pousaram em diversas das cidades mais populosas do mundo e soltavam uma espécie de gás geneticamente desenvolvido para ser usado como arma. Cem milhões de pessoas morreram nessa história. Entre elas, o misterioso homem do qual eu nunca soube o nome e que esteve por trás de cada um de nossos passos desde que fui designada para estudar aquela mão gigante na Universidade de Chicago. E também Kara Resnik, minha melhor amiga e esposa de Vincent, além de mãe biológica de Eva.

Com alguma ajuda, fui capaz de modificar a estrutura molecular do metal desses robôs, desativando um deles. Foi suficiente para que os alienígenas decidissem ir embora.

Tudo bem, eu não sabia que ia dar nisso, que minha descoberta de Têmis, o primeiro robô, ia chamar a atenção desses alienígenas para a Terra, causando a morte de milhões de pessoas. Eu não sabia, mas esse era o meu medo. Sentia medo desde que me trouxeram de volta à vida. Eu me sentia... deslocada, desejando que os construtores de Têmis, quem quer que fossem, voltassem ao nosso planeta e simplesmente levassem ela embora daqui. Eu também disse, naquele momento, que gostaria que me levassem junto.

E foi o que fizeram. Depois que os robôs alienígenas deixaram a Terra, o general Eugene Govender, comandante do Corpo de Defesa da Terra, Vincent, Eva e eu subimos a bordo de Têmis, a fim de celebrarmos nossa... eu estava prestes a dizer "vitória", mas não, não foi isso: nossa *sobrevivência*. Enquanto estávamos dentro do robô, o Conselho de Akitast — grupo de alienígenas que decide como seus planetas lidam com os outros — resolveu levar Têmis de volta. Ela, então, se desmaterializou na Terra e reapareceu em seu planeta natal, com nós quatro dentro.

Eles chamam esse planeta de Esat Ekt, ou seja, o lar dos Ekt, o povo que vive aqui. De certa forma, são o nosso povo também. Um grupo de mais ou menos 24 Ekt viajou à Terra há cerca de cinco mil anos. Ficou entre nós por alguns milênios. Tinha ordens de nunca interferir em nada, de ficar fora dos rumos da história, mas, com o tempo, alguns fraquejaram e se juntaram aos nativos. Tiveram filhos, metade humanos, metade alienígenas, que, por sua vez, tiveram outros filhos, três quartos geneticamente humanos. E por aí foi, até que seus descendentes, indistinguíveis dos humanos, tivessem apenas um pouquinho de genética alienígena na composição. Três mil anos depois, não havia nada que separasse humanos e descendentes de alienígenas. Todos nós, todos os habitantes do planeta, éramos parentes, ainda que de forma bem remota, daquele grupo de alienígenas que decidiu que o amor era mais importante que o dever, lá atrás, quando os titãs caminhavam sobre a Terra.

Já estamos há nove anos aqui em Esat Ekt, mas ainda somos considerados forasteiros. A sociedade dos Ekt é toda baseada no princípio de que diferentes espécies não deveriam interagir entre si, pelo menos não se isso afetar o desenvolvimento de uma delas. Acreditam que cada espécie deve evoluir de acordo com seus próprios valores. Séculos atrás, os Ekt foram quase aniquilados pelos habitantes de outro planeta, expulsos ou exilados por seu imperador, devido a alguma razão pessoal ou política qualquer. Depois disso, substituíram sua monarquia por um sistema democrático altamente complexo e assumiram a política de não interferência como um de seus mais importantes valores. Para os Ekt, "macular" uma espécie inteira com seu código genético significa roubar dos indivíduos dessa espécie o futuro que eles deveriam ter. Eles enxergam isso como nós encaramos o genocídio. O que aconteceu na Terra foi uma tragédia tão grande para eles quanto para nós. Foram até lá pensando em exterminar um pequeno grupo de descendentes de Ekt, antes que estes pudessem contaminar o restante de nós. Quando se deram conta de que era tarde demais, milhões já haviam morrido. Nós quatro somos, aqui neste planeta, a prova viva do que eles consideram uma mancha em sua história. Somos o equivalente a um Memorial do Holocausto para eles, ou um monumento erguido em memória às vítimas da escravidão.

Eles não precisam mais de nós para se lembrarem do que aconteceu. De uma forma ou de outra, nosso tempo aqui acaba hoje à noite. Vamos voltar para casa.

ARQUIVO Nº EE961 — ARQUIVO PESSOAL DE ESAT EKT

REGISTRO DE MISSÃO — VINCENT COUTURE E DRA. ROSE FRANKLIN

Local: A bordo de Têmis

[*Pai, não faz isso!*]

— Já era, Eva. Fique onde está. Não quero machucá-lo. Rose, pode segurar a Eva?

— Segurar? Não, acho que não posso segurar ninguém. Vem cá, Eva. Não vamos tornar as coisas ainda mais difíceis. Você não quer que alguém acabe levando um tiro por acidente, quer? Nós vamos mandar ele de volta depois, Eva. Prometo. Ninguém mais precisa sair machucado.

[*Como assim, "ninguém mais"? O que aconteceu? O que você fez, pai?*]

— Ekim, *eyyots ant ipyosk insot*. Ekim! *Eyekant!*

[*Ekim, não faça isso. Você sabe que ele está blefando. Ele não vai machucar você.* Eyekant ops!]

Você está certa, Eva. Eu não quero machucar o Ekim. Então, não me force a fazer isso.

{*Tudo bem, Eva.* Eyekant aktept eps.}

[*Não! Não faça isso por mim! Eu vou ficar! Vou ficar aqui com você.*]

— Você não pode ficar, Eva. Não mais. Você não sabe o que nós... Deixa pra lá. Não temos mais tempo pra isso. Ekim, você já apertou o cinto de segurança? Toma. Pega a arma, Rose. Preciso de um tempinho pra entrar na minha armadura, e, então, podemos ir.

— Eles estão vindo, Vincent. A gente precisa ir logo.

— Cacete! Não consigo passar os braços por aqui.

— Consegue, sim. Só precisa relaxar.

— Não sei, não. Nunca pilotei a parte de cima do robô. Da última vez que vi alguém vestindo isso, Eva tinha uns dez anos, e eu...

— Não dá para trocar de lugar com Ekim? Ele pode te ajudar com os comandos na mesa de controle.

— Ele disse que é complicado. Me convenceu com esse papo de "sistema de defesa orbital". Eu acho que não consigo... Foi! Mas nunca vou conseguir fechar a frente desse negócio. Deixa eu colocar o capacete, ver se ele funciona sem que os suportes da armadura estejam fechados.

— Eles estarão aqui a qualquer momento... Nós temos que sair AGORA!

— Isso! Ela está ligando. Vai! Vai! Ekim, manda ver, aperta aí. *Eyyots!*

— Quanto tempo até...

— Uau.

— Que foi? Vincent, onde nós estamos?

— Não sei. Acho que estamos... Está de noite. Tem árvores em todo canto. Ekim, estamos na Terra? *Akt eyet Eteyat?*

{Ops eyoktiptet.}

— Que foi que ele disse?

— É... É uma expressão. "Não faço ideia", algo assim.

— Olhe para as estrelas.

— Quê?

— Olhe para as estrelas. Reconhece alguma coisa?

— Nada familiar... Opa! Ali, é... *la grande ourse*. Não sei o nome das constelações. A ursa grande?

— Ursa Maior. Isso.

— É, Ursa Maior. Conseguimos, Rose. Estamos na Terra.

— Uau. Nem consigo acreditar. Eva, fala alguma coisa.

[*Pai, o que foi que você fez?*]

— Agora não, Eva.

[*Fala o que você fez!*]

Eu disse *agora não*. Não vai demorar até que alguém perceba que estamos aqui. Vamos deitar Têmis no chão e sair daqui.

[*Me diz...*]

Eva, o que você acha que farão com Ekim se descobrirem que ele está aqui? Ele precisa voltar. Ekim, *eyost yeskust ak eyyots esat*.

{Eyekant ets ops. Ethemis eyet onsoks.}

— Que foi que ele disse? Esvaziar Têmis?

— Ele disse que Têmis está vazia. Esgotada. Usou toda a energia que tinha para chegar até aqui. Tem o suficiente para manter os capacetes funcionando, mas não consigo mais mover os braços.

— Por quanto tempo nós temos que esperar, Vincent?

[*Pai, eu vou matar você se alguma coisa acontecer com ele.*]

— Calma, Eva. Quando você e eu ficamos sem energia em Nova York, Têmis só precisou de alguns minutos para conseguir se mover de novo. E parece que estamos no meio do nada. Se tivermos sorte, ninguém viu a gente chegar, e deve dar para sair daqui antes mesmo do nascer do sol. Caramba, pode levar dias até que alguém ache a gente. Foi assim na última vez.

[*A gente quase morreu, na última vez.*]

Tá, então *não* foi assim na última vez. Olha só, não posso fazer mais nada. Se eu soubesse como acelerar esse processo, eu faria. Pode acreditar.

— Fala com Ekim, Eva. Vocês ainda têm um tempinho. Deveria conversar com ele. É possível que vocês dois nunca mais se vejam, depois que ele for embora.

[*Eu odeio você, pai. De verdade.*]

— Eu sei.

— Ela vai superar isso, Vincent. Só precisa de um tempo.

— Não sei, Rose. O que nós fizemos, bem, é... De qualquer forma, ela está em casa, e é isso que importa. Agora, a gente só precisa levar Ekim de volta, e em segurança.

— Ele poderia ficar aqui conosco.

— Não, não poderia. Eles o colocariam em uma jaula, enfiariam agulhas no corpo dele o dia inteiro. Cem milhões de pessoas morreram na última vez que o povo dele esteve na Terra. Já passou um tempo, é verdade, mas não acho que o pessoal aqui se esqueceu disso.

— E o que vai acontecer com Ekim quando ele voltar para casa?

— Bom, ele vai dizer a eles que foi sequestrado... E foi mesmo. Com sorte, vão parar por aí.

— E você acha que vão acreditar nele?

— Não sei, Rose. O que você quer que eu faça? Escreva uma carta de recomendação para ele?

— Ele parece assustado.

— Ekim é só uma criança! Está a milhões de quilômetros de casa, e se bobear acabou de cometer crime de traição. Eu também estaria assustado.

— Você apontou uma arma para a cabeça dele.

— Como disse, eu também estaria assustado.

— Nós também acabamos de viajar por milhões de quilômetros, sabe?

— É esquisito, né? Esperamos esse tempo todo e, de repente, *bum,* estamos aqui.

— Nosso... amigo me disse uma vez que a viagem de lá pra cá levava dez dias. Pareceu instantânea, para mim. Como eles poderiam saber?

— Saber o quê, Rose?

— Quanto tempo essa viagem leva.

— Olhando a data, provavelmente?

— Como? Nós sabemos que dia é hoje, aqui. Mas precisaríamos saber a data de hoje lá também. E como a gente descobre isso? Volta lá, divide a diferença por dois?

— Não faço ideia, eu...

— Você fez o que tinha que fazer, Vincent.

— Fiz mesmo? Será que eu *realmente* tinha que fazer isso?

— Não entra nessa, Vincent. Não vale a pena.

— O pior é que não me sinto mal com isso tudo, pelo menos não tanto quanto eu acho que deveria. Merda.

— Que foi?

— Não é possível. Não tão cedo.

— Que está acontecendo?

— Luzes. Um bando de veículos, vindo na nossa direção. Caminhões, acho. Ekim, *eket eyyots apt aks.*

[*Quem está vindo, pai?*]

Não sei, mas parece que eles estão com bastante pressa.

[Yokits! *E agora? A gente não pode fazer nada!*]

Bom, se são só caminhões, eles também não vão poder fazer muita coisa. Estamos a quinze andares de altura.

[*Eles podem trazer um guindaste.*]

Eles levariam dias para instalar um guindaste dessa altura. Não é com isso que estou preocupado.

[*Com o quê, então?*]

Podem ser só alguns moradores da região, com picapes. Se for isso, por enquanto tudo bem. Podemos transportar Têmis daqui para outro lugar qualquer, assim que ela estiver recarregada.

[*E se não for isso?*]

Bom, se forem militares, não serão apenas alguns caminhões. Eles podem trazer…

[*Trazer o quê?*]

Aquilo.

[*O quê?! Eu não consigo ver nada daqui, lembra?*]

Um helicóptero.

— É um helicóptero militar?

— É grande, Rose. Não é um daqueles helicópteros de televisão. Nem dos que levam turistas para passear.

— E o que ele está fazendo?

— Chegando… Sobrevoando o robô… A porta lateral se abriu. Merda. Merda. Merda.

— Eles estão entrando?

— Dois caras, com cordas.

— Vincent, quem são eles?

— Não sei, mas estão armados. Um já chegou na escotilha.

— Devem estar contentes em nos ver aqui.

— Devem estar em êxtase. Eva, acho melhor você ficar na frente do Ekim, só para o caso de eles não estarem tão felizes assim. Quem quer que eles sejam, um deles já está no compartimento entre as escotilhas.

— A de dentro está abrindo.

<Derzhite ruki na vidu>

Vincent, o que foi que ele disse?

— Não faço ideia, mas tenho quase certeza de que foi em russo.

ARQUIVO Nº 2106

ENTREVISTA ENTRE A MAJOR KATHERINE LEBEDEV, DO DEPARTAMENTO CENTRAL DE INTELIGÊNCIA DA FEDERAÇÃO RUSSA (GRU), E A DRA. ROSE FRANKLIN

Local: Prédio do GRU, São Petersburgo, Rússia

— Bom dia, dra. Franklin. Imagino que tenha tido uma boa noite de sono. Tenho certeza de que sim. Temos remédios muito bons… Não diga a ninguém, mas eu mesma tomo alguns de tempos em tempos, quando preciso descansar. Nunca pensei que fosse dizer isso um dia, mas, em nome da Federação Russa e, acredito, de todo o planeta Terra: bem-vinda de volta! E bem-vinda à Rússia!

— Nós estamos na Rússia?

— Sim, estão! Sente-se, dra. Franklin. Está me deixando nervosa desse jeito.

— Desculpe. Eu *estou* um pouco nervosa. Ainda não sei o que estou fazendo aqui.

— Ah, você tem todo o direito de estar se sentindo nervosa, dra. Franklin. Mas eu disse que está *me* deixando nervosa. Eu deveria passar segurança, mas é difícil quando não paro na cadeira. É que isso é tão emocionante! Por favor, sente-se!

— Imagino que não vá me dizer quem é você, nem onde estamos.

— Quem sou eu? Mas isso não está escrito nessa... Onde está? Tem uma plaquinha com meu nome... Ah, aqui está. Meu nome é Katherine Lebedev.

— Você não tem sotaque russo.

— Espero que não. Passei grande parte da minha vida em New Hampshire. Estudei na Brown, Direito.

— Você era uma espiã.

— Eu era... Não! Eu era uma criança. Nasci lá. Brincava com bonecas. Meus *pais*, eles sim eram espiões. Nunca soube de nada, até que tivemos de ir embora. Me mudei para a Rússia há onze anos, e aqui estamos nós! Eu ia dizer alguma coisa... Ah, sim. Meu nome é Katherine Lebedev. Sou major no GRU.

— ...

— Você não sabe o que é o GRU, sabe? É a sigla em russo para o Departamento Central de Inteligência do Estado-Maior das Forças Armadas da Federação Russa. Nome grande, eu sei.

— Parece a KGB.

— A KGB é coisa de criança perto disso. Aliás, chamamos de SVR, hoje em dia. Não conte a ninguém que eu falei isso. A GRU é dez vezes maior que a SVR. Tá, talvez não dez vezes, mas é maior. É aqui que a diversão toda está. Temos seis vezes mais agentes, mais satélites de espionagem, coisa bem James Bond mesmo. O que mais você quer saber? Ah, sim: você está em São Petersburgo. Gabinete do governo. Um prédio bem grande e cinza.

— E você comanda esse... GRU?

— Eu? Quem me dera. Não, sou apenas uma major, bem modesta. Eu cuido de uma divisão pequena, minúscula, na verdade, focada em tecnologia alienígena. Não temos nada de alienígena aqui conosco, então, como eu disse, é uma divisão bem enxuta. Imagina só como eu... Eu, não, *nós* todos ficamos felizes quando vocês pousaram na Estônia, a poucas horas daqui. Quais eram as chances de isso acontecer?

— Estônia? Mas você disse que estávamos na Rússia.

— Ah, é! Você não sabe! Desculpe. Que indelicado da minha parte! Você ainda precisa se inteirar de muita coisa. O que quer saber? Manda ver.

— Quanto tempo nós estivemos fora?

— Nove anos, três meses, seis dias... Noventa e sete dias... Nove anos e noventa e sete dias. Desculpe, eu não conheço o jeito científico de dizer isso, e...

— Nove anos? Pensávamos que tinha sido menos.

— Ah! Nossos cientistas tinham dito isso. Alguma coisa a respeito de dilatação temporal quando se viaja em velocidades próximas à da luz. Eu não sei como esse tipo de coisa funciona, mas, segundo eles, você poderia voltar com mil anos de idade. Não, calma, não é isso. Eles disseram que mil anos poderiam ter se passado *aqui*, na Terra. Dá pra ver que eu não sou uma cientista, certo? Então, quanto tempo você acha que ficou fora do nosso planeta? Alguns segundos?

— Oito anos e uns sete ou oito meses.

— Ah... Espera, você não tem certeza?

— Nós... Você sabe onde estávamos até agora?

— Estou esperando você me contar, mas todo mundo acha que você foi parar no planeta daqueles robôs.

— Isso mesmo. O nome é...

— Qual? Qual é o nome? Ah, você não sabe se deve me contar isso... Bom, aí é com você. Tá, não *só com você*, mas entendeu o que eu quis dizer. Nós não vamos torturar você logo no seu primeiro dia aqui. Brincadeira! Piadinhas típicas do GRU... Eu sei. Mas o que você acha? Que me contar o nome do lugar pode "mudar para sempre o equilíbrio de poder"? Além disso, você trabalhava para a ONU, quando sumiu. Nós fazemos parte da ONU. "Esse é o seu mundo!"

— O quê?

— "Esse é o seu mundo." O lema da Organização das Nações Unidas.

— Eu não sabia que a ONU tinha um lema.

— É péssimo, né? Bom, o que me diz? *Por favor!* Estou morrendo de curiosidade.

— O planeta se chama Esat Ekt. Significa "lar dos Ekt", e esse é o nome do povo que vive lá. Nós não conseguíamos marcar o tempo da Terra, mas eles... Eles têm uma medida de tempo que corresponde mais ou menos a um minuto dos nossos. Então...

— Vocês não tinham um relógio? Um celular?

— Tínhamos, mas as baterias acabaram. Bom, como eu disse, nós contamos quantos batimentos cardíacos cabiam em cada unidade de tempo deles. Vincent e eu sabemos a média da nossa frequência cardíaca e, por isso, conseguimos fazer os cálculos. Claro, acabamos errando um pouco. É possível que o ar fosse diferente. Mais oxigênio, talvez.

— Ah, como se estivessem numa montanha.

— Bom, na verdade seria o contrário. Mas, sim, essa é a ideia.

— Desculpe. Fiz direito, lembra? Ah, antes que eu me esqueça: quando vocês sumiram, o general Govender estava com vocês. Agora não está mais, a não ser que tenha se transformado em um adolescente alienígena. O que aconteceu com ele?

— Ele morreu.

— Sinto muito... Como? Foi morto?

— Morreu de causas naturais.

— Que triste... BOM, as pessoas naquele tal planeta são chamadas de Ekt. É isso o que ele é, aquele amigo que veio com vocês? Ele é um... Ekt?

— Achei que você quisesse responder as minhas perguntas.

— Ai, eu fiz de novo, né? Me desculpe! Eu me empolgo demais. De verdade! Estou *tão* empolgada! Mas eu faço isso sempre. Monopolizo a conversa, e só percebo quando alguém fica ofendido com isso. Me perdoa? Eu juro que… Não, nem vou jurar, porque tenho certeza de que vou fazer a mesma coisa daqui a uns cinco minutos, e aí vou acabar me sentindo muito pior. Cala a boca, Katherine. POR FAVOR! Dra. Franklin, o que mais você quer saber?

— Sinto muito, srta. Lebedev, eu…

— Você acabou de me chamar de srta. Lebedev? É esse escritório, ele faz isso com as pessoas. Nem sei que estilo é esse. Gótico vitoriano? Srta. Lebedev é a minha mãe. Eu sou Katherine. Pode me chamar de Katherine.

— Certo, Katherine. Eu não sei se foi a viagem, ou se ainda são os efeitos dos remédios que vocês me deram… Mas estou exausta. Será que poderíamos continuar essa conversa amanhã?

— Mas é claro! Você viajou, sei lá, milhões de quilômetros, e aqui estou eu, fazendo essas perguntas todas. Descanse um pouco. Conversamos de novo quando você se sentir pronta.

— Obrigada.

— Nem precisa agradecer. Quero que saiba que estamos fazendo o possível para ajudar seu amigo, mesmo que vocês não estejam muito dispostos a dialogar conosco, com essa coisa de estarem exaustos, e tal.

— Meu amigo?

— Isso, seu amigo. O jovem Ekt que veio com vocês. "Jovem Ekt"… Amei dizer isso. Ele está um pouco doente, sinto dizer. Mas não se preocupe, você precisa descansar. Tenho certeza de que ele ficará bem. Colocamos os melhores médicos para cuidarem dele.

— O que você fez com ele?

— O que eu… O que faz você pensar que eu machucaria seu amigo?

— Tinha uma cientista trabalhando para vocês na época em que fomos embora, e ela…

— Está falando da dra. Papantoniou? O que tem ela?

— Ela não tinha problema nenhum em submeter as pessoas a procedimentos altamente invasivos para conseguir o que queria.

— Isso foi antes de eu começar a trabalhar aqui. É, escutei algumas coisas bem ruins a respeito dela, mas agora a dra. Papantoniou trabalha para os americanos.

— Alyssa está trabalhando para os americanos? Fazendo o quê?

— Ah, podemos falar disso amanhã. Você precisa descansar, lembra?

— Por favor.

— Ela procura pilotos para eles. Algum tipo de exame de sangue.

— Pilotos para quê?

— Para o robô deles. Um robô gigante, do tamanho da Têmis. Eu falei que você ainda tinha muita coisa para descobrir.

— Mas que robô? Onde eles encontraram outro?

— Bom, você deu o robô a eles.

— Eu?

— É, você. Há nove anos, você desativou um em Nova York. Ele se desfez em pedaços e caiu no chão, lembra? Quanto tempo você acha que os militares dos Estados Unidos levaram para colocar as garras nele?

— Mas ele não estava funcionando.

— Bom, agora está!

— E como eles conseguem pilotar o robô? Eles têm alguém com as pernas como as do Vincent?

— Não faço ideia. Mas aquela geneticista encontra os pilotos para eles. Espero que você não ache que eu sou que nem ela! Espero de verdade, porque… *uuu…* doida. Quer dizer, claro, gosto de conseguir o que quero, e geralmente eu consigo. Mas não quero que nada de mal aconteça a seu amigo. Pode acreditar nisso.

— E *o que* você quer?

— Dele? Quero que ele melhore. Quero *muito* que ele pilote aquele robozão para nós, mas ele não vai poder fazer isso se continuar doente, certo? Então, quero que ele melhore. Ele parece legal. Um Ekt legal.

— …

— É muita informação para digerir de uma vez só, eu sei. Descanse um pouco. Conversamos mais tarde.

— Eu sou uma prisioneira aqui?

— O quê? Claro que não! Você pode ir embora quando quiser, para onde quiser.

— Eu poderia sair desse prédio, e ninguém tentaria me impedir?

— Sua escolta pode levá-la a qualquer lugar, à sua escolha. Dê uma volta na cidade! É linda. Muito melhor que Moscou, se você quer saber a minha opinião. Vá ver as catedrais. Faça uma caminhada pela avenida Nevsky. Se quiser visitar o Hermitage, eu vou adorar ir com você. Não vou lá há anos.

— Posso ver meus amigos?

— Essa é uma ótima ideia! Por que não jantamos todos juntos? Depois de você descansar um pouco, claro.

ARQUIVO Nº 2108

ENTREVISTA ENTRE A MAJOR KATHERINE LEBEDEV, DO DEPARTAMENTO CENTRAL DE INTELIGÊNCIA DA FEDERAÇÃO RUSSA (GRU), E VINCENT COUTURE

Local: Prédio do GRU, São Petersburgo, Rússia

— Como você está, Vincent? Posso chamá-lo de Vincent, certo? Você bebeu *bastante* vinho ontem à noite. Quem me dera poder fazer isso também. Aparências, sabe como é.

— Estou bem. Obrigado.

— Mas você mal tocou no seu prato de comida. Rose e Eva também não comeram nada. Devo mandar demitirem o cozinheiro?

— Não é culpa dele. Em… Lá onde estávamos, as pessoas têm as papilas gustativas mais sensíveis que as nossas. Os sabores lá são bem mais sutis.

— Sem gosto.

— Isso, parecia assim no começo. Mas acho que a gente acabou se acostumando. Tenho certeza de que o jantar estava delicioso. Obrigado.

— De nada! Eu sabia que me daria bem com você! Estou tão feliz, principalmente depois de ter conhecido sua filha. Ela gosta *mesmo* de um confronto! Uau! Não acho que seremos amigas do peito, ela e eu.

— Isso porque você não conheceu a mãe dela.

— Gostaria de ter conhecido. Sei que estou alguns anos atrasada, mas sinto muito, muito mesmo por sua perda. E eu disse aquilo no bom sentido, sabe? Sobre sua filha. Ela tem bastante personalidade. Gosto disso. Quantos anos ela tem? Dezenove?

— Sim, dezenove. E como está nosso amigo?

— Ekim, você quer dizer? Eva me contou. Ah, não precisa ficar com essa cara. Que diferença faz eu saber o nome dele? Ele não está bem.

— E você sabe o que há de errado com ele?

— Várias coisas. Ele está com gripe, para começo de conversa. O sistema imunológico dele é todo destrambelhado, e ele acabou pegando toxoplasmose.

— O quê?

— Eu sei. O fuzileiro naval que tirou vocês do robô tem uns gatos em casa. É, a gente chama de fuzileiros navais, também. Me disseram que mais ou menos a metade da população mundial já foi infectada com toxoplasmose. Sabia disso? Quase todo mundo, em alguns lugares. A maioria das pessoas não apresenta nenhum sintoma, aparentemente, mas seu amigo apresentou, um monte. E ele não está respondendo bem aos antibióticos, a antimaláricos, a nada. Sendo honesta com você, achamos até que se ele não morrer por causa da doença, pode morrer por causa dos remédios.

— Por favor, salve o rapaz. Eu imploro, encontre uma maneira de salvá-lo.

— Você realmente se importa com ele.

— Ele é meu amigo.

— Tem certeza de que é só isso? Eu pensei que talvez…

— Sim…

— Ah, você vai achar que é bobagem. Enfim, que seja! Eu gosto de ficar escutando a conversa das pessoas, nos restaurantes, em qualquer lugar. Meus pais eram espiões, sabe? É, talvez você não saiba. Bom, agora sabe. De qualquer forma, talvez isso de bisbilhotar a vida das pessoas seja genético. É como se fosse um jogo. Eu tento adivinhar coisas a respeito das pessoas. Às vezes, acho até que sou boa nisso. Então, durante o jantar de ontem à noite, não pude deixar de perceber certa tensão entre você e Eva. Não dei muita importância a isso no começo, mas no meio da sobremesa eu já estava pensando: "Eva parece zangada com o papai por algum motivo. E se for porque Ekim está doente? E se Ekim for o namoradinho dela? Talvez a garota culpe o pai por tudo o que está acontecendo. Agora, o pai, que ama a filha, não quer que nada de ruim aconteça ao namoradinho, porque ele se sente responsável pela situação toda e tem medo de que a filha nunca o perdoe por isso...". Pronto. Só consegui pensar nisso. Cheguei perto?

— Na verdade, não.

— Falei que você ia achar bobagem. Tem certeza de que não quer tomar um analgésico? Você está meio pálido.

— Um cafezinho cairia bem.

— Onde eu estava com a cabeça? Acordei há horas, acabei me esquecendo de que ainda é cedo. Vou pedir um café, um minuto. Puro, certo?

— E isso costuma funcionar?

— O que costuma funcionar?

— Essa postura toda, amigável e animada?

— Ah, isso foi meio ofensivo, Vincent. Eu entendo: aquela coisa da Rússia malvada, né? Nós somos os bandidos. Acho que você deveria rever esses seus conceitos. Pode não acreditar nisso agora, mas você e eu queremos a mesma coisa.

— Como é que você poderia saber o que eu quero?

— Bom, nesse momento eu sei que o que você mais quer é dar o fora daqui. Mas essa vontade vai passar rapidinho, assim que você souber como está o mundo lá fora. Para onde iria, se pudesse escolher? De volta aos Estados Unidos? Ou para casa, em Montreal?

— É bem por aí.

— Qual dos dois? Nem precisa responder, não importa. Dá basicamente no mesmo agora.

— …

— AH, FALA SÉRIO! Não vai nem perguntar? Tudo bem, eu entendo que nenhum de vocês queira me contar muita coisa, mas não consigo entender por que não me fazem perguntas. Foram nove anos longe daqui. Nove anos! Não estão nem um pouquinho curiosos a respeito do que perderam nesse tempo? Sério, mesmo se eu contasse só em partes, ainda assim seria muito mais informação do que esse nadica de nada que você sabe até agora!

— Você está dizendo que os Estados Unidos invadiram o Canadá.

— Não, nem precisaram fazer isso. Mas, nesse momento, há quarenta mil soldados americanos em solo canadense. Tem até uma base dos fuzileiros navais em Montreal.

— Então nós somos aliados.

— Um pouco mais que apenas aliados. O parlamento canadense não se reúne há mais de dois anos, e seu primeiro-ministro é mantido praticamente em prisão domiciliar. O general Scott comanda o país. E o Canadá não é o único nessa situação. Venezuela. Metade do Oriente Médio. O norte da África também. Eles acabaram de ocupar a Líbia. O presidente mexicano adotou uma postura bem mais desafiadora que a do primeiro-ministro canadense… Bom pra ele, mas não adiantou muita coisa. O território dos Estados Unidos agora vai até o Panamá.

— Como?

— O robô, é claro. Jápeto. Há uma cratera enorme bem no meio da Cidade do México para lembrar a todos que "se juntar" aos Estados Unidos é a coisa mais inteligente a se fazer.

— E quanto a vocês?

— Nós?

— Os russos. Eu posso até não perguntar muita coisa, mas estava prestando atenção ontem à noite, quando você disse que pousamos na Estônia.

— E?

— E agora estamos aqui. Imagino que a soberania da Estônia não seja mais como era antigamente.

— Ah, sim. Tem razão: a Estônia agora é um membro da Federação Russa, com muito orgulho. Assim como a Geórgia, e praticamente todos os "-stões". Mas, olha, sendo honesta, mais ou menos a metade desses países pediu para entrar na Federação.

— E os outros?

— Você gosta de refrigerante?

— Quê?

— Um refri! Refrigerante!

— Eu…

— Imagine a Coca-Cola tomando conta de tudo, comprando o máximo de marcas de refrigerante que conseguir. Aí, a Pepsi é a única marca que eles não têm dinheiro para comprar. Agora, vai que você goste de tubaína e queira continuar bebendo isso, mas não consegue. Não tem mais tubaína. Tem Coca-Cola e Pepsi, só. Algumas pessoas até aceitam isso, mas outras demoram um pouquinho mais para engolir. A Geórgia, por exemplo, não queria largar sua própria Fanta de jeito nenhum.

— Então vocês mandaram uns tanques e cem mil soldados e, aí, soltaram essa de "serve Pepsi?", só que com uma AK-47 na cabeça deles. Não consigo ver tanta diferença entre isso e o que os outros caras estão fazendo lá.

— Estamos protegendo nossas fronteiras. Eles estão dominando o mundo.

— E o CDT?

— Ah, você é engraçado. Eles não duraram nem uma semana depois que Têmis desapareceu.

— Então a ONU não existe mais?

— A ONU existe ainda, sim. No papel, pelo menos. Mas o robô é propriedade dos americanos. Vermelho, branco e azul, e tudo mais. E não está lá só para defender os órfãos e as viúvas, não.

— E agora vocês querem fazer a mesma coisa com a Têmis.

— Eu gostaria que as coisas ficassem mais equilibradas, sim! Não vejo nada de errado nisso. A única coisa impedindo os americanos de se teletransportarem para a praça logo ali, do outro lado da rua, é a ameaça de um ataque nuclear. Seria aquilo que chamamos de "Destruição Mútua Assegurada". Pá, pá, pá. A sigla em inglês é ótima: MAD, ou "doido". E essa loucura é a última jogada que nos resta contra aquele robô. Você entende o quanto isso é ruim, não entende? Eles sabem que nós não queremos simplesmente apertar aquele botão, por conta da parte do "mútuo" que significa que o mundo inteiro iria acabar bem tostado nessa história. Assim, vão continuar nos encurralando, até que não tenhamos mais para onde correr. Então, *bum*. Nem Coca-Cola, nem Pepsi, só um monte de poça de água radioativa.

— Você sabe que não existe a menor possibilidade de eu pilotar a Têmis para você, não sabe?

— Ah, Vincent, Vincent... Por que fazer isso com você mesmo? Eu sei que você já percebeu o jeito que os guardas olham para a sua filha. Sabe quanto tempo ela consegue ficar sem respirar? Repete comigo. Na ponta da faca.

— Vai se foder.

— Bom, você meio que pediu por isso, não acha?

— Eu vou...

— Já sei, já sei. Você vai me matar se eu encostar um dedo nela. Não duvido nem por um minuto de que você seria capaz disso. Não se preocupe. Eu só estava brincando com você. Jamais machucaria a sua filha.

— Como vou saber se você está dizendo a verdade?

— Porque você sabe que eu não precisaria fazer isso. Se eu resolvesse ir lá e cortar o cabelo dela, você já estaria aguardando minhas ordens dentro do robô, antes mesmo que eu encostasse na franja da garota. Mas vamos mudar de assunto, está bem? Esse papo está me deprimindo. Vamos tentar algo mais construtivo, como salvar seu amigo, quem sabe? Para ser honesta, eu prefiro que *ele* seja o piloto de Têmis.

— E o que você quer que eu faça?

— Agora sim, essa atitude é muito melhor! Obrigada por perguntar. Sabe, nossos médicos não admitem isso, porque têm medo do que possa acontecer com eles, mas a verdade é que não fazem a *menor ideia* do que fazer para salvar seu amigo. *Ninguém* sabe o que fazer. Mas, aí, pensei: talvez *ele mesmo* saiba. Talvez aquele rapaz possa se salvar. O problema é que ele não quer falar conosco. Ou não entende o que estamos falando, ou simplesmente não quer se comunicar. No entanto, tenho certeza de que ele estaria disposto a conversar com um amigo.

— E o que faz você pensar que eu posso falar com ele?

— Sério? Bom, vamos ver. Hummm... Ele estava *com* você, dentro do robô Têmis. Seria uma viagem bem chata se ele não pudesse falar com ninguém... Ah, sim, você também passou NOVE ANOS naquele planeta. E, ah, você é linguista. Tipo, se você foi treinado para fazer alguma coisa, *é isso*. Que mais? Hmmm... Não, acho que é só. Não consigo pensar em mais nenhuma razão.

— A minha pergunta foi: o que faz você pensar que isso seria possível? Eles poderiam usar outras formas de comunicação, talvez uma que não dependa do som. Poderiam usar reações químicas, feromônios, o toque, telepatia, alguma língua de sinais. E, mesmo que usem o som como meio de comunicação, seria preciso conseguir reproduzir e reconhecer esses sons. Eles poderiam ter um sistema articulatório distinto do nosso. Sem laringe, com duas, ou algo completamente diferente. Mesmo com uma fisiologia semelhante à nossa, eles ainda poderiam produzir sons que não seríamos capazes de reproduzir ou mesmo de escutar. Se bobear, alguns desses sons estariam na faixa de ultrassom. Alguns seriam indistinguíveis dos outros, para nós. Eles poderiam fazer milhares de sons diferentes que, aos nossos ouvidos, pareceriam o mesmo. Poderiam reproduzir dezenas de sons ao mesmo tempo. Há tantos impedimentos possíveis para essa comunicação. Eu, por exemplo, não consigo entender os diferentes tons quando alguém fala mandarim, quanto mais reproduzi-los. Escuto de trás para a frente, de cabeça para baixo, de pernas para o ar. E isso porque eles são humanos. Imagine as chances de entender alguém que vive em outro planeta e anda como se fosse um avestruz. E, mesmo sem considerar os sons, ainda assim seria impossível entender o que eles querem expressar. A lógica dos alienígenas poderia ser diferente da nossa, e eles provavelmente não conceituariam as coisas do jeito que nós, humanos.

— Espera, espera… Ai, como sou burra! Dã! Eu me esqueci completamente de dizer que já pedi a Eva para falar com ele, um pouco antes de você entrar aqui. Eles estão juntos nesse momento. Nossa, sou *tão distraída*. Pelo visto não preciso de você para me comunicar com ele. Mas agradeço por essa aulinha de linguística que você acabou de dar. Foi muito interessante. Não, não precisa fazer essa cara de novo! Foi interessante, eu juro! Eles dois parecem bem íntimos, Eva e Ekim. Há quanto tempo se conhecem? Os nove anos? Menos um pouquinho?

— Que diferença isso faz?

— Exato! Que diferença faz você me contar ou não? Posso simplesmente perguntar para ela, sabe? Eu prefiro que você me diga, porque os protocolos de segurança são bem mais rígidos com ela, e eu odeio essa burocracia toda. Mas tudo bem, você não é *obrigado* a me dizer nada. Sabe quantos formulários eu preciso preencher só para falar com ela, e mesmo assim através de uma parede de vidro?

— Não entendo. Por que as coisas são diferentes com ela? Todos nós passamos a mesma quantidade de tempo naquele planeta.

— Pois é! Certo? Perguntei a mesma coisa quando eles a colocaram naquela sala de confinamento. Bom, pra começar, ela tem mais DNA alienígena que qualquer outra pessoa que já vimos.

— Ainda é uma parte muito pequena do código genético dela.

— Bom, mesmo as menores partes são importantes, agora. Ela é uma A5.

— O que isso significa?

— Significa que ela teria sérios problemas para arrumar um emprego por aí. Eu sou uma A1, e não me permitiriam ir além da patente de coronel. Muitos países criaram campos de concentração para os A3. Bom, isso é só uma das razões. Sua filha, além de ser mais alienígena que a maioria das pessoas, passou quase metade da vida em outro planeta. Na maior parte dos anos dela aqui na Terra, Eva ainda era um bebê, e, por isso, podemos dizer que a garota passou quase a vida toda *lá*. Posso parecer ridícula de novo falando isso, mas eu quase posso apostar que... ela nem queria sair de lá! Acertei? Não? De qualquer forma, essa é outra razão. E, claro, também tem essa questão toda de namorar um extraterrestre. Sabe, o mesmo tipo de extraterrestre que matou cem milhões de pessoas no mundo, aquele pessoal que destruiu Moscou.

— Eu achava que vocês mesmos tinham bombardeado Moscou.

— Dá na mesma. A questão é que sua filha não inspira muita confiança, por enquanto. Eu fiquei feliz, pode acreditar, quando vi que ela mantinha alguns dos costumes da Terra. Por exemplo, ela me mostrou o dedo do meio na nossa primeira conversa. Mas, mesmo assim, ela é bem alienígena quando fala.

— Ela é tão humana quanto você. Nós vivemos sozinhos por lá. *Eu* criei a minha filha. Rose também. Ela estava conosco.

— Viu?! É isso que eu quero. Agora tenho algo mais otimista que a história do dedo do meio para contar ao meu chefe. O que mais você pode me contar? Vamos lá! Qualquer coisa. Tá, diz o que aconteceu quando vocês pousaram em Esat Ekt... Sim, Rose me contou. É um bom nome. O que vocês fizeram? Alguém veio receber vocês? Vocês só andaram por lá, sem destino, até encontrarem outras pessoas? Por favor, me conta!

— Não fizemos nada... Só esperamos pela morte.

ARQUIVO Nº ~~1641~~ EE001

REGISTRO DE FESTA — EVA REYES

Local: Dentro de Têmis, quartel-general do Corpo de Defesa da Terra
Nova York, estado de Nova York, EUA

— Aqui é Eva Reyes. Estamos a bordo de Têmis, comemorando. Estou com meu pai, com a dra. Franklin e com o general Govender. Eu... Sei lá o que devo falar aqui! Ei, Vincent?

[*Diga, Eva.*]

Por que eu tenho que usar esse fone de ouvido com microfone?

[*Porque nós estamos gravando isso. Rose gosta de gravar tudo.*]

Isso eu sei, mas por que logo eu? Por que vocês não estão usando também?

[*Deixa eu pensar. Talvez porque eu esteja com o ombro quebrado e uma perna imobilizada e porque Rose tenha quebrado a tíbia.*]

É um fone de ouvido. Fica na cabeça.

[*Você pode caminhar por aqui muito mais do que a gente. Para de reclamar, o.k.?*]

O general poderia usar também.

[*O general está um pouquinho... alto.*]

{*Eu escutei isso, Couture!*}

[*Desculpe, senhor. Só quis dizer que você está mais bêbado que um gambá.*]

{*É aquela porcaria de champanhe. Por que não me deram uma bebida de verdade? E por que está tão escuro aqui? Não consigo enxergar nem meu copo!*}

Essa era a outra coisa que eu queria perguntar. Por que só eu estou tomando suco?

[*Porque é você que precisa fazer a gravação. Ah, sim: e porque você só tem dez anos.*]

Ah, Vincent, qual é? Eu acabei com um robô gigante agorinha mesmo. Só quero tomar uma tacinha de champanhe.

[*Tecnicamente, foi Rose quem acabou com o robô gigante...*]

<*Venha cá, Eva. Vou dar uma taça para você. Uma tacinha!*>

Obrigada, dra. Franklin.

<*Já disse que pode me chamar de Rose.*>

Não tenho certeza se eu...

<*Vincent me chama assim. E se você não fizer o mesmo, vou passar a te chamar de srta. Reyes.*>

Está certo, Rose. E qual o gostinho disso tudo?

<*Champanhe? Ah, é meio...*>

Não, não. O gostinho de ter razão. Seu plano funcionou.

<*É, acho que funcionou mesmo. Por que você está com essa cara, general?*>

{*Mostrar a esses alienígenas que já seríamos duros na queda mesmo que eles não tivessem jogado uma gosminha verde cheia de bactérias em um barril de chope e alterado nosso DNA...*}

O que você está insinuando, general?

{*Estou insinuando que... O que eu estava falando mesmo?*}

<*O general estava falando que achou que meu plano não tinha a menor chance de dar certo.*>

É isso, general?

{*Nem uma chancezinha. Zero.*}

Rá-rá! E você, Vincent? Achou que daria certo?

[*Eu? Bom...*]

<*Você achou que era um plano estúpido. Vai, Vincent! Pode confessar!*>

[*Não, Rose! Eu vi que tinha certa lógica por trás. Só não sabia se os alienígenas entenderiam a mensagem, caso as bactérias funcionassem.*]

<*Nós não sabemos se eles entenderam.*>

Como assim, dra. Franklin? Eles foram embora, não foram?

<*Já disse que é Rose, lembra? Eles foram embora, mas não sabemos ao certo o porquê. Não dá para saber se era isso que queriam da gente, foi só o que o sr. Burns me sugeriu fazer. Ele sabe mais a respeito dos alienígenas que nós, mas não conversou com eles. É bem possível que também estivesse apenas supondo.*>

Mas que outra razão eles teriam para ir embora?

{*Ué, a dra. Franklin espirrou aquela porcaria gosmenta neles!*}

[*General, acho que você poderia ficar agora só no suquinho da Eva, hein?*]

É de maçã.

{*Cale a boca, Couture! É uma ordem!*}

Sério, Rose. Tem alguma outra razão para eles irem embora?

<*Pergunte pro seu pai, vai que ele tem alguma suspeita.*>

Vincent?

[*Sei lá! Talvez eles tenham ficado com medo das bactérias. E se todos os robôs, as naves, até as casas deles forem feitos com essa mesma tecnologia? Imaginem só por um segundo o que aconteceria se um pouco dessa gosma chegasse até o planeta deles?*]

...

O que foi isso?

[*Até esqueci o que eu estava falando. A luz aqui dentro ficou um pouco mais forte?*]

Talvez.

[*Acho que Têmis acabou de ligar.*]

<*Mas sem os capacetes?*>

Ela pode fazer isso?

{*Eu é que sei? Nunca tinha entrado nesse robô de vocês antes!*}

Vincent?

[A mesa de controle está ligada. Eva, suba lá e coloque o capacete.]

Está bem! Mas estamos dentro de um hangar! O que você quer que eu veja?

[*Não sei, Eva. É só um pressentimento.*]

Estou colocando. Eu... Eu acho que...

[*O que foi, Eva?*]

<*Eva?*>

{*Conte logo, garota! O que você está vendo?*}

Pessoal? Acho que a gente não está mais no planeta Terra...

[*Quê?*]

<*Como assim, "a gente não está mais no planeta Terra"? Vincent, coloque o capacete.*>

Robôs gigantes. Por toda parte.

{*Aqueles que nos atacaram?*}

Não sei, general. Eles são…

{*Cacete, garota! É uma pergunta simples. Esses são ou não são os robôs que nos atacaram?*}

Não sei! Não sei se eles estão aqui.

{*Couture, do que diabos ela está falando?*}

[*Merda! Ela quer dizer que não dá para saber. São centenas de robôs.*]

Milhares. Estão todos alinhados, em filas certinhas. Atrás da gente também.

[*Ela tem razão. Parecem aquele exército de terracota, sabe? E estamos aqui, bem no meio deles.*]

Estou com medo, pai.

[*Pois é, eu também.*]

ARQUIVO Nº EE002 — ARQUIVO PESSOAL DE ESAT EKT

ENTRADA DE DIÁRIO — EVA REYES

Local: Dentro de Têmis, em um planeta desconhecido

Meu nome é Eva Reyes. Tenho dez anos. Meu pai quer que eu registre tudo em um diário, caso a gente não consiga voltar para a Terra. Eu... Nós estamos aqui dentro da Têmis há três dias. Pelo menos de acordo com o telefone do meu pai, que acabou de ficar sem bateria. Não sei se é isso mesmo. Não teve nenhum pôr do sol desde que a gente chegou aqui. Nós não temos água nem comida. Só tinha um litro de suco de maçã. Até isso acabou. Eu... Eu não sei mais o que falar aqui. Dra. Franklin? O que eu devo falar?

[*Fale de você. De onde você veio, como chegou até aqui. E me chame de Rose.*]

É... Eu nasci em Porto Rico. Meus pais, as pessoas que me criaram, trabalhavam para o governo. A gente morava numa casa legal, em San Juan. Eu estudei numa escola bilíngue, a Saint John. Minhas notas eram boas, mas ninguém gostava de mim lá. Os professores achavam que eu era problemática. Eles teriam me expulsado, se meu pai não fizesse parte do Conselho. Eu não tinha muitos amigos. As pessoas me achavam doida, porque eu via coisas, e às vezes essas coisas aconteciam. Elas me zoavam, me xingavam.

Meus amigos, os alunos que não me xingavam, nunca falavam nada, mas ficavam preocupados comigo. Meus pais também. O tempo todo.

[*Tenho certeza de que seus pais amavam muito você.*]

Eu sei que eles amavam. Mas achavam que eu era doente. No final, eles até acreditaram em mim, mas acabaram morrendo por minha causa.

[*Eva!*]

Mas é verdade!

[*Não foi culpa sua!*]

Eu não fiz nada, mas eles morreram mesmo assim! Se eu não estivesse lá, aqueles mercenários não teriam aparecido. E eu nem era filha deles, na verdade. Eu fui feita em um laboratório. Minha mãe me carregou na barriga, mas eu fui feita em um tubo de ensaio. Meus pais biológicos, no fim das contas, eram Kara Resnik e Vincent Couture, os pilotos do CDT que controlavam o robô Têmis. Por isso eu fui criada, para pilotar a Têmis um dia. O que mais? Eu fui sequestrada. Kara me resgatou, mas aí ela também morreu. A Terra foi atacada por robôs gigantes de outro planeta, e ela morreu tentando me salvar.

[*Eva, eu…*]

O quê?

[*Não sei. Eu só… Deve ter coisas boas para falar também, certo? Que tal lembrar as coisas boas?*]

Eu… Sim. Eu conheci meu pai, Vincent. Ele é legal.

{*Ouviu essa, general? Eu sou legal!*}

Ele me ensinou a pilotar a Têmis. Nós fomos ao Egito. Eu vi as pirâmides. Aí, a gente lutou contra um dos robôs alienígenas. Eu achei que a gente fosse morrer, mas você…

[*Faça de conta que não estou aqui.*]

… mas a dra. Franklin — ela é bem inteligente — destruiu o robô, e todos os outros foram embora.

[*Obrigada, Eva. Isso foi muito gentil.*]

Mas é verdade. Aí... Aí a gente resolveu comemorar, mas a Têmis começou a funcionar bem no meio da festinha. De algum jeito, a gente veio parar aqui, seja lá onde esse "aqui" seja. Têmis está parada no meio de um exército de robôs, parecidos com ela. Não dá para ver nada, e também não dá para sair daqui.

Tá, e agora?

[*Isso foi... meio curto. Tenho certeza de que você tem mais um monte de coisas para contar.*]

Estou me sentindo meio mal. Estou com fome.

[*Nós todos estamos com fome, Eva. Pensa em outra coisa. O que você fazia em San Juan? Como era sua vida lá?*]

Sei lá. Eu não saía muito de casa. Eu jogava video game.

[*Você não ia a lugar nenhum?*]

Eu brincava com a Essie, antes de ela se mudar. A gente ficava procurando pedras. Ela tinha uma coleção enorme. Eu achava umas melhores. Ela gostava mesmo de pedras. Teve um verão em que os pais dela levaram a gente para as cavernas do rio Camuy. Eu achei que meus pais não iriam me deixar ir com eles, mas deixaram. Foi demais. Essie estava toda animada. Eu nunca tinha visto alguém tão feliz assim. Na volta, paramos no observatório de Arecibo. O pai dela disse que eles usavam aquilo para conversar com alienígenas. A gente sabia que ele estava brincando, mas aquilo não saiu da minha cabeça por meses. Fiquei imaginando uma garota que nem eu em outro planeta. Nós duas olhando em telescópios gigantes, conversando através de cartazes de papelão.

[*Essa seria uma conversa bem lenta. Arecibo é um radiotelescópio, e as ondas de rádio demorariam muito para chegar ao outro lado. O pai da sua amiga podia estar só brincando, mas de fato mandaram uma mensagem para o espaço uma vez.*]

E alguém respondeu?

[*Não. Mas eu não acho que eles estavam esperando resposta. Acho que só queriam exibir o brinquedinho novo. Não sei muito bem como foi, isso aconteceu há muito tempo. Antes de eu nascer.*]

Você já sonhou em viajar a outro planeta quando tinha a minha idade?

[*Quando eu tinha a sua idade, eu achava que tinha vindo de outro planeta. É irônico, eu sei. Eu... Você já sentiu que seus pais não eram... Deixa pra lá. Era como se ninguém me entendesse. Acho que toda criança passa por essa fase, uma hora ou outra. Eu cismava com aquilo, que eu vinha de outro planeta, e que um dia — uma noite, na verdade, porque de alguma forma isso teria de acontecer de noite — meu "povo" viria me buscar, de espaçonave. Só que nessa história também tinha uns bandidos... Provavelmente eram alienígenas de um terceiro planeta, não me lembro. Só sei que esses alienígenas do mal faziam de tudo para impedir que o meu povo fosse me buscar. Claro, os caras maus ficavam escondidos debaixo da minha cama, porque... Bom, porque é aí que os caras maus se escondem. Eu não podia deixar que nenhuma parte do meu corpo escapulisse da cama. Se um dedinho do pé ficasse para fora, eles iam me pegar.*]

Por que os caras maus simplesmente não saíam do esconderijo da cama e pegavam você?

[*Porque minha cama tinha poderes especiais. Um campo de força, talvez?*]

Como aquele robô que enfrentamos na Terra?

[*Exatamente como aquele robô. Talvez minha cama tivesse sido feita aqui.*]

Eu queria...

[*Eva, está tudo bem?*]

Estou tonta. Com fome. Não quero mais fazer isso.

[*Eu sei, eu sei. Mas tente manter a mente ocupada.*]

Você disse que todo mundo na Terra tem sangue que vem dos alienígenas.

[*Não é bem o sangue, é o DNA. É... É um código.*]

Um código secreto?

[*Pode-se dizer que sim. Mas suas células sabem ler esse código. É como uma receita, que diz ao seu corpo como ele deve crescer, funcionar.*]

E todo mundo tem um pedaço que veio desse planeta?

[*Bom, nós não sabemos onde estamos. Mas se esse for o planeta onde Têmis foi construída, como desconfiamos, sim, é daqui que esse pedaço veio.*]

Eu também tenho esse pedaço?

[*Tem, sim. Sua mãe e seu pai tinham um pedaço maior que a maioria das pessoas, e o seu deve ser ainda maior que o dos dois.*]

Talvez os alienígenas quisessem me trazer de volta para cá, como aqueles que você imaginava quando tinha a minha idade.

[*Eva. A parte do seu DNA que não veio da Terra é muito, muito pequenininha, se comparada com o restante do seu código genético. Imagine que você seja esse código, seu corpo inteiro. A parte alienígena seria... menor que a unha do seu dedo mindinho. Não é impossível que eles tenham trazido a gente para cá porque queriam conhecer você, mas eu duvido muito. Se quisessem conhecer um de nós, teriam vindo assim que chegamos aqui.*]

Dra. Fran... Rose?

[*Sim, Eva.*]

Quanto tempo a gente consegue sobreviver sem comida?

...

Rose?

[*Vincent, acho que você é que deveria responder isso.*]

{*Tudo bem, Rose. Pode contar a ela.*}

[*Prefiro que você conte.*]

Contar o quê, pai?

{*Nós sobrevivemos mais algumas semanas sem comida, mas não vamos durar muito sem água. Você ainda consegue aguentar mais uns três, quatro dias. O restante de nós estava bebendo álcool, então...*}

Então o quê?

{*Então menos que isso. Quer tentar com a Têmis de novo?*}

Tentamos há uma hora. Ela não se mexe.

{*Você tem alguma coisa melhor para fazer?*}

Eu não entendo... Esses... Sei lá, esses que trouxeram a gente para cá. Eles vão simplesmente deixar a gente morrer aqui? Por que não vêm até nós?

...

Rose?

[*Acho que eles não sabem que estamos aqui. Acho que eles só trouxeram o robô Têmis de volta, e por acaso nós estávamos dentro.*]

Pai, o que você acha?

{*Eu acho... Acho que nós deveríamos tentar mover a Têmis mais uma vez. Eu sei que não vai funcionar, mas eles podem acabar se dando conta de que tem gente aqui dentro.*}

E se eles não perceberem nada?

{*Não sei mais o que dizer a você, Eva. Não podemos pular. Acabaram as coisas que a gente poderia jogar fora.*}

Nós temos que fazer alguma coisa. Acho que o general está ficando doente.

{*Ela tem razão. Você não parece muito bem, general.*}

<*Preocupe-se com você mesmo, Couture. Eu vou ficar bem. É aquela porcaria de champanhe.*>

{Você...}

<"Você" o quê? Vai dizer que eu preciso de água? Diga alguma coisa que eu ainda não saiba. Faça alguma coisa útil. Vai lá e esvazia aquele balde de gelo. Está fedendo aqui dentro.>

Nem olha para mim. Eu não vou encostar naquela coisa de novo. Nunca mais.

ARQUIVO Nº EE003 — ARQUIVO PESSOAL DE ESAT EKT

ENTRADA DE DIÁRIO — VINCENT COUTURE

Local: Dentro de Têmis, em um planeta desconhecido

Querida Kara,

Eu me pergunto o que você odiaria mais: que eu esteja escrevendo uma carta para a minha esposa morta ou que essa carta comece com "Querida Kara". Não é a primeira vez que eu pego uma caneta e um papel para escrever alguma coisa a você. Rose disse que eu deveria fazer isso, alguns dias depois de sua morte. Ela disse que escrever me ajudaria a lidar melhor com a perda. Respondi para ela que eu não era besta. Na verdade, porém, tentei escrever naquela noite mesmo. Fiquei ali encarando aquela folha de papel por uma hora, até desistir. A segunda vez é a que conta, pelo visto. Todo mundo está dormindo. Eu não queria acordar ninguém, usando o gravador, então pareceu uma boa ideia escrever. Você deveria ver Eva. Ela parece tão em paz.

Eu sinto muito sua falta, Kara. E quero acreditar em Deus, nesse momento. Nunca quis tanto algo em minha vida. Eu vou morrer em breve, e quero acreditar que você estará lá, esperando por mim do outro lado, com algo bem ácido para dizer. Durante a minha vida inteira, pensei que ser apenas uma pequena parte do universo estava de bom tamanho. Achava isso muito mais grandioso que imaginar meu pequeno "eu" vagando por aí para sempre. Na verdade, acho que ainda penso assim. Não ligo para o que vai acontecer com a minha "alma". Não estou nem aí se esse "eu" vai continuar existindo, mas eu realmente gostaria que existisse um "você". O mundo faz mais sentido com você.

Até sei o que você diria se estivesse aqui. "Pare de choramingar, Vincent, e arrume um jeito de sair dessa confusão toda." Estou tentando. Pode acreditar, estou tentando, mas não me restam muitas opções. Estamos presos em uma bola de metal a uma altura de quinze andares do chão, sem água e sem comida. Não sei como, mas os controles foram desativados, e Têmis não se mexe. Não dá para pedir ajuda, não dá para sair daqui. Kobayashi Maru. Eu sou totalmente contra desistir, mas não vou tirar a gente dessa só com o pensamento positivo. É bem anticlímax, isso. Nós lutamos contra uma invasão alienígena, somos jogados de repente em um outro planeta e, então, morremos lentamente de sede, presos em um cômodo que cheira a mijo. Qual a vantagem de termos chegado tão longe? Eu poderia simplesmente ter ficado com você.

Não estou reclamando. Bom, acho que estou, sim. Mas cem milhões de pessoas morreram na semana passada. O que são mais quatro mortos, se esse for mesmo nosso fim? Eu vivi bastante. Sei que Eugene também aproveitou bem o tempo dele. Rose... Bom, Rose viveu duas vezes e ainda salvou um planeta inteiro. É difícil superar isso. Afinal, fala sério, o que uma pessoa pode fazer depois de uma coisa dessas? Ficar olhando em um microscópio o dia todo? Abrir um restaurante? Quando nos demos conta de que ninguém apareceria para nos salvar, percebi que nós três já estávamos prontos para o que viria em seguida. Mas Eva não está. Ela está morrendo de medo. Eva quer viver. Nós todos queremos, mas ela tem um instinto selvagem, puro de sobrevivência. É como se fosse uma leoa. Ela se parece com você. Tem tanta força. É uma coisa linda de se ver, e me corta o coração.

Eva é só uma criança. Nessa vidinha tão curta dela, a garota já experimentou mais dor que a maioria dos heróis de guerra, mas ainda assim é só uma criança. Não existe um "jeito bom de morrer" para uma menininha de dez anos, e ela com certeza não merecia isso. Que destino de merda. Sinto como se estivesse falhando com ela, mais uma vez, e é isso que me machuca mais. Quero que Eva sobreviva, claro, mas gostaria de ter dado a ela a vida normal de uma garota de dez anos, nem que fosse por um dia, uma semana. Uma vida comum, mesmo por pouco tempo. Sei que esses não são tempos comuns, entendo isso, mas gostaria de pelo menos poder brincar de faz de conta.

Imagino que ser uma garota comum nunca tenha sido uma opção para ela. Pensa se aqueles robôs nunca tivessem ido parar na Terra. Talvez a gente tivesse quebrado a Têmis? Não sei, mas vamos imaginar que eu e você estivéssemos juntos, criando Eva. Consegue ver nós dois trabalhando em algum emprego normal, chegando em casa depois do trabalho e jantando em família? Nenhum de nós sabe cozinhar. Aquela pobre garota seria criada à base de pizza. Isso vai parecer meio doido, mas acho que o fim do mundo foi a única coisa que, mesmo de longe, permitiu que fôssemos qualificados como pais. No entanto, talvez não fôssemos nada mal, você e eu, sob circunstâncias extremas. Não sei como nos sairíamos numa reunião de pais e alunos, por exemplo, mas tenho certeza de que, juntos, iríamos arrebentar em uma Terceira Guerra Mundial. Veja bem, "juntos", e apenas "juntos". Sem você, não sei se sou capaz de fazer qualquer coisa.

Nem venha me dizer que estou sendo duro demais comigo mesmo. Acredite, eu tenho sido um pai solteiro tão ruim quanto é possível, considerando qualquer padrão. Ela não veio com um manual de instruções, mas, se isso existisse, certamente teria um trechinho dizendo para não se perder com sua filha em outro planeta, nem morrer na frente dela, deixando para ela a responsabilidade de cuidar do seu cadáver. Eu sei. Sou responsável pela sobrevivência dela. Mas parte de mim gostaria que ela fosse antes. Nós ainda não tocamos no assunto "como sobreviver a uma queda de avião nos Andes". Não sei nem o que vou dizer a ela. Para mim, a carne humana não tem água suficiente para manter uma pessoa viva por muito tempo. Tem? Quem dera a gente tivesse internet aqui. Como é que se começa uma conversa dessas? "Eu não estou com fome, mas acho que você deveria comer um pedaço do Eugene, querida." Não sei se eu seria capaz. Você seria? Sim, seria.

É bem difícil testar princípios com situações hipotéticas. Bom, imagino que a gente vá saber em breve, de qualquer forma. Eugene não vai durar nem mais um dia. Ele só fica ali, gemendo, e então se mexe um pouco até ficar inconsciente mais uma vez. Eu gostaria de poder fazer alguma coisa por ele. E gostaria que Eva não fosse obrigada a testemunhar algo assim.

É frustrante. Nem me refiro à parte mórbida: todos nós vamos morrer. Isso, claro, é bem frustrante também. Mas acho que tem alguma coisa que eu não estou percebendo, como se alguém estivesse me explicando coisas e eu fosse estúpido demais para compreender. Como é aquilo que o Wittgenstein disse? Algo a respeito de um homem preso em um quarto destrancado, porque ele não pensou em puxar a porta, em vez de empurrar. Pode colocar a culpa no cientista que há em mim, mas procuro sentido nas coisas. Isso aqui não faz. Têmis ficou fora de casa por milhares de anos. Era de se esperar que eles estivessem curiosos, que fossem querer examiná-la, passar um pente-fino, sei lá. Com certeza eles sabem que o robô está de volta. Foram eles que trouxeram Têmis para cá, sem dúvida. Nós não fizemos nada aqui dentro dessa esfera.

E eles não podem esperar para sempre. Se eu conseguir manter Eva viva por mais um tempo, vai aparecer alguém. Não sei se isso é bom ou ruim. Mas quem quer que apareça, pode apostar que não será muito amigável. Essas pessoas atacaram a Terra. Mataram milhões. Rose acha que eles não tinham a intenção de fazer isso, mas, independentemente do que esses alienígenas vieram fazer na Terra, nós matamos alguns deles, também. E quando digo "nós", digo Rose, Eva e eu. Os únicos três humanos que já feriram um deles estão dentro dessa esfera *neste momento*, morrendo lentamente de desidratação. Isso não deve ser coincidência.

Como eles tratam os prisioneiros de guerra? É bem provável que sejamos isso para eles. E será que costumam fazer prisioneiros? Farei o que for possível para salvar Eva, mas prefiro que ela morra aqui, em paz, a ser torturada por meses a fio antes de morrer. Nem sei se procurar uma saída é a coisa certa a se fazer, mas sigo tentando. É um quebra-cabeça, uma peça de cada vez. Por enquanto, só preciso manter Eva viva por mais um dia. Se eu ainda estiver aqui amanhã, vou tentar fazer a mesma coisa. E assim será no próximo dia, e no próximo. Não precisa se preocupar, Kara, eu vou continuar tentando. Vou mesmo. Farei qualquer coisa para que ela continue viva. Vou tacar fogo em mim mesmo, se for preciso.

Pensando bem, talvez não seja uma má ideia. Estamos confinados em um espaço relativamente pequeno, quase um submarino. E qual é a última coisa que você quer que aconteça em um submarino? Para ser sincero, não sei se isso é verdade, mas é assim nos filmes. Aqui na Têmis não tem rádio, nem sistema de refrigeração, mas pode ter um alarme de incêndio. Rose, a outra Rose, sempre andava com um isqueiro na bolsa. Espero que seja um velho hábito. Tenho que ir, querida. Se isso funcionar, prometo escrever todo mês. Isso mesmo, todo mês. Não vou escrever todo dia para a minha esposa morta. Nossa filha já tem visões. Se der, prefiro manter o nível de loucura o mais baixo possível nessa família.

Sei que é uma bosta dizer isso agora, mas eu gostaria que você estivesse aqui conosco.

Tente não arrumar encrenca.

Com amor,
Vincent

ARQUIVO Nº 2109

ESCUTA CLANDESTINA RUSSA — DRA. ROSE FRANKLIN E VINCENT COUTURE

Local: Aposentos privados, prédio do GRU, São Petersburgo, Rússia

— Ela está dizendo a verdade, Vincent.

— Quem? Que verdade?

— Aquela major russa, Katherine. E sobre tudo, até onde eu saiba.

— E como é que você pode ter certeza?

— Ela disse... Katherine disse que eu precisava de roupas novas.

— Ah, disse mesmo? Rose! Vocês duas são amigas agora? Vão ficar aí penteando o cabelo uma da outra?

— Você não entendeu. Eu fui fazer compras. Eu saí daqui.

— Aonde você foi?

— A um lugar chamado TSUM. É uma... uma loja de departamento, bem grande. Chique, como aquele Saks em Nova York.

— Então você foi fazer compras... Com que dinheiro?

— Com o dela. O deles. Não sei. Vai me deixar terminar? Não fui até lá comprar roupas. Se bem que estou muito feliz por finalmente tirar aquele moletom. Tem uma loja da Apple no shopping, só que eles não vendem mais nada da Apple, só umas cópias baratas feitas pelos russos. A minha escolta estava olhando uns iPhones falsificados, então aproveitei para entrar na internet em um dos laptops. É o que estou dizendo a você: tudo o que Katherine nos contou é verdade. Canadá, México, a coisa toda.

— Não faz sentido. Por que os Estados Unidos iriam invadir seus aliados?

— Não acho que exista mais essa coisa de "aliados". Quer saber minha teoria? Milho, tomates, qualquer coisa que cultivem lá no México. Fábricas, talvez. Não tenho absoluta certeza, mas, pelo que consegui entender, o comércio internacional praticamente acabou nesse meio-tempo. As fronteiras estão fechadas. De um jeito ou de outro, todo mundo precisa ser autossustentável para sobreviver.

— E o robô?

— Também é verdade. Está tudo on-line. Eles chamam o robô de Jápeto.

— É aquele que você derrubou?

— Parece que sim. Está sem um pedaço da perna, onde eu espalhei a cultura de bactérias. Eles acoplaram uma estrutura de metal enorme no lugar. Está um negócio horrível, chega a dar medo.

— Como? Têmis só funcionou quando todas as partes estavam conectadas. E quem está pilotando esse robô? Eu achei que nós fôssemos…

— Não sei, Vincent. Acho que Alyssa tem alguma coisa a ver com isso.

— Alyssa?

— Foi o que ela disse.

— Ela quem?

— Katherine.

— Rose! Você percebe que ela pode ter planejado isso tudo, certo? Você ir até uma loja em que, por acaso, havia um monte de computadores. Ela está manipulando você, eu, todos nós!

— Está dizendo que ela criou uma internet inteira só para eu usar? Eu entrei em sites de notícias locais, pequenos. Consigo até imaginar o governo falsificando a página da CNN, mas não todos os outros sites.

— Não diga nada a ela, Rose. Não conte a ela o que nós fizemos.

— Não vou contar, Vincent. E eu sei que Katherine tem os planos dela. Tenho a mais absoluta certeza de que ela não pensaria duas vezes antes de mentir para gente para conseguir seus objetivos. Por enquanto, acho que a major só está dizendo a verdade porque a maior parte dos fatos acaba jogando a favor dela. Não estou dizendo que confio em Katherine. Mas tem, sim, um robô gigante à solta amedrontando e dominando governos do mundo todo. Eles construíram campos de concentração no meu país, Vincent. Aqui também.

— Campos para quem? Pessoas com sangue Ekt demais?

— Sim. Para estrangeiros, também. Alguma coisa a respeito dos muçulmanos. Não sei o que aconteceu enquanto estávamos fora, Vincent, mas boa coisa não foi.

— Se está dizendo que eu devo pilotar Têmis para eles, você perdeu completamente a cabeça.

— Claro que não. Mas eu também não a enviaria de volta aos Estados Unidos. Lembra, no começo, como ficamos com medo de que acabassem usando Têmis da maneira errada? Nosso medo era totalmente justificado. Aconteceu. Nosso amigo sabia. É por isso que ele não queria que apenas um país controlasse Têmis.

— Pessoas morreram, Rose. Muitas. As coisas estariam bem ruins sem aquele robô, tenho certeza disso.

— Você não se sente nem um pouco responsável?

— Meu Deus, Rose! Até quando isso? Não! Não sinto como se eu devesse nada a ninguém. Você também não deveria se sentir assim. Foram eles que fizeram isso. Você nem estava aqui! Rose, você salvou esse planeta. O mundo inteiro. Você fez isso. Só você. Se existe aí alguma culpa por ter caído naquele buraco, Rose, considere essa dívida paga. E com juros! Que tal encontrar um jeito de sair daqui? Dar o fora, para bem longe. Eles estão bancando os bonzinhos com a gente, mas quanto tempo você acha que vai levar até nos amarrarem numa cadeira e encherem nossas veias de tipentato... tiopental de sódio?

— Não sei, Vincent. Acho que eles não podem fazer isso.

— O que vai impedi-los?

— Bom, você, para começo de conversa. Eles podem até querer saber mais do que aconteceu em Esat Ekt, mas acima de tudo precisam que você pilote Têmis. Podem até tentar coagir você, mas eu não faria isso se estivesse prestes a colocar a arma mais poderosa do planeta na mão dessa pessoa.

— E quanto a você? Por que precisam de você, Rose?

— Não sei bem se precisam de mim para alguma coisa. Acho que só não me amarraram naquela cadeira até agora por sua causa. Se eles acharem que existe a mínima chance de eu convencer você a ajudá-los, não vão desperdiçar isso me tratando mal. Além do mais, os Estados Unidos certamente já sabem que Têmis está aqui. Eu sou uma cidadã americana. Seja agora ou depois, os russos sabem que vão precisar nos levar para o lado deles. Isso é mais fácil de se fazer se estivermos inteiros. O que quero dizer é que não podemos simplesmente sair daqui. Não basta fugir.

— Você disse que eles precisam de mim, se quiserem fazer Têmis funcionar. Não seria melhor se eu sumisse daqui?

— Os americanos têm um robô que funciona e pilotos. Eles obviamente não precisam de você. Se os Estados Unidos conseguem remontar um robô inoperante, quanto tempo você acha que os russos vão levar para dar um jeito em um robô perfeitamente funcional? É uma questão de tempo até que os dois robôs saiam na porrada.

— Bom para eles. Se o que você está dizendo é verdade, o mundo enlouqueceu completamente nesse tempo em que estivemos fora. Acho que não podemos fazer mais nada a respeito disso.

— Por que voltamos para a Terra, Vincent?

— Que pergunta é essa?

— Estou falando sério. Por que passamos por tudo aquilo só para sairmos de Esat Ekt?

— Você sabe por quê. Fizemos isso por Eva.

— Para que ela tivesse uma vida normal, aqui. E como estamos nos saindo até agora?

— Droga, Rose! O que você quer que eu faça? Estou cansado. Estou cansado pra cacete.

— Eu sei. Mas não podemos nos entregar, Vincent. Aquele acordo que nós fizemos, lembra? Ainda não acabou. Você sabe disso, não sabe?

ARQUIVO Nº 2113

ENTREVISTA ENTRE A MAJOR KATHERINE LEBEDEV, DO DEPARTAMENTO CENTRAL DE INTELIGÊNCIA DA FEDERAÇÃO RUSSA (GRU), E EVA REYES

Local: Prédio do GRU, São Petersburgo, Rússia

— Eu quero falar com Ekim.

— Agora não, Eva. Não pode.

— EU QUERO FALAR COM ELE!

— Calma. *Meu Deus!* Só quero conversar com você. Bater um papo! Trouxe uma cerveja! Você bebe? Aposto que não. Eu, bom, eu prefiro vinho, mas só tinha cerveja na geladeira do escritório. Achei que seria legal a gente beber alguma coisa, se conhecer melhor. Você pode beber, certo? Claro que pode. Já tem dezenove anos.

— Vai se ferrar!

— Mas que coisa! É por causa da cerveja? Porque, se for, eu posso trazer vodca... Não? Eu sei que você não gosta de mim, Eva, mas estou tentando te ajudar.

— Se quer mesmo ajudar, pode começar me tirando desse aquário. Ah, não, espera: foi você que me trancou aqui. Repito, vai se ferrar!

— Tudo bem… Sem cerveja.Vou ser bem direta, Eva. Pode escolher se vai ou não acreditar em mim, aí é com você, mas isso aqui não foi ideia minha. Tudo o que eu mais quero é deixar você sair, mas não sou eu quem manda aqui. Eu *quero* ajudá-la, mas você precisa me dar alguma coisa. Talvez não tenha se dado conta, mas você, seu pai e a dra. Franklin terem ido embora, rumo ao planeta de onde vieram esses robôs, isso é…

— Sua *astat yokits…*

— Não sei o que isso significa.

— Significa que nós éramos quatro. Eu sei que você não dá a mínima para o general Govender, mas eu dou. Ele era meu amigo.

— Sim! Ele também! Todos vocês, indo para aquele planeta… Isso é *muito importante*! As pessoas querem saber, Eva. Todo mundo quer saber! E se meu chefe souber que vocês estão dispostos a cooperar…

— Cooperar com o quê? O que exatamente você quer que eu faça?

— Eu disse a você a mesma coisa que ao seu pai. Com o tempo, eu gostaria que você pilotasse Têmis para nós. Por enquanto, só quero saber mais a respeito do planeta em que vocês estavam.

— Mentira. Esse negócio todo de me querer como piloto é a mais completa mentira. Você está dizendo que colocaria meu pai e eu dentro de um robô gigante capaz de dizimar seu exército inteiro e desaparecer em um instante. Ah, com certeza. Onde eu assino?

— Então o que você acha que está acontecendo aqui, Eva?

— Acho que sou apenas um degrau para chegar ao *meu pai*. Você quer me usar para convencê-lo a trabalhar para vocês. Ele provavelmente vale a pena, com o esquema da perna e tal, e vocês apostam que ele não faria nada idiota enquanto houvesse uma arma apontada para a minha cabeça. Isso significa que vocês vão precisar de outro piloto para a parte de cima do robô. Desde que chegamos aqui, já fizeram todo tipo de exame possível e imaginável em mim. Então, acredito que estejam tentando replicar os testes genéticos que os americanos usaram para encontrar um piloto. Agora, o que eu não entendo é por que você continua perdendo seu tempo falando comigo. Não precisa que eu coopere para continuar sendo prisioneira, e você com certeza sabe que eu não vou te contar porra nenhuma.

— Bom, você pode ter razão. Eu só venho aqui, dia após dia, porque gosto bastante da sua companhia. Sabe, talvez eu tenha planejado tudo errado. Talvez seja melhor usar *você* como piloto e seu pai como degrau.

— Vai lá, tenta.

— Talvez não, então. Mas consegue enxergar até onde isso vai nos levar, certo? Nos levar, não, *te levar*. Sabe onde você vai parar com essa atitude. Eu... Bom, não sou eu quem vai passar os dias dentro de um pote de azeitona... Gostei da nossa conversa! Como sempre. Avise se mudar de ideia. Tchauzinho!

— Por que você não me deixa ir embora? Não vou fazer nada.

— Ah, Eva, fala sério! Não se faça de boba. Sabe muito bem por quê! Não posso deixar você voltar para os Estados Unidos, não enquanto as coisas estiverem desse jeito.

— Espera, é para lá que você acha que eu quero voltar? Para o bom e velho Tio Sam? Eu tenho cara de patriota, por acaso? Pelo que você me contou até agora, aquele lugar virou um inferno, assim como o resto desse mundo. Não me interessa que desculpas vocês dizem a si mesmos para fazer toda essa loucura. E não me interessa se você faz isso pela pátria amada ou porque acha que só existe liberdade no *seu* país. Não estou nem aí para nada disso. Não dou a mínima para vocês, *muito menos* para eles. Você insinua que não gosto de você. Está certa. Não gosto mesmo. Acho que você é uma psicopata conivente. Talvez eu esteja errada. É verdade, estou falando sério. Eu não *conheço* você. E nem *quero* conhecer. Só quero pegar Ekim e dar o fora desse *yokits* de lugar.

— E ir para onde?!

— Para casa! Só quero ir para casa!

ARQUIVO Nº 2116

ENTREVISTA ENTRE A MAJOR KATHERINE LEBEDEV, DO DEPARTAMENTO CENTRAL DE INTELIGÊNCIA DA FEDERAÇÃO RUSSA (GRU), E VINCENT COUTURE

Local: Prédio do GRU, São Petersburgo, Rússia

— Eu estou sendo legal com você, não estou, Vincent?

— O que está querendo dizer com isso?

— Que está na hora de você ser legal *comigo*. Olha, estou realmente tentando manter a civilidade por aqui, mas tem muita coisa acontecendo ao mesmo tempo. Tipo, *muita*.

— Tipo o quê?

— Ah, não quero incomodar você com os detalhes do meu dia. É só aquela doideira de "estamos à beira da guerra" de sempre. Mas uma coisa eu vou dizer. Sou uma major. A informação passa por muitas e muitas mãos antes de chegar a mim, e, a cada passo, as pessoas perdem um pouco das boas maneiras. Os embaixadores se encontram, comem alguma coisa, tomam um vinho, talvez um caviar, se estiverem mesmo a fim de intimidar uns aos outros. Os generais se encontram para um café com croissants. Coronéis costumam pular a parte do croissant. Quando a informação chega até *mim*, não vem com nenhuma bebidinha ou comida para acompanhar. As partes boas da notícia, por mais remotas que sejam, também se perdem pelo caminho. Só recebo uma pasta cheia de negatividade. Bom, hoje essa pasta chegou, e era do tamanho de uma lista telefônica. Lembra quando aquele cara do *Caça-fantasmas* come um bolinho? É bem aquilo, só que numa pasta de papel pardo, então agora seria um momento bem legal para você começar a falar comigo.

— E o que vai fazer comigo se eu não falar?

— Não vou fazer nada com você, Vincent. Tenho nervoso só de quebrar a unha. Morro de medo de aranha... Juro! Odeio aquelas patinhas. As piores são as que têm as perninhas bem compridas, e só uma bolinha bege de corpo. Ahhh! Enfim, consegue me imaginar com um alicate e um maçarico na mão? Espero que não. Mas não sou eu quem manda aqui, Vincent. Em pouco tempo, se eu não der ao meu chefe as respostas que ele quer, ele vai colocar outra pessoa aqui para fazer as perguntas. Pode confiar em mim, você não vai querer conversar com essa outra pessoa. E eu também não quero, porque isso vai significar que falhei na minha tarefa, o que não pega muito bem aqui. Nããão. Nada bem. Então, o que me diz? Quer me ajudar? Eu trouxe uns cookies!

— O que você quer saber?

— Tudo! Meu Deus, Vincent! Quero saber tudo! Quero saber como derrotar os americanos. Quero saber como Têmis pode desativar o robô deles. Quero saber se os alienígenas vão voltar à Terra! Quero saber se devemos nos preparar para uma guerra e, se sim, contra quem. As pessoas estão com medo, Vincent. Vocês aparecem do nada depois de nove anos, elas não sabem o que isso significa. Nem *eu* sei!

— Os Ekt não vão voltar.

— Como pode ter tanta certeza?

— Acho que não posso. Estou dizendo a você que eles não querem nos fazer mal e, até onde sei, não pretendem voltar ao nosso planeta. Mas você tem razão, não tenho certeza. Talvez eles mudem de ideia. E, se mudarem, desculpa não dizer o que você quer ouvir, mas não há nada que você possa fazer. Nada.

— Nós fizemos mais bactérias, daquele tipo que a dra. Franklin usou contra Jápeto.

— Bom para vocês. Que tal usar *isso* contra os americanos? Por que precisam de mim?

— As bactérias são inúteis contra aquele robô, agora. A única coisa que o CDT conseguiu fazer antes de fechar foi desenvolver um campo químico para proteger Têmis caso os alienígenas decidissem voltar. Esse campo mata as bactérias assim que elas entram em contato com a estrutura do robô. Os americanos têm essa tecnologia. Nós também. Espalhamos em Têmis assim que vocês chegaram aqui. Viu? Eu *preciso* de você! Com Têmis, com o outro robô, nós…

— Acho que você não entendeu. Os Ekt não mandaram doze robôs para a Terra porque era só isso o que eles tinham. Acharam que esses doze seriam suficientes para acabar com meia dúzia de gatos-pingados espalhados pelo mundo. Eles têm milhares de robôs como esses, Katherine. *Milhares!* E até mais. Poderiam colocar tantos aqui na Terra que seria impossível não esbarrar com pelo menos um. Mas nem precisariam disso, na verdade. Eles possuem naves, armas… Quer fazer alguma coisa útil? Acabe logo com essa maluquice dos Estados Unidos, com os campos de concentração. Apenas… faça o mundo voltar ao que era, antes disso tudo.

— Acho que ninguém seria capaz de fazer isso, Vincent.

— Por que não? Quem quebrou conserta.

— E quem quebrou? Eu? Vocês deram a volta ao mundo, desenterraram pedaços de um robô gigante, aí vieram os alienígenas e eles mataram… Mataram muita gente… Desculpe, eu só… Sem chorar, Katherine! O que quero dizer é que, se alguém "quebrou o mundo", Vincent, esse alguém foi *você*. Você, sua esposa e a dra. Franklin.

— … Quem você perdeu?

— Quem eu perdi? Isso faz alguma diferença? Muita gente perdeu muita gente. Eu não sou… *especial*.

— Quem?

— Meu marido. Minha... filha. Ela tinha só oito meses.

— Sinto muito.

— Não, Vincent. *Eu* é que sinto muito. Você e os americanos começaram isso. Não têm o direito de "sentir muito". Vão precisar carregar essa culpa, e só.

— ...

— E os campos de concentração? Você realmente ficou surpreso com isso? Foram vocês que nos disseram que todos temos algum grau de parentesco com os alienígenas, alguns mais que outros. Vocês nos disseram que eles vieram matar apenas alguns da espécie deles que ainda estariam por aqui. Continuam insistindo nisso. Foi o que disse a dra. Franklin na televisão, no dia em que vocês desapareceram. Você acha que isso deveria fazer todo mundo se sentir melhor, eu sei. Quer convencer as pessoas de que os Ekt, ou seja lá como se chamam, no fundo não queriam matar todos nós. Mas não funciona assim, Vincent. Não adianta. Minha bebezinha está morta. Não vai voltar. E elas ainda estão por aí, essas pessoas que os alienígenas vieram pegar. Algumas ainda estão entre nós. Foram milhões de mortos, e elas continuam aqui, andando pelas ruas, como se nada tivesse acontecido.

— Tenho certeza de que essas pessoas se sentem culpadas por isso.

— Sim, com certeza. Mas não deveriam. Não deveriam sentir coisa alguma. Deveriam, sim, é ter morrido. Nunca estaremos seguros enquanto essas pessoas estiverem vivas.

— Você está dizendo que eles matam os prisioneiros nesses campos de concentração?

— Apenas os A5, por enquanto.

— Eva...

— Bom, eu disse que...

— Você disse que ela teria dificuldade em conseguir um emprego. Você...

— Nós estamos mantendo a sua filha em uma jaula de vidro, Vincent. O que quer que a gente faça? Os alienígenas vieram atrás dessas pessoas. Enquanto elas estiverem no nosso planeta, nada impede que os Ekt voltem. E você acabou de me dizer que não seremos capazes de detê-los.

— Eva não é um deles. Ela... Ela é minha filha. Eu sou humano. Que nem você.

— Não, Vincent, você não é que nem eu. Nem precisa me olhar assim. Não sou eu que estou dizendo; é uma questão de fatos, mensuráveis. Você é um A4. É menos humano que eu. E *eu* sou menos humana que a dra. Franklin.

— Mas essas pessoas das quais você fala, essas que os alienígenas vieram encontrar na Terra, elas são... diferentes. Elas são...

— São o quê, Vincent?... Veja bem, você não tinha compreendido antes, mas está começando a entender, certo? Os alienígenas vieram atrás de apenas alguns indivíduos da espécie deles, mas acabaram se dando conta de que seu sangue tinha se misturado ao nosso ao longo do tempo. Então, atrás de quem eles viriam? De quem tivesse *mais* DNA alienígena? Quanto a mais?

— Eu não...

— Eu sei que você não sabe. Ninguém sabe. Ninguém sabe onde esses alienígenas iriam parar. Ninguém sabe em que ponto eles diriam: "Ah, acho que agora tá bom, vamos embora. Chega de matar todo mundo". Então, estamos apenas supondo. Começamos de cima para baixo. Por enquanto, estamos pegando de A3 para cima, mas o extermínio para no A5. E não é todo mundo que está parando por aí, não. Eu não iria à França, se fosse você.

— Isso é loucura. Tem que acabar.

— Então me ajude a acabar com isso. Conte o que aconteceu.

— Eu não sei o que você quer escutar.

— Pode começar do início. Vocês foram parar em outro planeta. Durante dias, ficaram presos dentro de Têmis. Sem poder sair de lá. Acharam que todos iam morrer. E aí? Vocês *não* morreram, obviamente.

— Eu comecei um incêndio. O alarme disparou. Eles vieram.

— Eles quem?

— Eles! Não sei quem eram. Não entendíamos nada do que estavam falando. Estávamos fracos, com medo, confusos.

— E?

— Não sei! Acordei dentro de uma salinha sem janelas. Fiquei lá dias e dias, talvez algumas semanas.

— Sozinho?

— Sim.

— Colocaram cada um de vocês em uma sala separada.

— Não. Eva, Rose e Eugene estavam juntos.

— Por que só você?

— Eu...

— Eu o quê?

— Eu dei um soco em um dos alienígenas. Ele... Ele agarrou Eva, e eu tentei dar um soco no cara. Então, me colocaram em uma sala separada.

— Engraçado, isso... Certo. Talvez não tenha sido engraçado na época, mas é *agora*. Não? E então? Eles machucaram você?

— Não. Eles não são assim.

— Não são assim? Você dá um soco na cara de alguém, não existe ser "assim" nessas horas. Qualquer um vai querer revidar. É a...

— Natureza humana?

— Tá bom, entendi. Eles são *superlegais*, então. E você passou uma ou duas semanas em um quarto escuro, sozinho.

— Sim. Bom, tinha alguém. Ele...

— Ele o quê? Trazia flores de vez em quando? Uma xícara de chá?

— Ele me ensinou a falar.

ARQUIVO Nº EE006 — ARQUIVO PESSOAL DE ESAT EKT

ENTREVISTA ENTRE OPT ENATAST E VINCENT COUTURE

Local: Desconhecido

— *Ast eyet Enatast.*

— Meus amigos foram separados de mim. Quero falar com eles.

— *Ast eyet Enatast.*

— Onde vocês enfiaram meus amigos? Meus amigos? Só quero saber se eles estão a salvo. Você não faz ideia do que estou dizendo, faz?

— *Ast... eyet... Enatast.*

— Interessante. Eu não estou entendendo nada. Mas você já sabia disso.

— *Ast... ey... et... En... at... ast.*

— E você continua falando. Acho que isso significa que não tem nenhum minirrobô disponível para injetar um micro-organismo tradutor em mim. Foi uma piada. Imagino que você nunca tenha assistido a *Farscape*. Aqueles drones DRD, umas coisinhas amarelas. Deixa pra lá... E "Shaka, quando os muros caíram"?

— *Ast... ey... et... En... at... ast.*

— Deus me perdoe. Sabe por que eles colocam todo mundo falando inglês na televisão? Porque demora uma eternidade para se aprender a porra de uma língua nova! Desculpe. Palavrão. Não aprende essa palavra. Foi por isso que eu resolvi me especializar em teoria da linguística, justamente para não precisar passar por *isso*, *nunca*. Acho trabalho de campo uma merda. Opa, palavrão de novo.

— *Ast...*

— Já sei, já sei. Agora você está colocando a mão na testa. Isso é algum tipo de saudação? Deixa eu tentar. *Ass Enatat...*

— ...

— Nada, só fica aí me encarando. Acho que não é isso. É assim que você se chama? Meu nome é Vincent... Vincent. Essa é a minha cabeça.

— *Eps eyet Yincent!*

— Você está sorrindo! *Eps eyet Vincent!*

— *Ast.*

— Como? Ah, espera. Eu acabei de dizer: "você é Vincent", certo? *Ast eyet Vincent. Eps eyet Ena...*

— *Enatast!*

— Isso! Eu sei dizer o meu nome! Sou um gênio. Vou precisar escrever isso em algum lugar. Sua vez. Você é Enatast. Eu sou Vincent.

Ah, para de me olhar com essa cara. Tenho a sensação de que não sou a pessoa mais esperta nesta sala. Daqui a uma hora, você vai se sentir um treinador tentando ensinar uns truques a um gato. Eu aprendo o seu, você aprende o meu. Esse é o trato. Você... é... Enatast.

— Voucê... ê... Yincent.

— Opa, chegou perto! Agora, onde estão meus amigos? Amigos. Aqui. Deixa eu mostrar para você. Eva, humana bem pequena. Eugene. Homem grande. Rose. Não consigo explicar Rose assim. Meus amigos!

— *Optept akt.*

— Isso! *Optept akt!* Onde estão meus amigos?!

— *Eyet onyosk.*

— Não vem com essa de "*onyosk*" para cima de mim. Você entendeu o que eu disse. *Optept akt!* Não faço ideia do que isso significa, mas eu fiz aqui uns gestos para representar meus amigos e você disse: "*Optept akt*". *Ast...* ver, com meus olhos, *optept akt!*

ARQUIVO Nº EE011 — ARQUIVO PESSOAL DE ESAT EKT

ENTREVISTA ENTRE EUGENE GOVENDER, GENERAL DE BRIGADA, E A DRA. ROSE FRANKLIN

Local: Desconhecido

— Acorda, Rose! Nós somos prisioneiros nessa droga!

— Eles só estão sendo cautelosos, general.

— Cautelosos! É assim que você chama isso? As portas estão trancadas por fora. Há um bando de… adolescentes armados do lado de fora. Isto é uma prisão.

— E o que você queria? Eles não nos conhecem. Não sabem quais são as nossas intenções.

— É claro que sabem. Nossa *intenção* é sair desse buraco de merda e voltar para casa, e é exatamente isso que eles parecem querer evitar, a qualquer custo.

— Não acho que eles queiram nos machucar.

— Ah, não acha, não? Cacete! Eles mataram cem milhões de nós! Para mim não resta margem nenhuma para dúvida.

— Tenho certeza de que não era isso que eles queriam fazer na Terra. E você sabe que, quando eu disse que eles não querem *nos* machucar, eu me referia a nós quatro. Eles poderiam ter nos matado assim que nos acharam dentro de Têmis, se quisessem.

— E isso é bom? Quem disse que não querem nos torturar, dissecar, nos cortar em pedacinhos um na frente do outro? Se bobear, é isso que estão fazendo com Couture nesse exato momento.

— Shhh!

— A garota está dormindo, Rose. Ela não está ouvindo nossa conversa.

— E se estiver? Eva tem dez anos! Já está bem assustada com isso tudo. Não precisa colocar mais ideias na cabeça dela. Vincent vai voltar. Talvez esteja na sala ao lado, quem sabe? Você viu o que ele fez com aquele guarda que agarrou Eva.

— Maldito idiota. Achei que todos iríamos acabar mortos por causa daquilo.

— É isso que eu quero dizer. Eles *não* nos mataram. Na verdade, desde que chegamos aqui, toda a violência partiu de nós, não deles.

— Se eu não conhecesse você, dra. Franklin, diria que está do lado deles.

— Não há "lados" nessa história. Sem mocinhos e bandidos. Todos estão tentando fazer a coisa certa. E eu quero entender o que eles pretendem conosco.

— A coisa certa? Você ficou doida de vez, foi? Eles são assassinos, Rose. Mataram pessoas, milhões.

— Nós também.

— E, se mantivéssemos quatro desses alienígenas presos na Terra, eles se borrariam de medo. E com toda razão: nós *muito provavelmente* iríamos dissecar cada um deles. Não estou dizendo que somos melhores que eles. Estou dizendo que eles não são os seres superiores e altamente evoluídos que você pensa. São a espécie dominante neste planeta. São predadores.

— Você tem medo deles porque são, bem... alienígenas. Os europeus tinham esses mapas do norte da África no tempo das Cruzadas. Marcavam as regiões onde viviam gigantes, ou onde havia pessoas de duas cabeças. Temos medo do desconhecido.

— Sim, temos. As pessoas atacam o que não conhecem, mantêm o desconhecido acorrentado, escravizam. Pode acreditar, Rose, eu entendo o que você quer dizer. Entendo melhor que você mesma. É disso que tenho medo. Essas pessoas aí fora não são os alienígenas, Rose. Nós é que estamos no planeta deles. Nós é que somos os monstros de duas cabeças aqui.

— Entendo que os eventos dos últimos dias possam indicar outra coisa…

— Você está escutando o que diz? Parece ele falando.

— Só estou tentando ser bem clara. Mas eu realmente acredito que, quando eles foram até a Terra, a intenção não era massacrar milhões de pessoas. Como é mesmo que os militares chamam isso? Um ataque cirúrgico. Acho que era isso que eles queriam fazer. De certa forma, foram à Terra para nos ajudar.

— Não caio nessa merda nem por um minuto, mas vamos dizer que você tenha razão. Isso muda alguma coisa? Não, não muda nada. *Não* é a intenção que conta, quando se trata de um genocídio. Não é como se eles tivessem dado um casaquinho horroroso de presente de Natal. Mataram milhões de nós, com crueldade. Você está curiosa. Eu compreendo. Mas não pode ignorar os fatos. Que eles são assassinos, nós sabemos, porque mataram milhões. E não estou nem aí se era isso que eles queriam fazer ou não. Se você quer estudá-los, tudo bem! Levamos um deles de volta. Podemos deixá-lo trancado em uma jaula e você janta com ele toda noite, se quiser. Mas a nossa prioridade é sair daqui. Eu só vou descansar quando sentar minha bunda na Terra.

— Como? Sério, como você sugere que a gente faça isso, general? Sim, estou curiosa. E talvez minha curiosidade esteja desvirtuando um pouco minha capacidade de julgamento, tem razão. Estou disposta a admitir isso. Eu *quero* aprender mais sobre eles. Agora, você pode achar que essa é uma má ideia, mas não vejo alternativa para nós. Não sabemos como viemos parar aqui. Não sabemos se Têmis é capaz de voltar sozinha para a Terra e, mesmo se fosse, não sabemos como fazer isso. Além do mais, o robô está desativado neste momento, e não sabemos consertá-lo. Me corrija se eu estiver errada, mas tenho a impressão de que você só vai sentar a bunda na Terra de novo, segundo suas próprias palavras, se essas pessoas nos mandarem de volta para lá. E acho que as chances de que isso aconteça crescem exponencialmente se resolvermos não tratá-las como inimigos. Precisamos cativá-las. Não importa se você estiver sendo sincero ou não, tenho certeza de que não vai doer.

— E como você sugere que a gente faça isso?

— Para começo de conversa, podemos tratá-las como pessoas, e não como coisas.

— E você acha que eles nos darão ouvidos? Mesmo se derem, não estamos em um episódio de *Star Trek*. Eles não entendem uma palavra do que estamos dizendo.

— Quer perguntar isso a eles, só para ter certeza?

— Acho que eu gostava mais quando você estava à beira da depressão, Rose.

ARQUIVO Nº EE013 — ARQUIVO PESSOAL DE ESAT EKT

ENTREVISTA ENTRE OPT ENATAST E VINCENT COUTURE

Local: Desconhecido

— Yincent! Voucê auênji a-ais.

— …

— Voucê.

— Você. Essa eu entendi.

— Auênji.

— Auênji? Não faço ideia do que… Aprende! Você aprende mais! Não! Eu não aprendo mais! E *você* precisa aprender a usar melhor as consoantes, meu amigo. Isso é loucura. Não vamos continuar com a aula, antes preciso ver meus amigos. Estou aqui há… Vocês já me deixaram dias e dias preso aqui nesse quarto idiota sem janelas. Estou morrendo de fome. Odeio aquela coisa branca que vocês trazem. É tapioca? Estou fedendo. Acho que estou mijando na pia. Quero ver meus amigos!

— *Yok yosk.*

— Quê?

— *Yok yosk.*

— Agora? *Yok* é agora, acho. Posso ver meus amigos agora?

— *Yosk.* Aôura... a-ais um.

— Agora mais um o quê? Uma hora? Um dia? Quer dizer "amanhã"?

— Como voucê faua ama... niam?

— O quê? Como... você fala? Como você fala "amanhã"! Não. "Como você fala" é usado para saber a palavra *na sua* língua. Na *minha* a gente pergunta: "O que significa X?".

— O que siyinifiua X "amaniam"?

— Não precisa dizer o X, é só colocar a palavra no lugar. O que significa "amanhã"? E essa... Bom, essa é uma boa pergunta. O sol não se pôs nenhuma vez enquanto nós estávamos dentro de Têmis. Vocês provavelmente não ligam para a rotação do planeta... Dormir. Como você fala "dormir"? Assim, olha. Não tenho certeza se ajuda colocar a mão embaixo do rosto desse jeito. Olhos fechados. Lá, na cama. Eu durmo na cama.

— *Iksyokt.*

— *Iksyokt*? Isso... de olhos fechados, é *iskyokt*?

— *At.*

— Posso ver meus amigos agora mais um *iskyokt*?

— *At.*

— Sim? Sim, posso vê-los?

— *At.*

— Isso!!! Obrigado!

— *Iskyokt* é olhos.

— O quê? Não. Esses são os meus olhos. Isso, de olhos fechados, é dormir. *Iskyokt* significa "dormir". Agora mais um "dormir" é amanhã.

— *Yok yosk* é amaniam.

— Sim, senhor! Deixa eu escrever isso. *Yosk*. Pode significar alguma coisa como "depois", ou "após". Se continuarmos assim, em pouco tempo você e eu vamos poder conversar com um bebê de qualquer lugar.

— *Eyyots esat yok yosk*.

— O que foi que você disse? Ficou todo sério de repente. O que vai acontecer amanhã?

— Voucê uai paua Teua amaniam.

— Eu... Terra amanhã. Eu vou para a Terra amanhã?

— *At*.

— Nós vamos voltar para casa?

— *At at*.

— ISSO! Obrigado! Vocês dão abraço também?

ARQUIVO Nº 2116 (CONTINUAÇÃO)

ENTREVISTA ENTRE A MAJOR KATHERINE LEBEDEV, DO DEPARTAMENTO CENTRAL DE INTELIGÊNCIA DA FEDERAÇÃO RUSSA (GRU), E VINCENT COUTURE

Local: Prédio do GRU, São Petersburgo, Rússia

— Quem era esse tal de Opt? Um professor de língua estrangeira, algo assim?

— Enatast. Ele... É uma espécie de acadêmico. Não seria capaz de pronunciar um L direito nem se a vida dele dependesse disso, mas é bom com as leis e as regras. Foi enviado pelo Conselho, o governo.

— Para ensinar você a se comunicar.

— Não. Bom, sim. Acho que o objetivo era que ele os ajudasse a decidir o que fazer conosco. Eles não tinham a menor ideia.

— Ou seja, decidir se deveriam matar vocês ou não?

— Não! Eles não sabiam se relacionar com a gente, mesmo. Quando vieram à Terra, se deram conta de que temos parentesco com eles, mas ainda assim nós somos... Somos bastante diferentes. Eles têm leis que ditam como lidar com espécies completamente alienígenas, e outras destinadas a pessoas que são parte Ekt, mas essas últimas são para pessoas que nasceram lá, no planeta deles. Não estavam preparados para um mundo repleto de pessoas peludas com um pouquinho de Ekt.

— Pessoas peludas?

— É... Bom, você conheceu Ekim: eles não têm nenhum pelo corporal.

— Nós não temos muito...

— Mas pelo visto já era o bastante. As pessoas nos paravam nas ruas, olhavam os nossos braços. As crianças queriam tocar nossas sobrancelhas. Nós éramos como um bando de Wookiees para eles.

— Você está inventando isso.

— Juro para você. Era como se o Chewbacca tivesse pousado bem no meio de Nova York.

— Não consigo entender.

— O quê? Não conhece o Chewbacca?

— Essas pessoas, esses *Ekt*. Eles vêm aqui e matam *milhões*. Então, levam vocês para lá e... o quê? Ensinam a língua deles. Dão comida e roupas, imagino. Por anos. Não faz sentido para mim. Vocês foram mantidos prisioneiros esse tempo todo?

— Não! É complicado. Eles não... Nós éramos como uma batata quente na mão deles, no sentido jurídico também, mas principalmente no filosófico. Eles debateram sobre isso, e bastante. O governo deles trabalha... devagar.

— Então você não passou nove anos em um quarto com esse tal de Opt?

— Não, mas conversei bastante com ele. É uma boa pessoa e, por muito tempo, foi a única com a qual eu pude conversar direito naquele planeta.

— Eu achei que ele tinha ensinado a língua deles a você.

— Leva um tempo até aprender a conversar de verdade com as pessoas. Com Enatast, tínhamos um meio-termo entre as duas línguas. Com todos os outros Ekt, eu me sentia como um turista em Cuba. *¿Dónde está la playa?*

— Eles tinham praias por lá?

— Há oceanos, sim, mas nunca vimos nenhum. E há bastante areia…

— Como é o planeta deles?

— Bom, é um planeta. Então, depende um pouco de onde se está. Eles têm oceanos, dois continentes. Cada um é dividido em… regiões… *Osk*, onde nós ficamos no começo, era bem… arrumado. Você já foi a Singapura?

— Não, por quê?

— Deixa pra lá. Era tudo organizado. Bonito, cheio de prédios antigos. É lá que se encontram os membros do… governo planetário deles. É, acho que dá para chamar assim. O palácio imperial fica em Osk. É maravilhoso.

— Arranha-céus?

— Não, tudo é bem baixo. No máximo dois ou três andares. Mas estávamos em um complexo do governo, então não conseguimos ver tudo o que tinha em *Osk*. Depois, eles nos levaram para *Etyakt*, uma outra região. Uma mistura esquisita entre o velho e o novo. Várias pessoas de lugares diferentes…

— Quer dizer de planetas diferentes?

— Bom, sim. Planetas, regiões. Que eu saiba, todos ali nasceram em Esat Ekt, mas alguns tinham ancestrais de outros mundos. Vários costumes diferentes, todo tipo de comida estranha. Não era tão bonito quanto em *Osk*, mas tinha mais… vida.

— Por que vocês tiveram que trocar de lugar?

— Como eu disse, estávamos em um tipo de complexo governamental. Eva, Rose e Eugene... Digo, elas e o general Govender estavam no mesmo dormitório. Havia bem mais espaço para nós em Etyakt. Cada um de nós tinha uma casa. Bom, exceto Eva.

— Eles deram uma casa a vocês? Tipo, uma casa de verdade?

— Acho que não eram bem *nossas*, para ser sincero. Nunca perguntei. Não pretendíamos vendê-las, nem nada.

— Prossiga.

— É isso. Nos mudamos para um lugar novo.

— E ficaram assistindo à TV por nove anos. Fim.

— Não há... TV. Dava para acessar e assistir a algumas informações, mas não há nenhum tipo de encenação. Sem... ficção, só informação.

— Por que não?

— Não sei. Não era assim lá. Eles escrevem livros, romances, mas nada visual. Essa coisa de fingir ser outra pessoa... É algo que eles simplesmente não fazem. Seja como for, nós não precisávamos de TV. Tínhamos um mundo inteiro para descobrir. Levamos semanas só para entender como as nossas casas funcionavam. Como usar a cozinha, como...

— Já entendi.

— O que foi? Mundano demais para você?

— Não sei. Quando eu penso em um mundo alienígena, não me vem à cabeça um programa da Martha Stewart.

— O que você esperava? Guerras espaciais? Nós comíamos, dormíamos e lavávamos a louça. Sei que pode parecer chato, mas... Como posso explicar? Imagine estar em um lugar que até lembra este aqui, mas onde cada coisinha, por menor que seja, é tão diferente que deixa a gente com cara de idiota. É tão familiar, mas ao mesmo tempo a gente não sabe usar uma maçaneta, um banheiro. Não dá para saber se está segurando um garfo ou algum tipo de chave de fenda. Será que naquela caixa tem comida, sal ou algum produto para limpar o banheiro? Nós estávamos... perdidos.

ARQUIVO Nº EE026 — ARQUIVO PESSOAL DE ESAT EKT

ENTREVISTA ENTRE A DRA. ROSE FRANKLIN E VINCENT COUTURE

Local: Residência designada, região de Etyakt

— Podemos ser rápidos com isso, Rose? Eva quer dar uma volta, e prefiro que ela não vá lá fora sozinha.

— Não vai demorar. Só quero manter um registro desse nosso tempo aqui, caso a gente vá embora logo. Você se importa?

— Não, tudo bem. Vai! Vai! Vamos conversar.

— Então… O que você pode nos dizer a respeito deste lugar?

— Enatast me disse que essa é uma zona residencial, na região de *Etyakt*. Não sei para que servem essas casas, mas, segundo ele, podemos ficar aqui enquanto estivermos no planeta. É um lugar bonito, cheio de árvores. Árvores esquisitas, alienígenas.

— Não são tão esquisitas assim. Na verdade, até me surpreende que as coisas *não* sejam tão estranhas por aqui. Digo, claro, é tudo diferente, mas ao mesmo tempo parece…

— Não diferente?

— Há casas, para início de conversa, e ruas, bairros. Eles têm um governo. Parte disso tudo faz sentido. Esses alienígenas passaram alguns milhares de anos na Terra, bem perto do que era o epicentro de nossa civilização. É possível que a influência deles sobre nós seja maior que imaginamos... Não diga a eles que eu admiti isso. Mas há algumas coisas aqui que eu realmente não esperava encontrar. Veja só como a vegetação deles é parecida com a nossa.

— Rose, eu vi com meus próprios olhos. Você conhecia alguma árvore com o caule multicolorido?

— Sim. O eucalipto-arco-íris, acho que é esse o nome. A casca é exatamente assim. Agora, se você quer saber, acho a rua bem mais estranha. Aquela areia preta, parece algo vulcânico. Eu me pergunto se todas as ruas são assim.

— Você pode dar uma volta por aí, sabe? Não queria conhecer mais desse lugar? Pois aí está a sua chance.

— Sabemos se é seguro?

— Duvido que eles nos colocariam bem no meio de uma zona de guerra, Rose. Não há guardas na porta.

— Eu vi uma passando aqui em frente hoje mais cedo. O uniforme era diferente, mas ela estava armada.

— Governo diferente. Sei que eles chamam de "regiões"... Bom, na verdade *eu* chamo de "regiões", eles chamam de *etyeks*. Significa "parte de alguma coisa", mas é basicamente como um país, pelo que eu consegui entender. Regras diferentes... tudo diferente. Estávamos na região de *Osk* antes, e essa fica mais ao sul. E, quando eu digo "sul", digo a parte mais baixa no mapa que Enatast me mostrou. Não sei se existe mesmo um sul.

— Vincent, esse Ena...

— O nome dele é Enatast.

— Esse Enatast explicou por que estamos aqui?

— Ele disse que estaríamos mais confortáveis aqui.

— E mencionou quando vamos embora?

— Disse que não sabe.

— Você acredita nele? Nós deveríamos ter ido embora logo no começo, e já estamos aqui há dias.

— Se acredito que ele não sabe quando vamos embora? Sim, acredito. Tenho certeza de que ele sabe o motivo de tanta demora, mas isso ele não quer me dizer.

— Tenho a sensação de que vamos continuar aqui por um bom tempo.

— Por quê?

— Eles nos deram um lugar para morar, Vincent. Parece bastante trabalho para quem quer nos hospedar só por mais algumas noites. Poderíamos ter ficado no complexo onde estávamos presos antes.

— Não sei. Enatast diz que vamos embora logo. Ele certamente está me escondendo um monte de coisas, em parte porque não entendo nem metade do que ele diz. No entanto, não acho que ele tenha motivos para mentir para nós. Ele tem se saído bem, até. Já consegue pronunciar os dês direitinho, bem, quase, e os erres também. Ele *grunhe* os dois. Continua enchendo tudo de vogais, mas cada vez ficam mais sutis.

— Ele tem razão sobre uma coisa: aqui é mesmo bem mais confortável.

— Você gostou, não é?

— Só disse que é mais confortável.

— Não estou falando só da casa. Você gostou daqui, deste planeta.

— É um pouco assustador, mas, sim, gostei. É um mundo completamente diferente. Você não está nem um pouquinho animado?

— Parece muito com Havana, para mim. Sem as janelas.

— Nunca estive em Cuba.

— Desculpa, esqueci que vocês antes não podiam viajar para lá. Passei algumas férias em Cuba. Por quinhentos dólares, dava para pegar um resort com tudo incluído, até bebida. De qualquer forma, parece com isso aqui. Arquitetura espanhola, ornamentos, cores fortes. A diferença é que Havana está caindo aos pedaços. Olhando da rua, é tudo lindo. Mas de um terraço, parece Beirute. Buracos vazios por toda a parte. Este lugar aqui está em ótimo estado.

— E vazio.

— Não precisamos esquentar com os vizinhos.

— Não é apenas no nosso quarteirão, Vincent. Eugene e eu fomos lá fora. Não vimos ninguém, em lugar nenhum.

— Parece que tem um mercado para aquele lado, a uns vinte minutos de caminhada. Enatast disse que há pessoas vivendo do outro lado.

— Certo, mas não acha estranho que haja tantas casas vazias assim, por quilômetros a fio? Além disso, não há... carros, veículos.

— Também não havia onde nos colocaram antes. Percebi isso quando saímos de lá. Talvez eles... se teletransportem de um lugar para outro, sempre que não conseguem ir a pé. E, sim, claro que é estranho. Tudo aqui é estranho. Já experimentou usar o banheiro?

— Já.

— Você conseguiu apoiar as pernas no chão?

— Não, elas ficaram suspensas. Mas entendi a ideia. As pernas deles dobram mais embaixo também, e eles têm essas juntas extras. Assim, o povo daqui consegue colocar os pés no chão.

— E você...

— Vincent, a gente não precisa falar de banheiro...

— Eu sei, mas o meu...

— Eu sei. Eu sei. Por que não pergunta a respeito de todas essas casas vazias na próxima vez que falar com ele?

— Claro. Mas, sério, Rose: que diferença faz, se vamos para casa?

— Só estou curiosa.

— E? Vamos lá, eu sei que você está com alguma outra coisa na cabeça.

— Eu…

— O quê? Pode falar.

— Eu acho que a gente não vai voltar para casa.

— Ah, mas vamos, sim, Rose. Não me importa se você prefere ficar aqui. Nós vamos para casa.

— Eu não disse que não quero ir embora. Só acho que eles não vão mandar a gente de volta.

— Mas, se eles forem mandar, você prefere ficar mais um pouquinho antes de ir. Não é?

— E isso é tão ruim assim? Estamos em outro planeta, Vincent. Outro planeta!

— Bom, me desculpe, mas espero de todo coração que você não consiga o que está querendo.

— Compreendo. Mas imagine só por um minuto que tenhamos mesmo que ficar mais um tempo aqui. Não vai querer aproveitar ao máximo?

— Rose, não quero que me entenda mal, mas pretendo deixar isso bem claro para você. Não me importa o que vai acontecer comigo, com Eugene… ou com você. Não estou nem aí se vamos sobreviver ou não. Sinto muito em dizer isso… Vou levar minha filha para casa.

— Eu sei que você quer protegê-la.

— Não é só isso. Vou levar Eva de volta para a Terra.

— Ela poderia ser feliz aqui, sabe?

— *Você* poderia ser feliz aqui.

— Estou surpresa, Vincent. Achava que sua parte cientista ficaria mais animada com isso tudo. Somos os primeiros seres humanos a colocar os pés em outro planeta. Isso é uma oportunidade… que a palavra "única" não chega nem perto de descrever. É algo que vale uma vida inteira. Podemos aprender tanto com essas pessoas, aproveitar nosso tempo aqui para compreender como essa sociedade funciona.

— E de que adianta, se não pudermos contar a ninguém?

— Você pensa mesmo assim, Vincent? Parece outra pessoa falando.

— Talvez eu esteja ficando velho.

— Vincent, nós temos a mesma idade.

— Temos, não é? Sempre acho que você é mais velha que eu, porque… Bom, porque você era mesmo mais velha que eu antes. Mas tem razão, eu deveria estar superanimado com isso tudo. Só que não estou.

— Você deveria tentar fazer…

— Nunca comprei roupas para ela.

— O quê?

— Eva. Nunca comprei roupas para ela. Nunca comprei um brinquedo, um chiclete. Nunca fui comer panquecas com ela em um domingo de manhã, nunca a ajudei com o dever de casa.

— Essas são coisas que *você* nunca fez. Tem certeza de que isso diz respeito a Eva?

— Talvez você tenha razão. Talvez eu esteja sendo egoísta. Quero que ela tenha… Quero dar a ela algo que pelo menos *pareça* normal. Quero deixar esse legado para ela. Acho que Eva merece isso. Além do mais, você fala como se ficar aqui fosse uma opção, como se mudar para a França, algo assim. Acontece que não é. Eva não vai ter um baile de formatura com as coleguinhas alienígenas. Aqui não é um lugar seguro, Rose. Nem para nós, nem para ela. Você está agindo como um cientista olhando dentro da cratera de um vulcão ativo. É bem legal, e tal, mas não pretendo criar minha filha assim tão perto da lava só para satisfazer sua curiosidade científica.

ARQUIVO Nº EE027 — ARQUIVO PESSOAL DE ESAT EKT

ENTRADA DE DIÁRIO — DRA. ROSE FRANKLIN

Local: Residência designada, região de Etyakt

Acho que acabei de tentar fazer carinho em um rato. Estava brincando com a areia na entrada da casa em que me colocaram. Achei que fossem resíduos de rocha vulcânica — talvez até sejam —, mas também há bastante metal no meio. A areia é incrivelmente pesada, e não mexe nem um pouquinho quando eu tento soprá-la. Essa... *coisa* era mais ou menos do tamanho da minha mão e apareceu assim, do nada. Uma bolinha de pelo vermelha e felpuda. Parece um hamster bem grande, mas vermelho. E quando digo "vermelho", era vermelho mesmo. Quando eu era criança, meu giz de cera preferido era o vermelho-fogo. O bicho era dessa cor. A coisinha não tinha rabo, e mal dava para ver os olhos. Era só uma bolinha vermelha, disparando pelo quintal. Ficou paradinho quando me viu. Tentei chamá-lo e encostar nele. Foi então que uma... segurança apareceu. Ela gritou, e nunca vou saber se foi para mim ou para o bicho. Disse alguma coisa enquanto espantava meu amiguinho. Essa parte eu consegui entender. A bolinha vermelha com certeza captou a mensagem. Não acho que eu corria algum risco, mas o olhar da segurança para mim foi igualzinho o da minha mãe quando perdi uma aposta e resolvi comer uma minhoca, ou quando coloquei na boca um chiclete velho que encontrei no chão do carro. Imagino que a bolinha vermelha não seja o animal mais querido deste planeta.

De muitas maneiras, isto aqui parece muito a Terra. A gravidade é praticamente a mesma. Não consigo medir para ter certeza, não com os equipamentos que tenho em mãos. A atmosfera é bem similar à nossa, claro, mas o ar parece um pouco mais espesso. A pressão atmosférica deve ser mais alta aqui. Isso, ou o ar é só mais seco. Tem um cheiro diferente, também. O ar é… doce. Como se tivesse açúcar.

Segundo Vincent, Enatast disse que não precisamos nos preocupar com doenças. Eu fico me perguntando por quê. Não quero que uma espécie alienígena inteira simplesmente desapareça por causa de algo como um herpes. Mas imagino que pessoas capazes de viajar pelo espaço saibam mais a respeito desses perigos que eu. Nós tivemos dificuldade em entender muita coisa que estava acontecendo quando chegamos aqui, mas acho que parte do que eles fizeram foi justamente para prevenir o apocalipse dos herpes. Com sorte, também não vamos morrer por causa de alguma gengivite alienígena.

Eu sei que deveria estar me preocupando com outras coisas, como o risco de vida que corremos. O fato, porém, é que não consigo parar de pensar na bolinha vermelha. Eu me pergunto se aquele animal é considerado uma peste por algum motivo prático — talvez ele coma as plantações, ou seja, vetor de alguma doença — ou se é algo cultural. Vai ver a bolinha vermelha é um demônio de tão ruim e teria arrancado meu dedo. Mas é tão bonitinha. É completamente estúpido e maluco — e eu não vou fazer isso, prometo que não vou —, mas parte de mim sente muita vontade de se aproximar e domesticar um desses animaizinhos, colocar dentro de casa. Tenho a sensação de que é por esse tipo de coisa que as crianças de oito anos costumam levar bronca neste planeta.

Talvez nós tenhamos, mesmo, apenas oito anos. Somos como crianças aqui. Inacreditavelmente ignorantes e ingênuos. Sempre ficamos impressionados com a mais simples e insignificante das coisas, nadando alegremente no desconhecido, acumulando informação mais rápido do que conseguimos processar. Eu, pelo menos, estou assim. Tudo é ciência. Tudo é descoberta. Não preciso nem dizer, mas estou feliz aqui.

Gostaria que Vincent e Eugene estivessem tão felizes quanto eu. Os dois só falam em voltar para casa. Eu compreendo. Ou eu *quero* compreender. Eugene suspeita de tudo e de todos. Não confia em uma só palavra que sai da boca de Enatast. Acho que nunca será capaz de confiar. Vincent só quer manter a filha em segurança. Essa parte eu entendo, de verdade. Eu só queria... Queria que eles aproveitassem sabe-se lá quanto tempo ainda temos aqui. Todos vemos as mesmas coisas, mas eu gostaria que eles as enxergassem como eu. É como se eu estivesse curtindo um filme, enquanto as outras pessoas na sala não estivessem nem prestando atenção. É um sentimento egoísta. Só queria alguém disposto a compartilhar essa maravilha comigo.

Não sei quanto tempo mais a gente tem, mas não quero que isso acabe. Tenho tanta curiosidade, sobre tantas coisas, que não consigo ficar parada. Mas eu não sou a única. Todos nós somos estranhos no ninho aqui. Vincent e eu, principalmente. Nós dois somos bizarramente rosados. Também somos os únicos de cabelo comprido, que eu tenha visto. Ou os alienígenas não deixam o cabelo crescer, ou o cabelo deles não cresce mesmo. Encontro mais pessoas andando pelo bairro a cada dia, certamente desejando que elas "acidentalmente" acabem esbarrando em nós. Eu faço a minha parte para que isso aconteça. Adoro ver a cara deles.

Eu deveria me arrumar. Vamos ao mercado hoje.

ARQUIVO Nº 2116 (CONTINUAÇÃO)

ENTREVISTA ENTRE A MAJOR KATHERINE LEBEDEV, DO DEPARTAMENTO CENTRAL DE INTELIGÊNCIA DA FEDERAÇÃO RUSSA (GRU), E VINCENT COUTURE

Local: Prédio do GRU, São Petersburgo, Rússia

— Veja bem, Katherine. Posso conversar com você sobre o clima daquele planeta, sobre o que normalmente comíamos no café da manhã, mas suspeito de que isso não vá matar a sua curiosidade. O que *exatamente* você quer saber?

— Aquilo que *todo mundo* quer saber, Vincent. Quero saber se eles vão voltar!

— Não vão! Já disse. Quantas vezes quer que eu repita? Os Ekt não vão voltar à Terra. Eu realmente acho isso, de verdade, com todas as forças do meu coração. O desastre que causaram por aqui é um tópico muito, muito delicado para eles. Vão falar do assunto para sempre, mas não existe a menor possibilidade de que cheguem a um consenso um dia. Tudo gira em torno da questão da interferência. Tudo *mesmo*. Eles estavam, sim, interferindo quando vieram remover os descendentes dos primeiros alienígenas. No entanto, só concordaram em fazer isso porque teoricamente apenas um pequeno grupo de pessoas acabaria sendo afetado. Pensavam que era melhor tomar uma atitude do que deixar nossa espécie ser "infectada" pelo código genético deles. Quando se deram conta de que foi justamente isso o que tinha acontecido por aqui, foi bem ruim. E milhões de humanos acabaram morrendo enquanto eles se davam conta disso, o que também foi péssimo para eles, mas nem tanto porque as pessoas morreram, e sim porque essas mortes podem ser consideradas uma forma de interferência ainda maior. É como tentar tirar uma mancha de óleo da camisa e perceber que, na verdade, era a sua mão que estava suja e piorou ainda mais a situação. Eles não podem consertar o que fizeram. Então, não vão fazer nada a respeito.

— Gostaria de poder acreditar nisso.

— Bom, agora a escolha é sua, certo? Mas pare de fazer a mesma pergunta, se não se importa com a resposta que eu posso dar.

— É que é difícil de acreditar, Vincent. Você disse que eles vieram atrás de um pequeno grupo de pessoas. Foram embora quando de repente todo mundo começou a morrer, mas ainda não encontraram aquelas pessoas. Elas continuam aqui. Será que os alienígenas não vão querer voltar e acabar com o serviço?

— Estou dizendo a você: eles não querem começar uma guerra contra os humanos. Disseram isso a nós, com todas as letras. Eram letras Ekt, então foi mais sucinto.

— Disseram?

— Se disseram? Sim! O general Govender estava lá. Ele fez um acordo de paz com o governo dos Ekt.

— Um acordo oficial?

— Sim, seja lá o que isso significa. Oficial. Ele se encontrou com os alienígenas, de forma oficial. Foi tudo… bem oficial.

ARQUIVO Nº EE028 — ARQUIVO PESSOAL DE ESAT EKT
ENTREVISTA ENTRE EUGENE GOVENDER E OPT ENATAST

Local: Residência designada, região de Etyakt

Traduzido por Vincent Couture

— Sente-se, Couture. Está me deixando nervoso. O que ele quer comigo?

[*Ele disse: "Leve-me ao seu líder". É só um pouco brincadeira, é mais ou menos isso que ele disse, sim. Ele quer falar com o chefe. Expliquei o que era um general, e ele disse que queria falar com você.*]

Qual o nome dele, mesmo?

[*Opt Enatast.*]

Mas devo chamá-lo de Opt? Sr. Opt?

[*Não. Ou fala o nome completo ou usa apenas o Enatast. Ou não chama ele de nada.*]

Preciso chamar de alguma coisa.

[*Quando você está conversando com alguém, com que frequência usa o nome da pessoa? Bom, tanto faz, pode chamá-lo de Enatast. É o que eu faço. Não acho que seja grosseria, mas, mesmo se for, ele já teve que me ensinar a usar o banheiro. Acho que podemos deixar as formalidades um pouco de lado.*]

E você vai traduzir tudo, de lá para cá e vice-versa.

[*É possível que ele te entenda, se você falar de um jeito bem simples. Se não entender, vou fazer o melhor possível, mas ainda assim você precisa falar de um jeito simples.*]

Cacete!

[*Pronto, ele chegou. Eyyetist, Enatast. Eyet general Eugene Govender.*]

— *Eyyetist*, Vincent. *Eyipot otot eps*, Ieneuau.

— O que foi que ele disse?

[*Não sei. Alguma coisa educada.*]

Ele me chamou de Ieneuau?

[*Sim. Ele chamou você de general. Aperta logo a mão dele, vai. Eu mostrei a ele como se faz.*]

É uma honra conhecê-lo, Opt Enatast.

— *Eyitokt aktept otok apats Akitast…*

[*Opa, opa. Espera! Devagar.* Ansyets, ansyets.]

Eyitokt… aktept… otok apats Akitast.

[*Falar... como Grande Conselho de Akitast… Eu falo pelo Conselho, em nome dele, alguma coisa assim.*]

Ast eyapetent ekukt eteyans.

[*Sinto muito, ou me desculpe pela morte dos terráqueos, dos humanos.*]

…

[*Você precisa dizer alguma coisa agora, general.*]

— Pergunte por que eles nos atacaram.

[*O que acha de pedir desculpa pelos quatro pilotos deles, antes?*]

Cem milhões contra quatro. Não diria que estamos quites. Pergunte a ele.

[Ekt eyepsats iset akt.]

— *Eyekant ops. Aks eyepsats apepoks Ekt. Ast eyapetent.*

[*Não atacamos. Atacamos os Ekt criminosos. Sinto muito.*]

— É isso? Cem milhões de mortos, e ele sente muito?

[*Olha, general, não foi ele quem mandou aqueles robôs. Tenho certeza de que Enatast teria muito mais a dizer sobre esse assunto se o intérprete aqui não tivesse o vocabulário de uma criança de três anos. Tenta confiar no que ele está dizendo, pode ser?*]

Pergunte se ele sabe quantos humanos eles mataram.

[*Não, não vou perguntar isso. Nem se eu conseguisse.*]

Tudo bem. Diga a ele… Diga que não queremos guerra.

[Aks eyapat ops…]

Vincent?

[*UIIIIIIIIIIII. BUM! TATATATATÁ! AHHH!*]

O que raios você está fazendo?

[*Mímica de guerra. Eu disse que você tinha que falar de um jeito simples.*]

— *Oyokyets!*

[*Talvez?*]

Aks anyoks eyapat ops oyokyets.

[*Nós também não queremos guerra. Pronto!*]

— Diga a ele que não falo em nome de nosso planeta inteiro. Diga que ninguém na Terra poderia fazer isso. Diga que não será fácil convencer todos os humanos de que os Ekt não querem nos machucar, não depois do que eles fizeram conosco. Talvez leve algumas gerações até que possamos começar do zero. Diga que farei o que estiver em minhas mãos para explicar aos nossos líderes que foi apenas… Cacete, como dizer a alguém que cem milhões de pessoas morreram, mas que foi sem querer? Ajudaria bastante se eles assumissem um pouco da responsabilidade. "Sabe aquele negócio de cinco anos atrás? Pois bem, foi um acidente." Duvido que as pessoas vão levar isso numa boa, especialmente aquelas que viram as maiores cidades do mundo reduzidas a uma cova coletiva. Tem certeza de que ele não consegue me entender? VOCÊ! ESTOU FALANDO COM VOCÊ! Escutou o que acabei de dizer?

[Aks eyyeots Eteyat anesk akt.]

O que você disse a ele?

— *Eyakosk. Eyapetent* Yincent.

[Eyesunt.]

— Ele está indo embora? Cacete, Couture! O que você disse a ele?

[*Está tudo bem, senhor.*]

Seja lá o que você disse, tenho a ligeira impressão de que foi bem mais curto do que o que eu pedi para você traduzir.

[*Não adianta, senhor. Como o senhor mesmo disse, não pode falar em nome de todos na Terra. Ele sabe disso. Enatast também não pode falar em nome do povo dele. Isso tudo foi apenas para manter as aparências.*]

Por quê?

[*Se eu tivesse que adivinhar, diria que ele só quer tornar nossa estadia aqui mais agradável.*]

Que diabos você está dizendo?

[*Quer saber o que eu disse a ele? Perguntei quando vamos embora.*]

Só isso?

[*Bom, sim. O que mais importa, a essa altura?*]

E?

[*Ele disse que é complicado.*]

E que droga isso significa?

[*Acho que significa que vamos ficar aqui por um bom tempo.*]

E tudo bem para você?

[*Como eu disse a Rose, não me importo muito com o que vai acontecer comigo. Só não quero que minha filha cresça aqui. Temos que levá-la de volta para casa.*]

Então, sugiro que você comece a fazer amigos.

[*Que parte de: "Temos que levá-la de volta para casa" você não entendeu? Não quero fazer amigos. Não quero ficar aqui tempo suficiente para fazer amigos. Nós precisamos é de um plano.*]

Não. Agora, nós precisamos é de amigos. Eu queria um plano, mas Rose me fez desistir mais rápido que um foguete pilotado por um bando de macacos.

[*Não dê ouvidos a Rose. Ela gosta daqui. Ela...*]

Ela tem razão! Pensar em um plano seria apenas estupidez. Não sabemos de nada. Não sabemos como viemos parar aqui. Não sabemos como voltar para casa. Como podemos bolar um plano? Precisamos é de alguém que saiba nos tirar dessa maldita rocha flutuando no espaço. Por isso, sugiro que você saia daqui e comece a fazer amigos. Vários amigos. Precisamos de amigos no governo, amigos que odeiem o governo. Precisamos de amigos, Couture.

ARQUIVO Nº EE031 — ARQUIVO PESSOAL DE ESAT EKT

ENTREVISTA ENTRE VINCENT COUTURE E ESOK

Local: Mercado de Aptakt, região de Etyakt

Traduzido por Vincent Couture

— Qual é o seu nome?

— Você já esqueceu? Perguntou há um minuto (na hora da conversa, quatro momentos no passado).

— Eu sei disso. É só para manter um... Não conheço a palavra para "registro".

— Sou Esok.

— Só Esok?

— Tem mais alguém aqui?

— Não. Obrigado, Esok. Pode me dizer que lugar é este?

— Aqui? Este é o mercado de Aptakt. É o maior mercado da região de Etyakt. As pessoas vêm comprar comida e outras coisas.

— Nós pegamos nossa comida naquela rua, em outro mercado.

— Sim, sim. O armazém beneficente de Etyakt. Do governo.

— A comida lá é bem melhor. E tem mais, também.

— Muito melhor.

— Certo, e qual é a diferença?

— Lá a comida é de graça. Aqui você tem que pagar.

— E por que as pessoas vêm até aqui?

— É aqui que fica o mercado.

— Eu… Eu não entendo.

— Sim, sim.

— Não, eu quis dizer…

— Como é o seu mundo?

— Meu mundo? É… Parecido com este aqui, em algumas regiões. Temos árvores, como estas. Outras partes do planeta são bem mais frias… Nós temos… Não sei falar "oceano"… Temos muita água, coisas grandes de água.

— Sim, sim. Aqui também. Todo mundo é que nem você?

— Que nem eu? Em que sentido?

— Você tem pelo no rosto. E nos braços.

— Temos um pouco de pelos nos braços, sim.

— Um monte de pelos. Todo mundo tem braços?

— Sim, temos braços… E pernas.

— Ninguém vive na água?

— Sim. Alguns animais.

— O que é a-ni-mal?

— Hmmm... Uma coisa viva? Algo que come, vê, se movimenta.

— Que nem você.

— Sim, mas diferente... Menos inteligente.

— Algumas pessoas são menos inteligentes.

— Qual a palavra para "consciência"? (Na hora, eu disse "ciente de mim mesmo". Ele só ficou me encarando...) Humanos... E eu sou humano... Bom, humanos têm consciência de suas emoções, de seus pensamentos, de suas atitudes.

— Vocês acham que são melhores que os outros porque pensam?

— Não, eu... Na verdade, sim. Humanos acham isso.

— Interessante.

— Esse seu... monitor. Está fazendo alguma coisa.

— Ah. Só uma pesquisa. Posso votar depois.

— Pesquisa sobre o quê?

— Deixa eu ver... Tem a ver com você.

— Comigo?

— Sim, sim. Alguém sugeriu que plantássemos mais árvores no seu lado do mercado, agora que tem gente morando lá.

— E você pode dar a sua opinião sobre isso?

— Por que não? Não precisa de nenhuma habilidade muito especial para decidir sobre plantar ou não uma árvore! Além do mais, eu sempre voto quando a decisão envolve árvores e plantas. Não acha que eu deveria fazer isso?

— Eu... Eu não quis... Tenho certeza de que você é muito bom em... Como você sabe que eu moro do outro lado do mercado?

— Todo mundo sabe.

— E por que ninguém mais mora daquele lado?

— Não há pessoas suficientes para aquelas casas.

— É o que estou dizendo. Por que aquelas casas todas, se não tem gente suficiente?

— Você não sabe?

— Eu não sei de nada!

— Esse planeta já foi um ninho de *yatsak*. Mal dava para caminhar por essas ruas. Havia gente de muitos mundos, comprando e vendendo coisas. Então, há milhares de meses, veio a guerra. O imperador tinha feito algo muito errado, e as pessoas prejudicadas atacaram o planeta. Muitos morreram. Muitos, muitos. Depois da guerra, decidiram que Esat Ekt nunca mais iria interferir em outros planetas, de maneira nenhuma. Todos os que vinham de outros lugares foram mandados para fora daqui.

— Quantos?

— *Yokokt*.

— Não entendo.

— Me mostre as mãos... As duas. Essa era a quantidade de pessoas vivendo aqui. Agora, abaixe uma das mãos. Isso é o que ficou depois da guerra.

— Metade? E para onde os outros foram?

— Para qualquer lugar fora daqui. Muitos tinham nascido em Esat Ekt, mas não eram Ekt. Vários voltaram para os planetas de seus ancestrais, mas muitos também não eram bem-vindos nesses lugares. Muitos se recusaram a partir. Muitos, muitos morreram.

— Mas você está aqui. Essas pessoas todas estão aqui.

— Como você sabe que eu não sou Ekt?

— Você é azul.

— Não tanto. Não poderia voltar ao planeta de meus ancestrais, nem se quisesse. Eles me chamariam de cinzento. Meu quinto pai era azul de verdade. Minha quinta mãe era Ekt. Os que tinham sangue Ekt não precisaram sair.

— Deixaram vocês ficarem aqui.

— Depende do ponto de vista, na verdade. Minha quinta mãe diria que "não deixaram a gente sair". Meu quinto pai não era Ekt. Ele teve que ir embora. Mas minha quinta mãe não teve permissão para ir junto. Minha quarta mãe, filha deles, era meio-Ekt. Assim, ela também não podia sair do planeta.

— Por quê?

— Ela poderia ter bebês em outros mundos, e essas crianças teriam sangue Ekt. Isso não é permitido.

— Interferência.

— Sim, sim. É uma palavra muito importante neste planeta.

— Vou tentar me lembrar disso.

— Vi você com uma menininha. É sua filha?

— Você viu? O nome dela é Eva.

— Bom. Ela vai gostar daqui. Há outras crianças da idade dela.

— Não há nos outros lugares?

— Não onde os Ekt vivem. A maioria das crianças deles vai para a escola, na cidade. Ou trabalha.

— Elas trabalham?

— Alguém precisa trabalhar. As únicas crianças Ekt que permanecem aqui são as vermelhinhas.

— Vermelhinhas?

— Cadetes imperiais. Todos vestem vermelho e são treinados para servirem como soldados da guarda imperial. Tem um bem ali.

— Você não parece gostar muito deles.

— Sim, sim. Nessa idade, eles ainda são legais. Eu deixo de gostar é do que viram quando crescem...

— Seu monitor. Outro voto?

— Esse não é para mim. O Conselho de Etyakt votou. Vocês são cidadãos, agora.

— Nós? Por quê?

— Não pode permanecer neste planeta se não for cidadão.

— Então isso é bom?

— Depende se você planejava ou não voltar para casa um dia.

— Você quer dizer que não podemos sair daqui?

— Sim, sim.

— O quê?

— Eu disse "sim". Vocês não podem sair de Esat Ekt.

— Por quanto tempo?

— Para sempre.

ARQUIVO Nº 2116 (CONTINUAÇÃO)

ENTREVISTA ENTRE A MAJOR KATHERINE LEBEDEV, DO DEPARTAMENTO CENTRAL DE INTELIGÊNCIA DA FEDERAÇÃO RUSSA (GRU), E VINCENT COUTURE

Local: Prédio do GRU, São Petersburgo, Rússia

— Então vocês optaram por permanecer lá esses nove anos…

— Eles fizeram essa oferta.

— E o que vocês disseram?

— Que sim, claro. Era uma oportunidade única.

— Ficaram lá por vontade própria.

— Foi o que acabei de dizer.

— Voluntariamente?

— De coração. Daqui a pouco não vai sobrar nenhuma outra forma de dizer isso.

— …

— O que foi? É tão difícil assim de entender? Nos foi dada a chance de passar um tempo em um novo planeta, conhecendo outra espécie. Nós mergulhamos de cabeça. Rose e eu somos cientistas, lembra? Era uma oportuni...

— Uma oportunidade única. Você já disse isso. Então, um belo dia vocês resolvem que tinha chegado a hora de voltar para casa, e eles apenas... mandam vocês para cá. É isso? Não tiveram que fazer nada. Só pediram: "Podemos ir para casa agora?", e eles responderam: "Claro! Sobe aí!". Nada aconteceu entre uma e outra, nada que valha a pena mencionar. Nadinha. Por nove anos.

— Eu não sei o que dizer a você. Tudo era interessante. Tudo era novo.

— O que vocês fizeram?

— Como assim?

— O que vocês fizeram por quase uma década, como passavam seus dias? Tinham algum tipo de trabalho?

— Eva teve, por um tempo. Ela trabalhava na cozinha de um posto de distribuição de sopa.

— Um posto de distribuição de sopa alienígena?

— Bom, *lá* não era alienígena. Mas eles serviam pessoas de outros mundos, sim.

— Que beleza. Eva alimentando pessoas sem receber dinheiro em troca. Você deve ter ficado orgulhoso.

— Isso foi sarcasmo? Não dá para saber. E, sim, eles eram pobres, mas tinham como pagar. Na verdade, eram os únicos com algum tipo de dinheiro. Oficialmente, não há moeda corrente em nenhuma das regiões. Tudo o que for essencial é mais ou menos de graça, e dá para trocar por quase tudo também. Só precisa de dinheiro para comprar o que está fora do sistema.

— Comunismo!

— Não exatamente. As pessoas têm propriedades. Algumas possuem bem mais que outras, quando produzem algo que fique de fora da regulamentação do governo. Arte, por exemplo. Escultores, dançarinos, escritores: quando eram bons, tinham uma vida bem melhor que a maioria.

— Escultores? E quanto aos médicos?

— Bom, a maioria das pessoas trabalha porque quer. Lá, ninguém acordava cedo todo dia de manhã para fazer algo de que não gostava com o único objetivo de conseguir mais comida ou roupas que os outros.

— Que bonitinho. E chato. Com certeza tem alguns trabalhos de bosta que ninguém quer fazer.

— Claro. Trabalho no campo, por exemplo. As crianças fazem isso, alguns anos antes de irem para... Acho que dá para chamar de universidade.

— Exploração de trabalho infantil. Lindo isso.

— Estão mais para adolescentes, na verdade. Só parecem bem novos.

— E quanto a você e à dra. Franklin? O que faziam o dia todo?

— Não tínhamos trabalho, se é isso que você quer saber.

— Por que não?

— Nós não tínhamos qualificação suficiente para... basicamente nada.

— Tadinhos. As pessoas zombavam de vocês?

— Ficavam nos encarando, na maior parte do tempo. Nos chamavam de peludos. No fundo, acho que ninguém teve a ideia de nos oferecer algum trabalho. Passei algumas horas dando aulas de inglês a Enatast, enquanto ele me ensinava Ekt. Não tenho certeza se ele realmente estava a fim de aprender, no fundo. Depois de um tempo, acho que ele aparecia apenas para que eu tivesse alguma coisa para fazer. Mas continuou indo, então preferi nem perguntar. Rose... Rose passou algum tempo com os cientistas dos Ekt, mas ela realmente não tinha nenhuma habilidade que eles achassem útil. Eu cheguei a "dar umas voltas" com eles, principalmente no começo, servindo de intérprete para Rose. Parei quando fiquei bom o suficiente para perceber quando estavam sendo condescendentes comigo. Tirando a questão do joelho, Rose era bem mais interessante para eles do que eu.

— Por quê?

— Ela detonou um dos robôs deles, e sozinha. Ficaram impressionados com isso.

— Não ficaram bravos?

— Não. Não na área em que morávamos, pelo menos. Não éramos vistos como inimigos. Éramos mais… Eles achavam que tinham nos deixado… doentes, de alguma forma, quando bagunçaram nosso código genético. Nossa ciência é muito menos desenvolvida que a deles, assim como nossa tecnologia. Somos também fisicamente mais fracos, mais baixos. Não representamos nenhum tipo de ameaça a eles, nem de longe. Não sei como explicar isso… Já viu um bebê esquilo?

— Não, acho que não, mas o que isso tem a ver com…

— Certa vez, Kara encontrou um na calçada. Foi logo depois da inauguração do CDT, e tínhamos acabado de nos mudar para Nova York. Não conhecíamos ninguém. Enfim, ela viu esse bebê esquilo. Nenhum de nós dois queria se meter com aquilo. Não queríamos que ele morresse, mas também não queríamos tomar conta de um esquilo, porque… porque é um esquilo, e acabaríamos obrigados a ficar com ele, caso a mamãe esquilo resolvesse não voltar. Estávamos perto do pôr do sol, então sabíamos que os gatos provavelmente viriam pegar o filhotinho. Ainda assim, estávamos dispostos a deixar a natureza seguir seu curso. Foi aí que o pestinha subiu no meu pé, se enrolou todinho e, então, dormiu.

— Ahhh…

— Pois é, foi isso. Nós levamos o esquilinho para passar a noite em casa e, no dia seguinte, o largamos perto da mesma árvore.

— E o que aconteceu com ele?

— Não faço ideia. Morreu, provavelmente. A questão não é essa. O fato é que ele era uma praga, um rato superestimado por ter um rabinho peludo. Mas era fofinho, estava lá desamparado, e nós nos sentimos responsáveis por ele. Para nossa sorte, os Ekt são mais pacientes que Kara e eu. Por isso, resolveram ficar mais que apenas um dia tomando conta de nós, enquanto o governo deles decidia o que fazer em seguida.

— E o que eles decidiram?

— Nada.

— Vincent. Eu entendo que você não queira confiar em mim, mas, se for ficar aí inventando essas mentiras, que pelo menos elas façam um mínimo de sentido. E olha que quem está dizendo isso acreditaria em quase qualquer coisa. Não, é sério! Sou superconvencível. Compro essas porcarias todas que eles anunciam na televisão, e depois fico com vergonha demais de pedir o dinheiro de volta.

— Eu já disse: é assim que eles funcionam. É devagar.

— Devagar do tipo nove anos?

— Sim! Eles têm uma forma de democracia bem rigorosa. Para eles, algumas coisas são realmente difíceis de resolver.

— Pensei que tivessem um imperador.

— E têm. É uma imperatriz, agora. Mas ela não faz nada. É como a rainha da Inglaterra. A maioria das decisões é tomada diretamente pelo povo. E todas as que envolvem outras espécies ou outro planeta cabem ao Grande Conselho de Akitast.

— Certo, então eles votam. Nós também. Não entendo como uma decisão pode ser tão complexa a ponto de levar uma década para ser resolvida.

— Não é como nós. Aqui é como se fôssemos um bando de bebês votando. Eles lá são votantes profissionais.

— Como assim?

— Bom, aqui nós votamos em poucas coisas, como nas eleições governamentais, por exemplo. Alguns lugares exigem maioria absoluta, com mais de cinquenta por cento dos votos. Em outros, isso não importa, e ganha quem tiver o maior número de votos, independente da porcentagem. Mas nós escolhemos a partir de uma lista, ou seja, há uma quantidade limitada de opções. Imagine que, em vez de uma lista de candidatos, as pessoas pudessem escrever na cédula o nome de quem quisessem. Para ganhar, o mesmo nome teria que aparecer em mais da metade das cédulas, considerando todos os votos. É assim que eles decidem as coisas. O problema não é recolher os votos. Os Ekt votam em tudo, o dia inteiro, todo dia. Se as questões serão resolvidas, bom, isso depende da pergunta. Quando o problema pode ser resumido com "sim" ou "não", tudo é mais fácil. Agora, se existem múltiplas possibilidades, aí complica. O Conselho não tinha a menor ideia do que fazer conosco. Isso traz uma infinidade de possíveis respostas, e eles não conseguiam entrar em consenso. Quando saímos de lá, eles ainda estavam debatendo se deveriam ou não permitir que ficássemos.

— Você acha que sou tão idiota assim, Vincent?

— O que você quer que eu diga?

— Hmmm, não sei. A verdade, talvez?

— Essa *é* a verdade. Que parte está incomodando você? Ouvir que eles não são uma ameaça?

— Fale do exército deles.

— Sério? Não tenho muito a dizer além do que já contei a você. Não chegamos a fazer um tour para conhecer as instalações militares dos Ekt. Eles têm uma porrada de robôs. Vimos algumas naves de transporte, mas disseram que tinham... Você está prestando atenção?

— Desculpe. Vamos ter que continuar com isso mais tarde.

— O que foi?

— É... Não é nada bom. Temos um probleminha.

— Que tipo de probleminha?

— Sua filha.

— Ela fez alguma coisa?

— Bom, ela sumiu. Acho que podemos considerar isso alguma coisa, sim.

— Como assim, "sumiu"? Para onde?

— Hmmm... Essa era a *minha* pergunta. Onde ela está?

— Como diabos eu posso saber? Você me mantém trancado em um quarto o dia inteiro. Não tenho permissão nem de ver a minha filha.

— Você está exagerando um pouco, Vincent. Aquele quarto não fica trancado, apenas bem protegido pelos guardas na porta. É bem diferente. Mas, tudo bem, você tem certa razão. Digamos que eu acredite em você. A dra. Franklin também estava no quarto dela. Além disso, não acredito que ela seja do tipo fugitiva. Tem certeza de que não foi você?

— O quê? Não. Sim, tenho certeza.

— Certo. Não foi você. Isso piora as coisas.

— Mas por quê?

— Porque, se não foi um de vocês que ajudou na fuga de Eva, foi um dos nossos. Consegue perceber por que isso é um problema, certo? Ontem, eu tinha três pessoas capazes de pilotar Têmis. Três pilotos. Agora, um deles está morto e a outra…

— Ekim está morto?

— Ops! Esqueci de contar, não é? Ele está morto, *mortinho*. Morreu há dois dias. Por causa de cocô de gato, veja só.

— Você deveria ter deixado ele ir embora. Eu falei para você deixar ele ir para casa!

— Ah, você estava falando sério? Bom, se eu soubesse… Nós teríamos deixado o garoto alienígena ir embora, *com* o robô Têmis. Por que não? Com isso eu certamente não teria mais que me preocupar por não ter nenhum piloto. Já que agora… Agora Eva está desaparecida. Não sou uma maravilha em matemática, mas sei que aquele robô precisa de dois pilotos para funcionar. Três menos dois dá menos que dois. E se isso já não fosse o bastante, parece que tenho um traidor trabalhando para mim… CHYORT VOZ'MI! Desculpe. Estou um pouco irritada nesse momento. Tem ideia de quanto aborrecimento isso vai me causar? Eu tinha que preencher três formulários só para falar com Eva. Imagine só a papelada por ter deixado ela escapar. Veja bem, nós não podemos deixar as pessoas fugirem. Não, não *mesmo*. É meio que nossa especialidade, na verdade.

— Eu deveria sentir muito por você?

— Pelo menos poderia! Seria legal. Um abraço não faria mal. Outra coisa que poderia fazer é me ajudar a encontrá-la, antes que a situação fique ainda pior.

— Por que eu faria qualquer coisa para ajudar você?

— Boa pergunta. Parece não haver mesmo nenhuma razão, não é? Digo, neste momento você deve estar até feliz por sua filha ter conseguido escapar daqui. Certo? Daqui a cinco segundos, você vai se dar conta de que agora o exército russo inteiro está atrás dela, sem contar o nosso serviço secreto. Então, você vai pensar: hmmm, minha filha não é a pessoa mais controlada do planeta. Espero que ela não faça nada estúpido quando a encontrarem. E eles vão encontrar, esse pessoal é muito bom nisso. Em breve... Ah, acho que já está acontecendo! Você já conseguiu visualizar mentalmente sua filha levando oitocentos tiros de uma vez e...

— Se você encostar nela, eu...

— Ah, pelo amor de Deus, Vincent! Tenta de novo, vai! Tem certeza de que é isso que você quer dizer? As palavras que está procurando são: "Por favor, Katherine! Por favor, por favor! Existe alguma coisa que você possa fazer?".

— Existe?

— NÃO! Pelo menos não até encontrá-la. Tem certeza de que não sabe onde ela está? Para onde ela iria? Onde ela se esconderia?

— Na Rússia? Ela nunca... Nós nunca estivemos aqui. Ela não conhece nada, jamais saberia para onde ir.

— Ela deixou um bilhete para você.

— O que está escrito nele?

— Está escrito: "Pai, como raios você acha que Katherine sabe o que eu escrevi? Ela acabou de descobrir o bilhete".

— ...

— Não se preocupe. Você pode ficar com o bilhete, assim que todo mundo já tiver dado uma olhada nele.

ARQUIVO Nº EE066 — ARQUIVO PESSOAL DE ESAT EKT

REGISTRO PESSOAL — EVA REYES E VINCENT COUTURE

Local: Mercado de Aptakt, região de Etyakt

— O seu vê o mundo em apenas duas dimensões. Estes aqui nasceram e já estão disponíveis para adoção.

— Eva?

— Que foi?

— Por que você está lendo isso para mim? Fui eu que escrevi a pista. Já sei o que é.

— Só estou pensando alto, pai. Não consigo entender. É difícil.

— Se fosse fácil, não seria "caça" ao tesouro, e sim "passeio atrás do tesouro", ou coisa do tipo.

— Você ainda não disse o que tem naquele pote.

— Direi quando você descobrir o que significa essa pista.

— O que tem no pote?

— Sério, Eva?

— Quero saber!

— Umas mechas de cabelo.

— Do seu cabelo?

— Claro, do meu. Ou você acha que eu sairia por aí cortando o cabelo dos outros assim, do nada?

— Não sei! … Preciso mesmo perguntar?

— Perguntar o quê?

— Pai! Por que você colocou seu cabelo em um pote?

— Ah, sim. Você vai ver.

— Isso não tem graça nenhuma, pai. Fala logo!

— Você vai descobrir assim que desvendar essa pista. É a última.

— Eu não sei o que significa! O meu vê o mundo em duas dimensões. O meu o quê?

— Por que você enxerga as coisas em 3D?

— Eu… Porque meus olhos estão virados para a frente?

— Quantos olhos?

— Dois olhos.

— Então…

— O que é meu e não tem dois olhos?… Eu não tenho nada!

— Não aqui. Em casa.

— … A marmotinha que era da Kara!

— Isso!

— Tá, vamos lá. Esses aqui nasceram e já estão disponíveis para… Aqueles bichinhos peludos perto da barraquinha de frutas?

— Sim! E ele são yotyot, aliás.

— Isso quer dizer que…

— Quer dizer isso mesmo. Você vai ganhar um yotyot! Você disse que gostava deles, e é o mais perto de um gato que consegui achar por aqui.

— Obrigada! Obrigada! Obrigada!

— Ei, é seu aniversário. Pelo menos eu acho. O cara disse que eles comem qualquer coisa, e que não crescem mais que isso. Só fazem xixi na água, aparentemente.

— Podemos ir lá buscar agora?

— Daqui a pouco. Parece que tem algum tipo de briga aconte… Merda! EVA! CUIDADO!

— AHHH!

— Eva, você está bem?

— Sim, eu… Ele trombou feio em mim.

— SIM, EU… ELE TROMBOU FEIO EM MIM. UM TIPO DE BRIG…

— PAI! Eu estou bem.

— Tem certeza? Tem um aprendiz de guarda vindo agora mesmo. Aquele merdinha pode ir preso se…

— Já disse que estou bem.

[*Eps eyiskeks akt?*]

Ops. Eyesunt.

[*Ast eyet Ekim.*]

Eyet Eva.

[*Eps eyesat Eteyat akt? Eps ast eyyetsek onyosk ant ot.*]

At, at. Aks eyek ant asteks onsoks.

[*Ast eyyekt. Ast eyapat yetsek eps epokt, Evat.*]

Anyoks! Aks eyyekt eket ops. Tchau!

— O que ele queria?

— Pai! Só queria saber se eu tinha me machucado.

— Por que ele perguntou o seu nome? Aliás, como você ficou tão fluente na língua deles?

— Ele não perguntou. Só me disse que o nome dele era Ekim. E eu respondi dizendo o meu. Não sabia que era segredo. E você me ensinou, pai.

— Eu não te ensinei tudo isso! O que significa "*onsoks*", aliás? "Vazio"?

— Sim. Não sei, pai. Eu só…

— Não precisa pedir desculpa por aprender mais rápido que eu. Só tenha cuidado com estranhos, o.k.? E pare de dizer às pessoas que nós não conhecemos ninguém, combinado?

— Ele só estava sendo gentil, pai.

— Ele é um aprendiz da guarda imperial.

— E daí?

— E daí nada. Você tem razão. Nós não conhecemos esse rapaz. Só isso.

— …

— Você acha ele bonitinho, não acha?

— Pai!

— Que foi?

— Podemos pegar o meu yotyot agora?

— Sim, vamos lá. Está bem ali… Eva, sem correr!

…

Eu disse sem…

— Posso pegar?

— Deixa eu recuperar o fôlego, só um instante.

— Posso pegar esse?

— Eva, pode pegar o que quiser, são todos iguais.

— Esse aqui parece triste.

— Você pode escolher qualquer um e vai pegar justo o mais tristinho?

— Talvez ele fique mais feliz se vier morar com a gente.

— Isso é... bem legal da sua parte, Eva. Parabéns pelo seu 12º aniversário! Consegue carregá-lo? Eu não trouxe nada onde colocar o bichinho.

— Claro. Vem aqui, rapazinho!

— *Eyesunt.*

— O que você acabou de fazer?

— Agradeci ao moço. Paguei e agradeci.

— Você deu o pote a ele!

— Sim, eu dei.

— Com seu cabelo dentro!

— Isso. Era o que ele queria.

— Mas... Não se sente estranho?

— Por que eu me sentiria estranho?

— Você pagou com cabelo, pai!

— Bom, o cabelo foi só algo que eu joguei no final, para fechar o negócio. Ontem eu já tinha dado o meu cinto a ele, mas não foi suficiente. Ah, e o meu cartão do metrô de Nova York. Basicamente, troquei um cinto de trinta dólares por uma iguaria. Se alguém saiu prejudi...

— Não é uma iguaria! É um bichinho de estimação!

— Para ele, não é. É carne! Você sabe que algumas pessoas comem essas coisas, não sabe?

— O quê? Nããão!

— Sim, os… Não sei como eles se chamam. Aqueles… caras altos, carecas e magricelas.

— Todos aqui são meio carecas, pai.

— Os pelados.

— Ah, eles.

— É. Eles comem esse bicho. Por isso é que os yotyot estão à venda aqui.

— Isso é horrível! Eles são tão bonitinhos!

— Tipo os coelhinhos?

— Sim!

— Bom…

— Não dê ouvidos a ele. Ninguém vai comer você, sr. Yotyot.

— Esse vai ser o nome dele?

— O que tem de errado com sr. Yotyot?

— Nada. Seria como dar o nome de sr. Gato a um gato.

— Eu gosto de sr. Gato!

— Então vai ser sr. Yotyot. Bem-vindo à família. Como você sabe que é um menino?

— …

— Ah, entendi. Antes de levarmos o sr. Yotyot para casa… Você sabe que devemos ir embora em breve, certo? Para a Terra? Não sei quanto tempo ainda vamos ficar por aqui. Certamente não achava que permaneceríamos em Esat Ekt por dezoito meses. E imagino que não deveríamos… Acho que não poderemos levar o sr. Yotyot conosco, quando chegar a hora.

— Eu gosto daqui, pai.

— Que bom. Só não quero que você se afeiçoe demais a ele, caso tenhamos que ir embora logo. Nem sei quanto tempo esse bicho vive. Se bobear, o sr. Yotyot já tem cem anos. Ah, antes que eu me esqueça: vamos todos jantar na casa da Rose hoje à noite.

— Você disse que passaríamos o dia juntos.

— E vamos. Estaremos juntos, com Rose e Eugene.

— Mas é o meu aniversário!

— Eu sei! Exatamente por isso! Rose até encontrou algo que lembra um bolo.

— Pensei que a gente fosse... curtir um pouco, só você e eu.

— O que me diz, então, de jantarmos com Rose e Eugene e depois vamos para casa e... "curtimos" o tanto que você quiser... Acho que estou velho demais para usar essa expressão.

ARQUIVO Nº 2117
CARTA DE EVA REYES A VINCENT COUTURE

Vincent,

Se você estiver lendo isso, significa que aquele cara cumpriu a promessa e que eu fui embora. Acho que isso também significa que todo mundo na GRU já estudou essa carta em busca de qualquer pista, de algum código secreto. Como estão se saindo? O pombo está bem passado. O homem cego não enxerga nada. Vão se ferrar todos vocês!

É isso. Acho que nunca mais vamos nos ver de novo. A verdade é que espero isso mesmo. Gostaria de dizer essas palavras a você pessoalmente, ou pelo menos sem plateia, mas desse jeito vai ser mais fácil para nós dois. Katherine já sabe que eu não queria ter saído de Esat Ekt, e não dou a mínima para o que mais ela sabe sobre mim.

Você me tirou *tudo o que eu tinha*, Vincent. Todo mundo que eu conhecia. Tudo o que importava para mim. Aquele era o meu lar! Meu *esat*! Você pode não gostar disso, mas aquela era a minha casa. Eu gostava de lá. Eu me encaixava. Tinha uma vida, a *minha* vida, e você tirou ela de mim. De propósito.

Até mesmo Ekim. Você sabe que ele não merecia isso. Ele era inocente. Tudo o que Ekim queria era ajudar as pessoas, me ajudar. Provavelmente não significa muita coisa para você, mas significava tudo para mim ter alguém que me olhava daquele jeito, como se eu nunca fosse capaz de errar. Não importava o quanto eu tentasse afastá-lo de mim, o quanto eu fosse cruel com ele, Ekim continuava a me olhar daquele jeito, sempre. Ele também vivia dizendo a todo mundo que eu era a *eputet* dele. Isso me deixava absolutamente furiosa. Ekim sabia, e provavelmente era por isso que continuava me chamando assim. De vez em quando, eu deixava ele se safar. Não o empurrava na parede, não fazia nenhuma piada cruel. Você deveria ter visto a cara dele. Não sei se eu estava apaixonada por Ekim, mas eu certamente amava a sensação que ele despertava em mim. Eu gostava de *mim mesma* quando ele estava por perto, e isso não era algo muito comum. Agora, ele se foi. Você também me tirou isso.

Não sobrou nada aqui para mim, nada além de más lembranças. Meus pais, Kara. Todo mundo que já teve alguma importância na minha vida está morto, morto por minha causa. As pessoas aqui tiravam sarro de mim porque eu era diferente. Elas debochavam de quem eu era. Agora me consideram uma aberração ainda maior. Me colocaram em um quarto de vidro, espetaram agulhas em mim o dia inteiro. Como você foi capaz de pensar que era isso que eu queria? Tudo o que eu tinha, Vincent, você arrancou das minhas mãos. Tirou o que havia de bom e me mandou de volta para onde só havia dor. Eu odeio você por isso.

Valeu a pena? Valeu a pena matar Ekim? Odeio você, se sua resposta for "sim". Também odeio se disser "não". Odeio você, pai. Aposto que diz a si mesmo que fez tudo isso por minha causa. Bom, eu não queria isso, *yokits*. Isso deveria ter significado alguma coisa para você.

Não sei o que vou fazer agora nem para onde vou depois que sair daqui. E não diria a você, mesmo se soubesse. Mas não importa onde vou parar, o importante é que terá sido escolha minha. *Eu* escolhi. Eu. Quero que você se lembre disso. Talvez você nunca admita, mas sua vida será melhor sem mim, e acho mesmo que a minha não pode ficar pior do que já está. Sei que procurou fazer o seu melhor. Sei também que não foi fácil, e eu sempre amarei você por isso. Mas também odeio você.

E.

P. S.: Ei, Katherine! Tchauzinho!

PARTE 2

PERNAS, PRA QUE TE QUERO

ARQUIVO Nº EE098 — ARQUIVO PESSOAL DE ESAT EKT

ENTRADA DE DIÁRIO — DRA. ROSE FRANKLIN

Local: Residência designada, região de Etyakt

Já estamos há quase quatro anos em Esat Ekt. Ainda assim, somos estranhos aqui. Existe uma distância que nos separa deles, uma barreira invisível que não podemos ultrapassar. Quero quebrar essa barreira, mas não sei como. Eles sorriem para nós, apertam nossos cotovelos de vez em quando, como sinal de simpatia, mas não há carinho, não há conexão de verdade. É como usar luvas o tempo todo.

Não sabemos o que nós somos. Ninguém sabe. Por um lado, nossa espécie tem um pouco da genética deles. De acordo com a lei — a lei deles —, por conta disso, seríamos considerados Ekt. Então, nos deram a cidadania. E, se for verdade, nunca mais poderemos sair deste planeta. Por outro lado, apenas parte muito pequena de nosso código genético foi, de fato, afetada pelo deles. Eu, aliás, não tenho nem sinal dessa interferência genética. Nada. Seguindo esse raciocínio, não deveríamos nem estar aqui. Eles não permitem a presença de alienígenas. A região de Etyakt não pode nos conceder a cidadania. Se somos alienígenas, temos que ir para casa. Assim, ou não podemos sair do planeta ou não podemos ficar. O Grande

Conselho de Akitast decidiu entrar para resolver a questão, três anos atrás. Enquanto eles debatem o que fazer, nós ficamos aqui, no limbo. Outros muitos debates surgiram por nossa causa. Nossa região, Etyakt, é bastante diversa. Mais da metade da população vem de outros mundos, pelo menos em parte. Eles se identificam conosco. Veem o que aconteceu na Terra, onde os Ekt mataram milhões de pessoas, e sentem medo de que sejam os próximos. Vários protestos estão ocorrendo. As pessoas em Osk — a população lá é bem mais homogênea — nos culpam pelo que vem acontecendo. Querem a gente fora daqui, o mais rápido possível. Acho que é por isso que o Conselho ainda não tomou uma decisão. Se ficamos — se eles nos forçam a ficar, como diria Vincent —, os habitantes de Osk ficarão bem irritados. Se nos mandam embora, correm o risco de irritar ainda mais a população "parte alienígena".

Dá para perceber que as pessoas aqui são extremamente curiosas. E não só conosco; são assim por natureza. Somos tesouros ambulantes para elas, uma mina de ouro de informação sobre um mundo que elas desconhecem quase por completo. Tenho certeza de que todos aqui querem que o Conselho nos torne Ekt de uma vez, até porque, se não formos Ekt o suficiente, se formos alienígenas, não deveríamos nem estar aqui. E, a cada segundo que passam conversando conosco, só aumenta o risco de nos afetarem da pior forma possível. Assim, eles dão tchauzinho quando nos encontram na rua, batem um papinho de vez em quando — seria falta de educação nos excluir, e os Ekt podem ser tudo, menos mal-educados —, mas se a conversa for além disso eles inventam uma desculpa e somem. E eles são bons nisso, chega a impressionar! Peritos em se manter nessa zona de intimidade. E fazem isso sem qualquer tipo de desconforto ou embaraço, algo que nós, humanos, seríamos incapazes de fazer, caso os papéis fossem invertidos.

Há exceções, é claro. A maioria desses casos envolve Eva. Ela é... pura. Vincent e eu temos nossas limitações, baseadas no que acreditamos que os Ekt esperam de nós. Ela não é assim. Chega até a ser mal-educada, às vezes, porque sempre diz o que vem à cabeça. As pessoas em Etyakt a adoram por isso. De nós três, Eva é a única capaz de estabelecer relações de verdade com as pessoas do planeta. Vincent e eu temos apenas... conhecidos.

Entre nós quatro, além disso, está se formando uma espécie de fissura. Eugene só fala em ir embora daqui. Vincent também não quer ficar. As pessoas aqui são resistentes conosco, mas Vincent por sua vez não deixa ninguém se aproximar de jeito nenhum. Exceto Enatast e Esok, é claro. Ela realmente gosta dele, e acho que isso estraga tudo. Se não fosse por Eva, acho que poderia até rolar alguma coisa. Mas ele não se permite. Não vai trair a memória de Kara — é assim que ele enxerga a situação —, não com Eva ali, um lembrete constante da mãe. Elas são tão parecidas. Eva e eu não concordamos em muitas, muitas coisas. Ela e o pai também estão se afastando.

Apesar de tudo isso, eu me sinto em casa aqui em Ekt. Espero que não sejamos obrigados a voltar para a Terra, pelo menos não tão cedo. Amo este lugar. Amo essas pessoas. Há tanto conhecimento aqui. Eu me lembro de ir ao centro da cidade, quando morava em Chicago. Tão cheio de vida, de energia. Era capaz de ficar sentada em um banco de praça qualquer, sozinha, sentindo aquelas 8 milhões de vidas ao meu redor. Isso vale aqui, também, mas o que sinto é sabedoria. É como se eu me tornasse uma pessoa melhor só por me banhar nisso tudo. Neste planeta, sou uma criança. A ciência mais complexa, os conceitos mais abstratos que eu consigo compreender são tão banais neste mundo... É quase impossível que os Ekt não me ensinem coisas novas. Eles tentam ao máximo, mas alguns conceitos são tão óbvios para eles que conversas sobre o clima se tornam interessantes.

Fui tão boba de achar que poderia ser útil a eles, quando chegamos aqui. Passei algum tempo com os cientistas Ekt, e eles pareciam bem animados em me conhecer. Mas aí, quando expliquei meu trabalho na Terra, dava para ver na cara deles que era como se eu estivesse tentando ferver um pouco de água. Estavam curiosos a meu respeito, mas nada que eu fizesse poderia ser classificado como cientificamente relevante aqui. Consegui permissão para usar um dos laboratórios escolares deles, o que levou apenas dois anos e doze votos. Eles estavam... digamos, *relutantes* em permitir qualquer coisa que pudesse afetar minimamente o conhecimento humano, mas fui capaz de convencer um número suficiente de membros do comitê de que um simples laboratório escolar não poderia me acrescentar nada novo. Se tem uma coisa boa em nunca conseguir estabelecer uma conversa muito duradoura com as pessoas, é que elas não compreendem a extensão da minha ignorância. Caramba! As coisas com que os adolescentes Ekt — nem são adolescentes direito, são mais novos que isso — brincam por aqui! Não me deixam ler um livro, mas costumam explicar como os equipamentos funcionam, se peço alguma coisa bem específica. Faz sentido. Se consigo me virar sozinha com o experimento, significa que eu provavelmente teria feito isso sem a ajuda deles. Quem me dera.

Comecei com coisas bem simples, que eu já conhecia. Dessa forma, eu saberia se os resultados tinham algum sentido ou se eu estava fazendo algo errado. Então, fui aumentando a dificuldade, pouco a pouco. Eles sempre me pediam explicações, para ver se eu não estava tentando pescar algum conhecimento novo. Com o tempo, encontrei maneiras de induzi-los a me dar acesso a equipamentos mais sofisticados. Eu tinha visto o que parecia um pedaço de germânio entre as amostras do laboratório. Esses caras têm umas pedras bem legais. No fim das contas, era um germânio-76. Eu disse a eles que o germânio era um elemento químico bem raro na Terra, o que é verdade, mas menti quando disse que nunca tinha visto esse isótopo em particular. Falei que gostaria de ver se dava para fazer um decaimento beta duplo: dois prótons se transformando em nêutrons de uma vez só, em vez de um. Para minha surpresa, demorou bastante até que eu finalmente conseguisse explicar o que queria fazer. Suspeito que eles não enxerguem a matéria como algo constituído por partículas discretas, pelo menos não de forma intuitiva. No entanto, expliquei bem o bastante para que assumissem que eu já tinha visto esse processo acontecer antes, e, assim, não se opuseram quando pedi para testar o isótopo deles. Me deram uma caixa. Não um reator nuclear e um detector de metais, não um acelerador de partículas do tamanho de uma cidadezinha. Eles entraram no laboratório com algo do tamanho de uma caixa de sapatos debaixo do braço. Fiquei observando por alguns minutos, eles mexeram no equipamento, provavelmente organizando as coisas ali de um jeito bobo o suficiente para que eu pudesse entender. Como se estivessem falando com um bebê, me explicaram como funcionavam os controles e, então, me deixaram sozinha com a caixa. Levei uma semana para me virar com aquilo, mas hoje eu presenciei um decaimento beta duplo sem neutrinos. E eu não simplesmente detectei o processo, com algum medidor mais complexo: eu vi tudo acontecer bem diante dos meus olhos. Cheguei a ficar tonta, contei a todo mundo que encontrei no caminho de casa. Todos me olharam de um jeito engraçado, como se eu fosse uma desequilibrada gritando: "A Terra é redonda! A Terra é redonda!".

Depois de algumas horas, me dei conta de que não deveria falar disso com ninguém. Os Ekt achariam que sou idiota e surtariam se descobrissem que aprendi alguma coisa valiosa por causa deles. Vincent sabe um pouco de física, mas não o bastante para entender o que eu tinha conseguido fazer. Eva e Eugene não dariam a mínima. Era uma sensação estranha. O que eu tinha testemunhado era *realmente* importante. Eu tinha provado que neutrinos são férmions de Majorana, ou seja, são suas próprias antipartículas. Eu tinha provado que os neutrinos têm massa. Tinha até ajudado a delimitar a escala da massa, medindo a taxa de decaimento. Aquele foi um *enorme* passo para a física. Talvez nos ajude a explicar por que o universo está cheio de coisas, e não vazio. Poderia ajudar a explicar como as primeiras estrelas se formaram e do que é feita a matéria escura. Foi uma descoberta incrível, de grande impacto. Na Terra, isso com certeza me renderia um prêmio Nobel. Aqui, talvez me desse um sete, sete e meio em uma prova do ensino médio. Esse deveria ser um momento capaz de mudar o mundo, mas eu estava no lugar errado, na hora errada. Eu me senti como se tivesse acabado de descobrir a roda, bem no meio da Broadway, na hora do rush.

Posso viver com isso. Posso continuar estudando essa ciência incrível, o dia inteiro, mesmo se todo mundo ao redor achar que estou em um nível primitivo. De certa maneira, esse é o melhor tipo de ciência. Estimulante, mas sem consequências. Nada que eu faça no laboratório vai ser capaz de matar uma pessoa. Ninguém vai usar os resultados dos meus experimentos para machucar pessoas. Espero que nos deixem ficar aqui. Espero que Vincent e Eugene mudem de ideia a respeito deste mundo. Para minha sorte, nosso destino está nas mãos do Conselho. Não é uma decisão minha, e, enquanto estamos aqui esperando, não vejo problema nenhum em aproveitar o que o planeta tem a oferecer.

ARQUIVO Nº EE108 — ARQUIVO PESSOAL DE ESAT EKT

REGISTRO PESSOAL — VINCENT COUTURE E EVA REYES

Local: Residência designada, região de Etyakt

— Podemos comer o bolo, pai?

— Eu estava esperando Eugene chegar...

[*Ele não vem. Não está se sentindo muito bem.*]

De novo? Bom, sobra mais bolo para nós! Sinto muito não ter encontrado velinhas. Catorze anos! Só quero dizer o quanto fico feliz em ter passado esses últimos quatro anos com você, ainda que preferisse tê-los passado na Terra. Ver você crescendo, se tornando uma adolescente rebelde, foi... pura tortura. Fico feliz *de verdade* que não haja roupas pretas aqui neste planeta, ou com certeza você teria vindo com essa história de ser gótica para cima de mim. Ah, e um grande obrigado ao Itit, do mercado, que finalmente conseguiu recarregar as baterias dos nossos gravadores.

— Eu não sou rebelde.

— Bom, você sai sozinha de casa, fala com outras pessoas. Isso já é ser rebelde. Esok disse que você passa bastante tempo com um aprendiz de guarda. Qual é o nome dele?

— Ekim. E nós somos apenas amigos!

— É, bom, espero que sim. Ele tem, tipo, uns vinte anos.

— Eles envelhecem superdevagar! Ele é mais novo que eu!

— Então é jovem demais para você. Espera… Não foi isso que eu quis dizer.

— O que, então, você quer dizer?

— Quero dizer que… Quero dizer que você deveria ficar aqui. Nunca sair de casa, ou fazer… qualquer coisa. E, não importa o que aconteça, nunca, nunca apareça aqui com um namorado.

[*Eu quero conhecê-lo! Traga ele aqui, um dia!*]

Obrigado, Rose… E isso foi sarcasmo, diga-se de passagem. Já basta você ter me convencido a deixar Eva arrumar um emprego. Prefiro deixar essa coisa de namorado quieta por enquanto. SR. YOTYOT! Saia já da mesa!

[*Ela está ajudando as pessoas, Vincent, dando comida. Você deveria se orgulhar.*]

— Será que vocês dois poderiam parar de falar de mim como se eu não estivesse aqui?

— Ei, você viu a Eva? Sabe, aquela esquisitinha?

— Muito engraçado, pai. E olha só quem fala: eu vi bem o jeito que você olha para a Esok.

— Eu uso os meus olhos. É assim que eu olho para a Esok. Se não fosse com os olhos, eu não olharia.

— Tudo bem, pai! Ela gosta de você. Eu e ela somos amigas. É perfeito.

— Por que não falamos de outra coisa? Liga a parede, por favor. Não dá para enxergar nada, aqui.

[*Você acabou de pedir para "ligar a parede"?*]

— É, ele pediu. É assim que ele fala há quatro anos. Nunca percebeu? Diminui a parede. Desliga a parede.

— Tá vendo o que eu tenho que aguentar, Rose? Somos as únicas pessoas neste planeta inteiro que falam a nossa língua, e, ainda assim, minha própria filha debocha do meu jeito de falar. Como você fala desse negócio da parede, Rose?

[*Deixa mais luz entrar?*]

Ah, você é tão esperta. Vamos comer aquele bolo!

[*Eva, me conta como é na cozinha do posto de distribuição de sopa. O que eles mandam você fazer por lá?*]

— Não tem muita coisa para contar. É uma cozinha para fazer sopa. Eu mexo as panelas, distribuo umas tigelas de sopa.

— Quantas pessoas recebem comida por dia?

— Não sei. Centenas. Mil. Um monte.

[*Como é que pode? Todos recebem a mesma porção de comida. Você viu quanto dão para a gente. Dá para comer o dobro e ainda assim sobraria um pouco.*]

Onde você esteve nos últimos quatro anos, Rose? Metade dessas pessoas nem sequer existe. Elas não recebem *nada*. Os filhos delas não recebem nada. Seus netos não vão receber nada. E isso só vai piorar, a não ser que deem um jeito de se livrar daquele Conselho idiota.

— Eva. Alguém pode escutar você.

— Eles são do mal, pai! Todo mundo aqui odeia o Conselho.

— Estou falando sério, Eva.

— Não passam de um bando de racistas de merda.

— São os únicos que podem nos ajudar.

— Você disse que eles não decidiram ainda. Já se passaram quatro anos, e eles não conseguem chegar a um consenso! Não vão fazer nada, nunca.

— Vão, sim. Vão mandar a gente de volta para casa. São os únicos que podem fazer isso. Você quer ir para casa, não quer?

— ...

— Eva?

— Sim, quero. Mas o jeito que eles tratam as pessoas, as que não são cem por cento Ekt, é errado. Alguém precisa acabar com isso.

— Sei que você não gosta deles, Eva. Só estou pedindo que você tome cuidado com o que diz em público. A última coisa que queremos é arranjar ainda mais problema do que já temos. Eles já colocam a culpa dos protestos em nós.

— Você sabia que o povo de Esok está morrendo?

— Eu não sabia que ela ainda tinha família.

— E não tem. No planeta de onde ela vem. Eles estão morrendo. Todos eles.

— Esok nasceu aqui.

— Larga de ser babaca, pai. Eles poderiam curá-los, sabia? Poderiam. É, tipo, megafácil, aparentemente. Mas o Conselho não vai fazer nada. Vão deixar um planeta inteiro morrer.

[*Existe uma lei impedindo que eles interfiram, Eva.*]

— Rose, acho que você não vai querer entrar nessa discussão. Eva tem... uma opinião bem forte a respeito desses grandes princípios dos Ekt. Não quero brigas no dia do aniversário dela. Além do mais, tudo isso é mais ou menos sua culpa.

[*Minha culpa?*]

De onde você acha que ela tirou essas ideias todas? Com certeza não foi de mim.

[*Você acha que eu...*]

Não, não acho. Você adora o Conselho. Foi você que...

[*Eu não...*]

Ainda não terminei. Foi você que me convenceu a deixar Eva trabalhar na cozinha do posto de distribuição de sopa. Aquele lugar está repleto de alienígenas morrendo de fome, a maioria com um monte de filhos ilegais para alimentar. Não é lá uma grande concentração de aliados do Conselho.

[*Não pensei nisso. Sinto muito.*]

Ei, não é você que diz a eles quantos filhos podem ou não ter.

[*Os Ekt não têm muitos filhos. Estão tentando manter um equilíbrio entre...*]

— Estão tentando erradicar essas pessoas!

[*Isso não é...*]

Ah, fala sério, Rose!

— Sinto dizer que Eva pegou você nessa, Rose. Não é uma questão de opinião política, mas de matemática. Uma criança por pessoa. Se eles se reproduzirem como nós, humanos, o número de crianças cai pela metade a cada geração. Essas pessoas não estariam mais aqui, se tivessem seguido as regras.

— Por que você continua defendendo o Conselho, Rose?

[*Eu não estou defen... Talvez eu esteja. Só acho que não é tão simples quanto parece. Eles não tiraram simplesmente esses princípios da cartola. Há toda uma história por trás disso, há uma razão. Concordo que pode até haver consequências...*]

"Pode até"?

[*Certo, concordo que há consequências, mas os Ekt são muito mais que essa política de não interferência. O que eles têm aqui é o mais próximo de uma estrita democracia que eu já vi. Decidem tudo no voto, desde a cor dos postes de luz até as prioridades das pesquisas médicas. Essas pessoas têm mais controle sobre a própria vida do que nós jamais tivemos na Terra.*]

— Certo, Rose, já chega.

[*Eu só...*]

Eu sei, eu sei. Vamos mudar de assunto.

— Chega para mim. Vejo vocês mais tarde.

[*O quê? Por quê?*]

— Eva, por favor! É seu aniversário!

— Guarda um pouco de bolo para mim, tá?

— Eva! Volta já para dentro!

[*Vincent, eu sinto muito. Não sei nem o que dizer.*]

Tudo bem, Rose. Ela é... Ela é...

[*Ela é o quê?*]

Ela é uma adolescente sem a mãe. Está tentando entender como funciona o mundo ao redor. O problema é que esse não é o mundo dela. É... E ela tem razão, sabia?

[*Razão sobre o quê?*]

Parece mesmo que fizeram uma lavagem cerebral em você. "Estrita democracia"?

[*Eu disse "o mais próximo de".*]

Certo, então você entende de física. Se morássemos aqui, oficialmente, você poderia votar em tudo que tivesse a ver com física. Se fosse uma perita em insetos, votaria nas coisas de insetos. Poderia, além disso, votar nos assuntos mais cotidianos, esses que não exigem nenhum conhecimento muito específico. No entanto, você precisaria saber do que está falando, caso fosse votar nas coisas realmente importantes.

[*Não vejo como isso pode ser ruim.*]

Mas quem decide se você sabe ou não do que está falando?

[*Existem comitês, que distribuem as credenciais.*]

E quem escolhe os participantes desse comitê?

[*Os próprios comitês escolhem seus membros. Eles...*]

Agora você está começando a entender. Se você vive em *Osk* e sua pele não tem o tom considerado adequado, seu único direito a voto é para escolher um local para plantar árvores. As pessoas aqui até podem entrar nos comitês, e tal, mas as políticas que de fato afetam a vida da população, qualquer coisa que tenha a ver com os descendentes de alienígenas, bom, nada disso é decidido localmente. Acha mesmo que há alguém com a aparência da Esok no Grande Conselho de *Akitast*? Acha que haverá, um dia?

[*Você está me dizendo que o sistema é manipulado contra eles.*]

Não, *eles mesmos* é que estão dizendo que o sistema é manipulado contra eles. Eu estou dizendo que eles nem sequer fazem parte do sistema, pelo menos não de forma relevante. Venderam uma ilusão de democracia. E eles compraram. Não querem se livrar do sistema, querem apenas mais representatividade. Não percebem que a coisa toda é construída para deixá-los de fora, de propósito. Os Ekt basicamente abriram mão de um império inteiro, do controle sobre milhares de planetas, apenas para se livrarem de todos os alienígenas que vivem aqui. O plano não previa os meio alienígenas. Eles são apenas uma concessão, como bicicletas em uma cidade sem ciclovias. Nada aqui foi pensado para eles.

[*Não acho que a decisão de tirar o poder do imperador tenha a ver com questões de raça.*]

Não acha? Me contaram a história. O imperador fez uma coisa idiota, foi chutado do trono, e quiseram garantir que isso jamais acontecesse novamente. Mas existe uma enorme diferença entre não se meter com outros mundos e se livrar de todo mundo que tenha uma aparência diferente. Isso é, sem tirar nem pôr, uma questão racial. As pessoas aqui ficaram com medo. Se compararmos, foi um trauma ainda pior que o 11 de Setembro. Passaram a temer tudo e todos que não fossem Ekt. Isso é populismo, só que com esteroides. As pessoas embarcaram com tudo. Se livraram de quem dava medo, da elite política. Inferno, se livraram do governo central por inteiro.

ARQUIVO Nº EE109 — ARQUIVO PESSOAL DE ESAT EKT

ENTRADA DE DIÁRIO — EVA REYES

Local: Residência designada, região de Etyakt

Eu achei que tinha acabado. Disseram que não aconteceria de novo, mas aconteceu. Disseram que minhas visões iriam sumir, que parariam conforme eu ficasse mais velha. Eu fiquei mais velha. E isso aconteceu. Eu estava no mercado de Aptakt com Esok. Não estávamos procurando nada em particular, apenas dando uma olhada. Quem achasse o objeto mais esquisito ganhava. Sempre brincávamos disso, mas eu era péssima. Não que eu não consiga encontrar as coisas, mas, mesmo depois de quatro anos — quase cinco, na verdade —, eu ainda não sei nada sobre os objetos cotidianos. Imagina alguém gritando: "Ei, olha só! Que coisa doida!", segurando uma escova de dente. É o que eu faço. Naquele dia, eu sabia exatamente o que tinha encontrado: minhas meias. Não fazia ideia de como minhas meias velhas, as que eu estava usando quando chegamos a este planeta, foram parar ali no mercado. Eu tinha jogado o par fora porque estava furado e isso foi há, sei lá, uns dois ou três anos. Esok disse que lá nosso grupo era meio... famoso, e que havia um mercado paralelo apenas para coisas relacionadas a nós quatro. Mas meias? De qualquer forma, eu não podia deixar essa passar.

O que eu achei engraçado foi que as meias não estavam lá antes. Eu ia ao mercado praticamente todo dia, e nunca tinha notado minhas meias verdes ali. Alguém tinha revirado nosso lixo e encontrado minhas meias fedidas. Talvez elas tenham passado de mão em mão, e o último dono devia estar desesperado e faminto o suficiente para trocar esse verdadeiro tesouro por comida. Ou então se deu conta, depois de alguns anos, de que meias não eram aquela maravilha que eles imaginavam. Eu estava explicando a Esok o que eram meias — eu, achando tudo aquilo engraçado para caramba, ela, nem tanto. Foi então que eu vi.

Centenas de robôs, talvez mais, caminhando juntos na direção de uma cidade... Era confuso. Acho que era aqui, em *Osk*. Eu vi o palácio imperial... Mais algumas centenas, milhares de robôs estavam lá, aguardando, em formação. Eles começaram a lutar. Mais robôs do que eu era capaz de contar, disparando uns contra os outros. Foi um caos. Tão rápido. Os robôs desapareciam de repente e reapareciam atrás do inimigo. Tantos flashes de luz, que chegava a doer os olhos. Só depois de um tempo que a luta parou.

Tudo ficou quieto. O ar era fresco, como se estivesse amanhecendo. Eu estava lá, em pé, onde a luta tinha acontecido. Metade da cidade estava destruída. Vaporizada. Robôs gigantes permaneciam de pé sobre as ruínas. Estavam por toda parte. Eu os via em todas as direções, até a linha do horizonte. Vi pessoas correndo. Eu... Eles não eram... Eram Ekt, então humanos. Mudavam de um para outro, super-rápido, em um piscar de olhos. O palácio ainda estava lá. Mas, por um momento, achei ter visto uma silhueta, como o contorno dos prédios de uma cidade. Edifícios altos, não como as construções daqui. Talvez Nova York ou Chicago. Havia uma mulher, claramente humana, com tanto medo... Aterrorizada. Eu também estava. Ela segurava um bebê em um dos braços, correndo, correndo o mais rápido que conseguia, do robô. E vinha na minha direção. Chegava cada vez mais perto, mais perto, até correr *para dentro* de mim. Olhei minhas mãos, minhas pernas, e eu era Ekt. Então, parou.

Esok estava na minha frente, me segurando pelos ombros. Eu podia ver seus lábios se movendo, mas não havia som algum. Levou um segundo ou dois até que eu me desse conta de que estava gritando com toda a força. Ouvi chamarem meu nome e, então, parei de gritar. Havia... várias pessoas ao nosso redor, acho que todos no mercado pararam ali. Esok me disse que eu estava tendo *askat yetost*, que é como eles chamam as visões. Eu ainda estava com medo do que tinha acabado de ver, e morrendo de vergonha por ter feito aquela cena toda na frente de tanta gente. Quando as pessoas ouviram aquelas duas palavras, *askat yetost*, a expressão delas mudou. De repente, todas sorriam. Cada uma delas. Algumas apenas foram embora, ainda com o sorriso no rosto. Outras seguraram em mim. Está tudo bem, garota. Não se preocupe com isso. É assim mesmo. Você é uma de nós. Um minuto depois, todos já tinha seguido em frente. Cuidando de suas vidas.

Esok disse que ninguém sabe quando minhas visões vão parar. Nunca ninguém ali tinha visto um humano, muito menos um humano que tivesse esse tipo de visão, como as crianças Ekt. Mas ela disse que tinha alguma coisa a ver com me tornar mulher. Se ela está dizendo o que estou pensando — não sei nada a respeito do... corpo dela, ou do corpo de qualquer outra pessoa neste planeta —, essas visões deveriam ter parado há dois anos. Não sei. Espero que essa tenha sido a última vez que eu vi essas coisas. Isso me lembra da escola. Todos me encarando. *La Evita loca.*

Sem distribuição de sopa hoje. Pedi que Esok avisasse Ityets. Tenho certeza de que ele é capaz de se virar sem mim. Preciso me deitar e descansar um pouco.

ARQUIVO Nº 2120

MATÉRIA DE JORNAL — LIZ MCCORMACK, REPÓRTER DO *REPÚBLICA DO ARIZONA*

Atiradores da arena em Tempe eram A2

O médico-legista responsável pelo caso dos dois indivíduos armados que abriram fogo dentro da arena esportiva de Tempe, no Arizona, deixando nove mortos e trinta e um feridos, liberou hoje o relatório da autópsia. Ambos os homens, que acabaram mortos a tiros pela polícia, foram classificados como A2 na escala xenogenética de Bashir.

Gene Lundman e o filho, Patrick, eram membros ativos do Conselho de Cidadãos Preocupados. No vídeo postado por eles na internet minutos antes do ataque, descrevem suas ações iminentes como uma resposta à incapacidade governamental de proteger os filhos de Deus, bem como à recusa das autoridades em expandir os campos destinados aos não brancos nos Estados Unidos.

Outros grupos de ativistas aproveitaram o resultado do relatório para exigir que todos os indivíduos A2 sejam, no mínimo, obrigados a se registrar perante o Estado e as autoridades locais, para que sejam monitorados mais de perto. O relatório do legista foi liberado justamente quando uma nova pesquisa, encomendada pelo governo, estabeleceu uma correlação direta entre a tendência ao comportamento criminoso e a classificação na escala de Bashir.

A ONG União Americana pelas Liberdades Civis foi rápida ao afirmar que a pesquisa nada mais era que "uma profecia que cumpre a si própria", apontando que os dados usados pelos pesquisadores vieram de campos em que a presença policial é praticamente inexistente e ações simples como a tentativa de comunicar-se com indivíduos do lado de fora já são consideradas exemplos de comportamento criminoso. Os ativistas também argumentaram que quaisquer medidas no sentido de restringir os direitos dos A2 seriam não apenas imorais, mas também inviáveis, já que quase quarenta por cento da população corresponde a essa classificação na escala.

O secretário de imprensa da Casa Branca, Abendroth, declarou que o governo está ciente dos resultados do relatório divulgado pelo médico-legista, mas que pretende ser cauteloso e não tirar conclusões precipitadas baseadas em um incidente isolado. Perguntado se a administração federal está excluindo a possibilidade de expandir as medidas de segurança aos indivíduos A2, Abendroth afirmou: "Nada será descartado nesse momento".

ARQUIVO Nº 2121

REGISTRO PESSOAL — EVA REYES (COM UM RUSSO DESCONHECIDO)

Local: Abrigo secreto em São Petersburgo, Rússia

— *My nie mozhem segodnya puteshestvovat'. Oni nas budut iskat' vezdye. My mozhem zdes' nochevat'. Eto dom druga. Zavtra my uyezzhayem pro pervom rassvete.*

— Você sabe que eu não falo russo, não sabe?

— Sim. *Tebye nado shas' spat'. Naydu nam mashinu na zavtra.*

— Você sabe, só não liga.

— Sim.

— Qual é o seu nome?

— Bob.

— Sério?

— Não, você deveria dormir.

— Por que está me ajudando?

— Amigos em comum.

— Isso não faz o menor sentido.

— Meu amigo, ele é amigo da sua amiga. Durma, Eva.

— Espera. Quem é essa minha amiga?

— Dra. Franklin.

— Ah! Certo, e quem é o *seu* amigo?

— Eu não sei nome dele.

— Ótimo amigo, esse...

— Ele conta boas histórias.

— Certo... Bom, sendo você quem for, obrigada por me tirar daquele lugar. Espere, isso é um mapa? Me mostra. Para onde estamos indo? São Petersburgo é... aqui. Tudo o que precisamos fazer é fugir até aqui, para a Finlândia, certo? É isso? Algumas horas de carro?

— Sim. Mas nós *atravessamos* a Finlândia. A Finlândia é território ocupado pela Rússia. Eu uso documentos da GRU para chegar a Helsinque. Digo a eles que levo você para um centro de pesquisa genética lá. De Helsinque é... complicado.

— O que isso quer dizer?

— Precisamos chegar a Turku, aqui. Pegar barco para Mariehamn, nas ilhas de Aland. Lá, pegar outro barco para Suécia.

— Por que dar essa volta toda? Por que não pegamos simplesmente um barco de Helsinque para... qualquer lugar?

— Muito exército russo em Helsinque. Porto muito bem protegido. Golfo da Finlândia muito bem protegido. Ilhas de Aland muito mais seguras.

— O mapa diz que as ilhas de Aland ainda pertencem à Finlândia? Não vai haver tantos russos lá quanto em Helsinque?

— Não. As ilhas de Aland são *avtonomnaya territoriya*, lugar independente. Sem militares. A Rússia não envia exército, evitando guerra contra Suécia,

Europa. Além disso, muitos viajem por Turku. Fácil para nós. Você vai para onde quiser, depois.

— Você não vem comigo?

— Não. Eu volto para buscar o seu pai.

— Não faça isso. Eles saberão que foi você que me ajudou a escapar. Você nunca mais estará em segurança aqui.

— Você não quer seu pai livre?

— Não quero que você arrisque sua vida mais uma vez por ele, não. Não acho que ele corre perigo. Deixa ele lá. Ele sabe cuidar de si mesmo.

— Família é tudo que você tem.

— Pode acreditar, eu sei. E isso é parte do problema. Tudo o que eu tenho agora é o sangue dele, e as pessoas estão atrás de mim por causa disso. Além do mais, acho que o mundo é bem mais seguro se nós dois estivermos longe um do outro.

— *Sem'ya eto te kto paderzhat tebya v trudnoiy situatsyiy.*

— Que diabos isso quer dizer?

— Hmmm... Quando vem problema, é a família que ajuda você. O que acontece com seu pai?

— Veja bem, *Bob*, sou grata pelo que você fez por mim. Mas podemos pular essa parte de aconselhamento familiar?

— ...

— Não? Ah, que se dane. Você provavelmente não vai entender metade do que eu disser mesmo. Não sei o que aconteceu, *Bob*. Ele... Eu ia dizer que ele mudou, mas não tenho certeza se isso é verdade. As coisas mudaram. Ele era tudo para mim, depois que os alienígenas chegaram. Era minha família inteira, meu *único* amigo. Ah, nem vem com esse olhar de pena para cima de mim, ou eu vou socar essa *yokits* dessa sua cara. Nós vivíamos numa... bolha. Essa bolhinha, só nós dois dentro, e eu me sentia segura. Talvez as coisas não devessem ser assim. Então, fomos levados de repente para outro planeta, e tudo mudou. Eu… Ninguém me conhecia lá. Minhas visões, elas… Todo mundo da espécie deles tinha essas visões. Entende o que eu quero dizer? Eu não era mais a esquisitona. Ninguém olhava para mim desse jeito que você acabou de me olhar. Não que eu fosse… *normal*, mas ninguém era. Cara, eu andava com uma garota azul e um cara que tinha quase duzentos anos de idade. Encontrei esse grupo de desajustados nas periferias de um planeta alienígena, e de alguma maneira eu me encaixei ali. Pela primeira vez na minha vida, eu me senti parte de algum lugar. Meu pai, ele simplesmente não conseguia entender. Ou talvez até entendesse. Vai saber! Isso foi pessoal o suficiente para você? Podemos falar de outro assunto?

— Não.

— Bom, não sei mais o que dizer a você, Bob. Nós nos afastamos um do outro. É isso.

— …

— Durante minha vida inteira, antes que eu deixasse a Terra, eu sentia como se estivesse… com defeito. Quebrada. Com meu pai, me senti com sorte. Me senti sortuda para *yokits* por ter uma *pessoa* disposta a amar alguém feito eu, e amar daquele jeito. E eu *era*. Era sortuda mesmo. Sei lá, acho que, com o tempo, ele começou a me lembrar daquilo. De como eu me enxergava antes. De como eu me sentia um lixo, feia, sem mérito nenhum, e eu só… não queria me sentir assim de novo.

Nós discordávamos um do outro… cada vez mais. Que cara é essa? Acha que eu passei dos limites nas minhas discussões com ele? Às vezes. Sim, não sou estúpida, eu sei. Às vezes eu batia o pé, não dava o braço a torcer só para irritar. Era uma espécie de vitória para mim. Pequena, mas ainda assim. Eu era… *menor* quando ele estava por perto, então me afastei. Foi aí que as coisas desandaram de verdade, e, antes que eu pudesse fazer qualquer coisa para consertar, ele me arrastou de volta para cá contra a minha vontade, e voltei a ser a esquisitona. Me colocaram em uma jaula de vidro, *yokits*, como se eu fosse um… bebê deformado em um show de horrores. Um picles qualquer.

— Pessoa malvada.

— Quem? Katherine? Sim. Bom, ela é uma advogada.

— Katherine não é advogada. É física nuclear.

— O quê? Não me diga! Tá na cara que ela não presta. Aposto que, quando ela era criança, era do tipo que colocava bombinha dentro de sapo.

— Katherine fez coisas ruins com você. Seu pai...

— Você não escutou nada do que eu disse? Ele me tirou da minha própria casa!

— *Sem'ya aznachayet, chto nikto ne astanetsya pazadi ili budet zabyt.*

— Lá vem outro ditado russo, não é?

— Família significa que ninguém fica para trás ou é esquecido.

— Eu *queria* ser deixada para trás. Só isso. Era pedir demais? Eu era feliz. Por que ele simplesmente não me deixou ser feliz? Ele não *tinha* que fazer isso. Com certeza ele não *tinha* que arrastar meu amigo para essa droga de história. Ele *sequestrou* meu amigo, apontou uma arma para a cabeça dele. Você tem algum ditado para isso? Não é como se ele tivesse me deixado de castigo no dia do meu baile de formatura. Ele matou meu melhor amigo. Não há desculpa para isso. Não há... segunda chance. Esse tipo de coisa não tem volta.

ARQUIVO Nº 2122

CARTA DE DANIEL MOENSCH, EMBAIXADOR DOS ESTADOS UNIDOS DA AMÉRICA NA RÚSSIA, AO MINISTRO DAS RELAÇÕES EXTERIORES RUSSO

O governo dos Estados Unidos da América, movido por um desejo genuíno de chegar a um acordo pacífico com a Federação Russa, vem dando continuidade, com os esforços mais sinceros, às negociações que tiveram início no dia 10 de setembro, data em que o dispositivo conhecido como Têmis apareceu na Estônia, a fim de estreitar as relações entre russos e americanos. Seguimos com nossos esforços mais sinceros para que nossos dois países, nesse empenho conjunto, possam contribuir de forma a nos aproximarmos da concretização de uma paz mundial.

Nesse espírito, tenho a honra e o dever de reiterar os seguintes pontos:

1. O governo dos Estados Unidos tem como política imutável promover a paz mundial e, de acordo com essa política, tem exercido consistentemente seu melhor para prevenir o aumento de distúrbios que possam levar à guerra.

2. Após a dissolução do Centro de Defesa da Terra, antigo organismo da ONU, demos entrada em um pedido de posse relativo ao dispositivo conhecido como Têmis, baseado em princípios da legislação internacional. Até a presente data, o governo da Federação Russa não julgou tal pedido em nenhuma corte legal reconhecida, ou mesmo por meio dos procedimentos administrativos cabíveis na ONU. O governo dos Estados Unidos considera esse período de nove anos de inação como um aceite tácito por parte do governo da Federação Russa.

3. A prisão de cidadãos estrangeiros sem a devida notificação do nome dos detidos e dos motivos da detenção é uma violação ao artigo 36 da Convenção de Viena sobre Relações Consulares, da qual fazem parte ambos os países.

4. O governo dos Estados Unidos exige a imediata devolução de sua propriedade e de todo e qualquer cidadão americano presente no interior de tal propriedade no momento de seu ressurgimento.

Em vista dos fatos já mencionados, e da persistente recusa de seu governo em responder à nossa razoável e legítima demanda, fui instruído a informar ao governo da Federação Russa, em nome do governo dos Estados Unidos, que o descumprimento do presente pedido até a meia-noite do dia 22 de setembro será considerado um ato de agressão e que, a partir de então, estará estabelecido um estado de guerra entre os nossos dois países.

Eu tenho a honra de ser, com grande consideração,
Senhor,
Um servo obediente,
Daniel Moensch

ARQUIVO Nº 2124

ENTREVISTA ENTRE A MAJOR KATHERINE LEBEDEV, DO DEPARTAMENTO CENTRAL DE INTELIGÊNCIA DA FEDERAÇÃO RUSSA (GRU), E A DRA. ROSE FRANKLIN

Local: Prédio do GRU, São Petersburgo, Rússia

— Então, dra. Franklin, Vincent não acha que os… Ekt voltarão um dia.

— Acho que ele tem razão. Não acredito que eles queiram interferir ainda mais do que já fizeram. A última visita dos Ekt à Terra criou uma confusão enorme no mundo deles. Pode confiar que eles não vão cometer o mesmo erro novamente.

— "Confusão enorme"? Ninguém tinha falado em "confusão enorme" até agora. O que você está escondendo de mim?

— Talvez "confusão" não seja a melhor palavra. Instabilidade. Não, isso é…

— Instabilidade não é muito melhor que confusão.

— Vou deixar você escolher uma palavra melhor. Eles… Muitas pessoas não concordavam com a decisão de virem até aqui. É contra os princípios dos Ekt. Depois que deu… errado…

— "Deu errado"? Milhões de pessoas morreram, e você chama isso de erro. Não quero nem imaginar o que você considera uma confusão enorme.

— Os Ekt são uma raça pacífica. Chega a ser um defeito. Eles não lidam muito bem com violência. Houve protestos...

— Que tipo de protestos?

— Não como você está pensando. Fizeram vigílias, mandaram cartas. Muitas cartas. Aqui, as pessoas protestam contra tudo e qualquer coisa, então não seria nada de mais. No entanto, esse tipo de situação simplesmente não acontece por lá. Foi uma comoção. Eles não vão cometer o mesmo erro novamente, pode acreditar em mim.

— Então, eu devo me sentir segura, todos na Terra devem se sentir seguros, porque eles têm princípios.

— Eles levam esses princípios muito a sério. Você deveria experimentar fazer o mesmo, um dia.

— Não interferência. O que isso significa, afinal? Nós interferimos o tempo todo. Estou interferindo com o seu dia nesse exato momento.

— Dá para dizer que significa deixar a natureza seguir seu curso... Não é tão doido quanto parece. Olha só o que aconteceu quando *nós* tentamos brincar de Deus.

— O que aconteceu? Sinto como se eu devesse saber essas coisas.

— Na verdade, algumas coisas boas, mas de vez em quando outras bem ruins, também.

— Tipo o quê?

— Ah, sei lá. Plantas desenvolvidas geneticamente pelo homem invadindo o fundo dos oceanos. Abelhas assassinas.

— Nós fizemos abelhas assassinas?

— Fizemos. A ideia era que elas produzissem mais mel.

— Que loucura. Odeio abelhas. Bom, você entende por que isso não me deixa particularmente mais tranquila.

— Imagino que, se estivesse em seu lugar, se não tivesse visto tudo o que vi, eu também ficaria desconfiada.

— Eu sabia que você compreenderia. Sinto como se tivéssemos uma conexão, você e eu. Não acha? Somos mais ou menos da mesma idade. Poderíamos ser irmãs. Ah, não seria legal?

— ...

— Tá bom, talvez não *irmãs*, mas, sabe, amigas! Poderíamos conversar, uma ajudando a outra. Eu pareço supercarente, não é? Mas é isso que as amigas fazem, certo? Uma ajuda a outra? Tenho certeza de que você gostaria de ter uma amiga, agora.

— Eu já tenho um amigo. Que você trancou na sala ao lado.

— Falando nisso, você certamente sabe que Vincent tem... *relutado* em nos ajudar com Têmis.

— Ele nunca daria voltinhas pelo mundo assustando pessoas para você, se é isso que você tem em mente.

— Assustando pessoas? Por que você sempre pensa o pior? Aliás, por que todo mundo fica dizendo que eu mantenho vocês trancados? As portas não estão trancadas. Não estão! Falando assim, eu pareço a Cruela Cruel. Não estou caçando cachorrinhos para fazer um casaco. Eu só... Eu só quero que as pessoas se entendam. Bom, onde eu estava? Ah, sim, Vincent. É como você disse: ele não quer ajudar.

— Eu também não quero.

— Bom... Nós podemos trabalhar essa motivação mais tarde. Eu realmente gostaria que você me ajudasse a encontrar outro piloto. Que criasse um teste, algo assim, como aquela médica maluca fez para os americanos. É que, você sabe, eu tinha vários pilotos, e agora não tenho mais. Mas podemos chegar nisso mais tarde. O que estou tentando dizer é que preciso da ajuda dele *agora*, *hoje*.

— Por que agora?

— Fico feliz que tenha perguntado. O negócio é o seguinte: seu governo, o governo dos Estados Unidos, não está muito contente com sua presença aqui. Eles provavelmente acham que vocês são nossos prisioneiros, mas a questão não é essa. Estão descontentes principalmente porque Têmis está aqui conosco. Descontentes *de verdade*, tipo, putos da vida. Pediram que nós a entregássemos. E vocês também. Até pediram com educação, no início, mas agora... Nem tanto.

— E por que vocês não nos entregam a eles de uma vez?

— Ah, você é engraçada. Gosto de você. Isso simplesmente... não vai acontecer. Eles, os meus chefes, vão aposentar vocês antes de entregá-los aos americanos.

— Você quer dizer que vão nos matar.

— Aposentar soa muito melhor. Mas, sim, vocês não estarão vivos depois do processo. Não tenho certeza do que vamos fazer com Têmis, no entanto. Não dá para dar um tiro nela. Também não vamos entregá-la. Você percebe para onde isso está caminhando, não percebe? Cada submarino que temos já está se aproximando da costa dos Estados Unidos. Ontem, os chineses mandaram a frota inteira. É possível que eles deem de cara com submarinos americanos no caminho, porque os EUA também acionaram tudo o que tinham há cerca de seis horas. É engraçado como tudo agora acontece debaixo d'água.

— Por que isso?

— Não podemos enviar tropas a lugar algum; Jápeto acabaria com elas em segundos. A única coisa que temos e que ele não pode tocar são os submarinos. O problema é que submarinos só são bons para uma coisa. Não são lá tão ameaçadores, porque não podem ser vistos, então, para que sejam convincentes, o outro lado precisa acreditar que você vai mesmo apertar o botão de lançamento.

— E vocês vão apertar?

— Ah, vamos. Vamos nessa com tudo, como eles dizem! Dizem, né? Estou por fora das gírias... Veja bem, se você não está disposta a lançar aqueles mísseis, mas o outro lado acha que sim, tudo bem. O pior? O pior é se você está, sim, disposta a atacar, mas o outro lado acha que não. Tenta adivinhar em qual das situações nos encontramos nesse momento. Isso não vai acabar bem. Você pode pensar: Oba! Os Estados Unidos estão vindo para me salvar! Aí, leva um tiro na cabeça. Bom… então vem uma chuva de ogivas nucleares. Puf! Desse jeito. Um dia ruim para todo mundo.

— Não sei nem o que dizer. Não sei como parar isso tudo.

— Eu sei! Acho que sei. Não, eu sei, sim. Mas vou precisar da sua ajuda para convencer Vincent…

ARQUIVO Nº 2127

REGISTRO DE MISSÃO — CAPITÃO BODIE HOUGH E TENENTE BARBARA BALL, DO CORPO DE FUZILEIROS NAVAIS DOS ESTADOS UNIDOS DA AMÉRICA, DIVISÃO MECHA

Local: A bordo de Jápeto, base Naval de Muskö, perto de Estocolmo, Suécia

— Dois robôs, Barbara. Vamos ter dois robôs. Sabe o que isso significa, não sabe?

— Não tenho tanta certeza se eles vão nos entregar Têmis, capitão.

— É melhor que entreguem, a não ser que eles queiram ser... Seja lá o que for isso que fazemos com as coisas. Você não respondeu minha pergunta.

— Qual era mesmo?

— Sabe o que isso significa? Dois robôs. Significa duas vezes mais missões. Sem esperar a vez do outro terminar. Chega de ficar sentado na nossa sala, enquanto Benson e Smith ficam com a diversão toda.

— A diversão toda?

— Até hoje, só eles levaram tiro de volta. Os nossos caras sempre se rendem. Por que está demorando tanto?

— Estão trocando alguns parafusos na nossa perna. Temos tempo.

— Dois minutos. Qual dos dois você prefere?

— Qual dos dois o quê?

— Se ficarmos o tempo todo com um dos robôs, qual deles você quer pegar?

— Gosto da Têmis.

— É porque você é uma garota. Eu gosto desse cara aqui. Ele é maior.

— Ele tem uma prótese na perna. Você me chamou de garota, foi isso?

— Ele é tipo um pirata! Quero esse, e quero ficar com os braços.

— Não gosta de dirigir?

— Prefiro atirar nas coisas.

— É você que aperta o botão. Eu só levanto o braço. De qualquer forma, por mim tudo bem. Eu fico com as pernas.

— Pronto, combinado. Acho que faz sentido. Eu sou o capitão. Estou acima de você na cadeia de comando, então devo estar acima de você aqui dentro também.

— Sério? É esse o seu problema? Não aguenta ficar um metro abaixo de mim? Se você ficar aqui em cima, eu ainda vou estar na sua frente. E tudo bem para você se eu ficar na sua frente.

— Sim. Eu estaria no lugar mais alto.

— Você é o capitão.

[*Jápeto, aqui fala a Navegação. Estão prontos para entrar em ação?*]

— Afirmativo. É só tirar essa macacada da manutenção do nosso pé, e podemos ir.

[*Eles estão saindo agora. Estejam prontos para uma viagem de dois saltos. Deem a volta para 75 graus e um minuto.*]

Entendido. Balança, balança.

— Tudo bem aí?

— Sim, eu só…

[*Jápeto, por que está demorando tanto? Temos um cronograma a seguir.*]

Me dê um segundo. Não estou conseguindo ajustar os minutos direito. Fica pulando direto de zero para quatro.

— Você está ajustando com os pés.

— Quer que eu use a bunda? Já fiz isso antes, tenente.

— Não foi isso que eu quis dizer. É difícil garantir a precisão movendo os pés. Assim que você ajustar os graus direito, mantenha os pés parados e vire a cabeça um pouco, apontando para a direção que você quer ir. Então, apenas jogue o peso de uma perna para outra. O gigantão vai virar antes que você perceba.

— Cacete! Você tem razão! Setenta e cinco graus, um minuto, dois segundos.

[*Calculando. Jápeto, pode pressionar. Tamanho da unidade: 98. Na base 8, isso é um, quatro e dois.*]

Entendido. Um. Quatro. Dois.

[*Distância: 366. Na base 8: cinco, cinco, seis.*]

Cinco. Cinco. Seis. Acionando. E… Estamos debaixo d'água.

[*Está certo, Jápeto. Esse é o golfo da Finlândia. São menos de cento e cinquenta quilômetros até São Petersburgo. Segunda etapa: oitenta e nove graus, sete minutos.*]

Vamos ver… Tudo certo. Oitenta e nove graus, sete minutos, doze segundos.

[*Entendido. Ajuste a unidade para 32. Isso dá quatro, zero. Repito: quatro, zero. Distância: 286. Na base 8 é quatro, três, seis.*]

Confirmando. Quatro. Zero. Distância: quatro, três, seis.

[*Afirmativo. Isso deve levá-los direto para a praça do Palácio.*]

Pronta, tenente?

— Não, mas isso é o máximo que eu posso fazer.

— Então vamos lá... Mas o quê? Central, aqui é Jápeto. Parece que vocês erraram um pouquinho nas coordenadas. Consigo ver a praça, estamos bem na frente, mas acho que destruímos parte de um castelo, algo assim.

[*Desculpe por isso, Jápeto. Estamos vendo vocês nas imagens do satélite. Vocês estão... Estão bem no meio do Hermitage.*]

— Jesus Cristo!

— Calma, tenente. Esse tipo de coisa acontece.

— Não, Bodie. Arrasar o Hermitage não é algo que simplesmente acontece.

— Central, estamos em posição, encarando um prédio amarelo grande.

[*Entendido, Jápeto. É o Palácio do Estado-Maior e dos Ministérios. Esse é o alvo. Mantenham posição. Estamos falando com o embaixador nesse momento.*]

— Olha só esse lugar!

— Sim, é legal. Pena que vai virar um buraco em alguns minutos.

— Eles podem encontrar uma solução diplomática antes, sabia?

— Ah, claro. Não estou vendo Têmis em lugar nenhum.

— Acham que ela pode estar em algum lugar no subsolo.

— ...

— Estava no briefing da missão.

— Tenente?

— O que foi?

— Cala essa boca.

— Você não faz mesmo a *menor* ideia do que está acontecendo, Bodie? Entende quanto essa situação é ruim?

— Ninguém pode nos tocar.

— Pois é, Bodie. Nós estamos aqui dentro. O resto do mundo não está. E está todo mundo ferrado se isso aqui não der certo.

— Bom, foram eles que pediram. Nós demos um ultimato.

— Não estou dizendo só aqui, seu burro. Quero dizer o mundo todo. Em casa, Bodie! Nossa casa! Sua mãe, seus amigos.

— Você sempre é tagarela desse jeito?

— O quê? Você não quer pensar no pior, então prefere fingir que a possibilidade não existe? A realidade não dá a mínima se você presta atenção nela ou não. Ela só está lá.

— O que você quer que eu faça, tenente? Diz logo. O que quer que eu faça?

— Alguém precisa acabar com essa loucura, Bodie. Alguém precisa fazer isso.

— Bom, não serei eu. E pode ter certeza de que nem você. Então, qual o sentido dessa conversa toda?

[*Jápeto, aqui é a Central. São 23h58. Preparar para abrir fogo em dois minutos.*]

— Tem certeza disso, Central? Talvez devêssemos dar mais tempo a eles.

[*Negativo, Jápeto. Manter posição até a ordem de atacar.*]

— Certo, Central. Mantendo posição.

— Não faça isso, Bodie.

— O que está dizendo, tenente? Está sugerindo que eu desobedeça a uma ordem direta?

— Eu não…

— Porque foi o que pareceu.

— Estou dizendo que você não precisa fazer nada que não queira, Bodie.

— Vamos ter um problema aqui?

— Sem problemas, Bodie. É só que, daqui a quarenta e cinco segundos, você terá dado início à Terceira Guerra Mundial. Nós teremos. Não o exército inteiro, não cinquenta mil homens. Só você e eu. Acho que talvez você não queira uma coisa dessas na sua consciência. Você se lembra de quantas pessoas morreram quando esse robô gigante apareceu? Estamos prestes a fazer isso de novo. Você e eu. Você e eu, Bodie. Opa! Não se *atreva* a apontar essa arma para mim. Está me ouvindo? Baixa essa arma, capitão.

— Central, temos um pequeno… PUTA MERDA!

[*Jápeto, aqui é a Central. O que foi que você disse?*]

É Têmis! Ela acabou de aparecer, bem na nossa frente.

ARQUIVO Nº 2128

MENSAGEM TRANSMITIDA
VINCENT COUTURE

Local: Dentro do robô Têmis, São Petersburgo, Rússia

Olá a todos. Meu nome é Vincent Couture. Preparei aqui um pronunciamento bem curto. Se vocês não se importam, vou ler o que escrevi. Vamos lá.

Ao governo dos Estados Unidos e às mulheres ou aos homens pilotando o dispositivo alienígena bem diante de mim. Estou dentro de Têmis. Voltei há pouco tempo do planeta alienígena onde tanto o robô de vocês quanto este aqui em que estou foram construídos. Fui levado para lá pelos habitantes de tal planeta, e comigo estavam o general Eugene Govender, a dra. Rose Franklin e Eva, minha filha biológica.

Fui informado de que vocês exigem nossa soltura imediata, sob ameaça de destruir esse edifício governamental bem atrás de mim, com todas as pessoas dentro, caso essa demanda não seja atendida. Antes que façam qualquer coisa que não possa ser desfeita, vamos deixar bem claro o que isso tudo representa. Vocês estariam declarando guerra à Federação Russa. Haveria retaliação, e eles usariam... tudo o que têm. Sei que vocês podem estar pensando: a Rússia não começaria uma guerra nuclear por isso. Eles acabariam sofrendo tanto quanto nós, ou até mais. O senso comum prevalecerá. Bom, se estiverem pensando assim, estão *errados*. Não acreditam em mim? Imaginem se um batalhão de tanques russos resolvesse transformar a Casa Branca em uma pilha de escombros. Acreditam mesmo que vocês diriam: ah, essa a gente deixa passar? Os russos *vão* retaliar. Assim, a pergunta mais importante aqui é: quantas pessoas vocês estão dispostos a matar por isso? Sim, porque não serão apenas centenas nem milhares, nem dezenas ou centenas de milhares.

Agora, vamos conversar sobre as suas demandas.

Antes de mais nada, é interessante que vocês saibam que o general Govender não retornou com a gente. Ele morreu no planeta alienígena há cinco anos, então *ele* vocês não vão ter de volta. Quanto à minha filha, Eva Reyes, ela não está mais aqui. Nem eu nem as autoridades russas temos a menor ideia de onde ela possa estar, mas é bem possível que ela esteja a caminho dos EUA nesse momento.

Em segundo lugar, a dra. Rose Franklin e eu nunca fomos prisioneiros aqui. Não precisamos ser *resgatados*, ainda que sejamos gratos pela intenção. Somos convidados do governo da Federação Russa, e é assim que estamos sendo tratados desde que chegamos aqui. Ainda assim, diante da situação complicada que estamos vivendo, a dra. Franklin aceitou retornar aos Estados Unidos e provavelmente já está sob custódia dos americanos neste momento.

E chegou a minha vez. Vale lembrar que eu não sou americano, e, por isso, seu pedido de que eu seja libertado é bem comovente mas não tem muito fundamento. Tenho certeza de que vocês conseguiriam um pedido formal do governo do Canadá, mas vou poupá-los desse trabalho. Eu escolho ficar aqui. Vou reformular, para não haver dúvidas. Estou aqui por vontade própria, e escolho ficar. Sua ajuda não é necessária. Qualquer tentativa de me remover à força será considerada uma forma de sequestro.

Agora vamos ao prato principal: vocês não vão ficar com Têmis. Concordei em pilotar este robô e defender a Federação Russa contra agressores estrangeiros, pelo menos até que eu sinta que isso não é mais necessário. Cheguei a essa decisão de livre e espontânea vontade. Arrumaram um segundo piloto russo para mim, e Têmis agora está inteiramente funcional. Estamos prontos para entrar em combate com o seu robô, e faremos isso em sessenta segundos, caso vocês permaneçam aqui. Não sei dizer como essa luta vai terminar, mas vocês certamente sabem que já fui capaz de desativar um robô desses no passado. Na verdade, sou a única pessoa neste planeta que já lutou contra um desses robôs e saiu vitorioso. Tendo isso em mente, imploro a vocês que não testem minha determinação.

Já que acabamos de falar sobre as suas demandas, chegou a hora de conversar sobre as minhas. Sim, também tenho algumas. Exijo que os Estados Unidos retirem quaisquer tropas que ainda estejam em solo canadense. Eu... Eu exijo que a soberania de meu país seja completa e imediatamente restaurada. Quero que meu parlamento tenha o direito de se reunir. Não vou mais permitir que vocês usem esse seu robô como forma de intimidação. Não foi para isso que essas coisas foram construídas. Elas deveriam ser instrumentos de paz. Quero a volta do CDT. Quero que tudo volte a ser como antes. Eu acabei de pedir paz mundial, foi? Acho que foi. Então, até que vocês providenciem isso, melhor não mexerem comigo.

Ah, sim. Pediram que eu informe a vocês, só por precaução, que submarinos russos e chineses, todos bem abastecidos com ogivas nucleares, estão a caminho da América do Norte neste momento. Mas vocês já sabiam disso.

Então... Vocês é que sabem. Deixarem até que deem o primeiro soco. Mas nesse caso não nos deixem sair dessa vivo.

É só isso que tenho a dizer. Aqui fala Vincent Couture. Câmbio e desligo.

...

...

...

Ai, graças a Deus! Pronto, consegui. Eles foram embora. Pode baixar a arma.

Katherine, mande o cara baixar a arma. Por favor.

[*Ah, me desculpe. Eu só... UAU! Obrigada, Vincent. Muito bem! Eu sabia que você dava conta. O que foi aquela parte do "eu exijo" no final, hein? Pensei que tivéssemos chegado a um acordo a respeito do nosso discurso.*]

Improvisei um pouquinho. Achei que seria mais convincente se eu colocasse algo mais pessoal no meio. Digo, sem ofensas, mas que motivos eu teria para "defender a Federação Russa"?

[*Ei, não estou reclamando. Você foi ótimo. Ficou com medo? Eu fiquei. Quase me borrei nas calças, e nem era eu que estava lá. Ufa! Preciso de um drinque!*]

O que vocês fariam se eles tivessem decidido atacar? Nossa única alternativa seria a rendição.

[*Nós poderíamos contra-atacar! E você poderia ter fugido, feito Têmis sumir daí, algo assim. Não poderia? Espero que sim, porque esse soldado tinha ordens para atirar, caso você saísse perdendo.*]

Atirar como? Ele está ali, em pé. Um soco daquele outro robô e ele estaria quicando feito uma bola nessa cabine.

[*Tenho certeza de que ele ficou feliz em ouvir isso.*]

Não há como contra-atacar, Katherine. Sem outro piloto, não podemos nem mexer o braço! E também não daria para fugir, não se o robô americano fosse parecido com o que eu e Kara derrubamos da outra vez. Têmis não seria capaz de se teletransportar enquanto ele estivesse nos segurando. Não sei bem por quê, mas tem a ver com o campo de energia.

[*Ah, Vincent, não seja tão pessimista! Você venceu!*]

Nós blefamos, eles caíram no blefe, e para por aí. Não posso pilotar Têmis sozinho.

[*Então é melhor acharmos um copiloto para você.*]

E como é que faremos isso?

[*Tive uma ideia! Outra ideia, pois é! Que loucura. Eu nunca penso em nada e, então, bum! Duas de uma vez.*]

ARQUIVO Nº EE149 — ARQUIVO PESSOAL DE ESAT EKT

ENTREVISTA ENTRE VINCENT COUTURE E EUGENE GOVENDER, GENERAL DE BRIGADA

Local: Residência designada, região de Etyakt

— Cacete, Couture! Eu ainda não morri.

— Eu não sei o que dizer. Eles contaram a você o que era?

— Bom, o seu amigo Opt contou, mas não entendi nada do que ele disse. Alguma coisa sobre minhas células estarem fora do controle.

— Câncer?

— Foi o que pareceu.

— Vou perguntar a ele.

— Por quê? Vou morrer de qualquer jeito. Que diferença faz saber o que está me matando?

— Talvez eles possam curar você.

— Você acha que eles terão mais chance de me curar se *eu* souber o que é? Além disso, ele já me disse que podem me curar. Só não farão isso.

— O quê?

— É isso mesmo. Ele disse que não querem inter…

— Interferir.

— Exatamente. Juro que morro se escutar essa droga de palavra mais uma vez.

— Isso não tem graça, senhor. Vou falar com ele. Talvez eu possa…

— Possa o quê? Fazer ele mudar de ideia? Duvido que ele possa tomar esse tipo de decisão. E eu *sei* que quem pode não vai se importar nem um pouco com o que você tem a dizer. E tem graça, sim! Não foi motivo para chorar de tanto rir, mas para um risinho de canto de boca.

— Estou falando sério, general. Deve haver uma forma de convencê-los. Não é possível. Rose conhece alguns dos cientistas, ela…

— Ela não pode fazer nada. Você sabe disso. Eles falam essa merda toda de não interferir à toa.

— Mas há o Conselho. Se decidirem que somos parte Ekt. Eles teriam que cuidar de você, nesse caso.

— Esse mesmo argumento foi o que nos deixou presos neste planeta, para começo de conversa. Não quero que me curem se for para passar o resto dos dias que eu ganhar aqui. Você também estaria preso.

— Nós podemos dar um jeito e…

— Esquece essa história de "jeito", Couture. Não tem jeito nem jeitinho, nem nunca terá.

— Podemos tentar!

— Cacete! Escute o que estou dizendo! Eu não quero ser salvo! Não quero que você faça nada, porque não quero essa cura idiota deles.

— Não vou deixar você morrer.

— Não preciso da sua permissão, filho. Sou um general. Estou cansado deste lugar. Estou cansado de tudo. Tenho 71 anos. Tenho esse direito.

— ...

— O que foi? Acha que estou triste de morrer? Acha que tenho uma lista de coisas que gostaria de fazer se conseguisse sair deste planeta?

— Você não quer voltar para casa?

— Eu gostaria de... Gostaria de viver em uma velha casa, sozinho. Perto de um lago ou rio. Coisa pequena. De me sentar na varanda e tomar meu café ouvindo o som dos pássaros. E ninguém para ir me visitar, e nunca mais escutar uma só palavra a respeito de guerra, alienígenas, ou qualquer coisa do tipo, até que chegasse a minha hora. Acha que eu consigo isso?

— Provavelmente não, senhor.

— Então, não. Prefiro aceitar as coisas.

— Sinto muito, senhor.

— Sente muito por quê? Está se desculpando por não ser capaz de curar um câncer? Ou é porque não pode deixar o mundo do jeito que eu gostaria? De qualquer forma, nunca se desculpe por coisas que estão fora do seu controle. A única coisa que você vai ganhar com isso é uma úlcera. Não faça nada pela metade. Beba bastante vinho. Acho que esse é o máximo de sabedoria que posso oferecer a você. Como está sua menina?

— Indo. Com certeza, melhor que nós três. Ela trabalha o dia inteiro. Tem quinze anos de idade e já arrumou um emprego. Lá em casa... As coisas estão um pouco difíceis em casa. Por exemplo, eu sou um *péssimo* professor. Rose me ajuda a preparar as aulas, e tal. Eu faço o que posso. Era bem mais fácil quando Eva tinha uns dez anos. Rose e eu tentamos ao máximo usar coisas que ela gosta, maçãs e tortas não funcionam mais. O problema é que já ficou bem claro que não fazemos a menor ideia do que Eva gosta hoje em dia.

— Maçãs e tortas?

— Ah, você sabe. Aqui tem duas maçãs e onze amigos. Quanto cada amigo vai ganhar?

— Nada. Não vão ganhar absolutamente nada. Não como uma maçã há cinco anos. Eu daria um tiro em cada um dos onze amigos, se fosse necessário.

— Talvez você devesse ser o professor dela.

— Eu era, até agora.

— Como assim?

— Cacete, Couture! Presta atenção na sua filha. Ela não trabalha o dia inteiro, só meio período. Ela passa o resto do tempo com aquele jovem aprendiz de guarda, com um velho lá da sopa e a amiga azul.

— Esok? Como você sabe disso tudo?

— Eu li na borra de café... Ela me disse, seu idiota! Ela teria contado a *você*, se você prestasse atenção. Eva passa lá em casa todo dia de manhã. Ela geralmente leva um pouco de *yesketats* do mercado.

— Você gosta daquele suco vermelho?

— Ah, se gosto.

— Acho doce demais.

— Nós conversamos, eu mostro algumas coisas a ela.

— Sobre o que vocês conversam?

— Sobre qualquer coisa que ela queira aprender. Eva gosta de estratégia militar.

— Você está ensinando Eva a lutar?

— Você acha que eu tenho cara de mestre de kung fu? Fico sem fôlego só de amarrar os sapatos. Não! Estratégia! Coisa clássica: martelo e bigorna, ordem oblíqua, blitzkrieg, manobras de flanco... Ela gosta disso. Nós recriamos batalhas famosas, usando feijões e pedras. Ela tem o dom. Não sabe o nome das coisas, mas tem um instinto incrível.

— Eu não sabia disso.

— Eu sei que você não sabia. Está tão preocupado em deixar isso tudo "normal", em fazer ela se sentir como se estivesse em casa novamente, que não se dá conta do que está de fato acontecendo aqui. Tenho uma novidade para você, filho: não estamos em casa. Não há nada de normal neste lugar.

— Eu só quero…

— Eu sei o que você quer! Não é o que você vai conseguir. Talvez esteja na hora de querer algo diferente.

— Não sei o que eu deveria fazer.

— Você não "deveria" fazer nada, Couture. Decida. Você não tem ideia do que fazer, então aqui vai uma dica: para de olhar o próprio umbigo e leve sua filha de volta para casa!

— O Conselho pode decidir a nosso favor, eu…

— O Conselho? Estamos esperando uma decisão deles há cinco anos! Não vão nos ajudar. Quanto tempo acha que vai levar até você colocar isso nessa sua cabeça dura? Eva já tem quinze anos, Couture. Quinze! Vai esperar até que ela tenha trinta? Tira sua filha daqui. Nós não pertencemos a esse lugar, filho. Ela também não.

— Eu não sei…

— "Eu não sei o que fazer"… Tem eco aqui? Buuu. Ache um jeito de voltar para casa e vá até o fim. Eu disse que você deveria fazer amigos. Você mal sai de casa. Não consegue enxergar nem um palmo diante do nariz. Acabei de dizer que sua filha passa os dias com um aprendiz da Guarda Imperial. O que você acha que essas pessoas fazem? Eles pilotam robôs grandalhões de metal, é isso.

— Ele não pode fazer isso sozinho. Já perguntei. Todos os robôs são controlados de um só lugar. Precisamos de alguém que nos deixe ir. Poderíamos tentar tomar o centro de comando à força, mas eu…

— Você o quê? Tem medo de que seja perigoso? Não quer colocar a garota em perigo? Ela já está em perigo, Couture. Manifestações acontecem todos os dias. Alguém jogou uma bomba, quer dizer, vaporizou um prédio governamental em *Osk* hoje de manhã.

— Eu não sabia.

— Esse lugar está à beira de uma revolução, e estamos bem no meio da bagunça. Um dos lados coloca a culpa em nós, o outro quer nos usar.

— Eles sabem que não temos nada a ver com o que vem acontecendo.

— Ah, estamos envolvidos. Estamos envolvidos, queiramos ou não. Sua filha está. Não se engane achando que ela está segura só porque ainda não foi ferida. Tire sua filha deste planeta, está me ouvindo? Precisa me prometer que vai levá-la de volta para casa.

— Eu vou...

— Cacete, Couture! Não tem essa de tentar! Vai lá e faz!

— Sim, senhor.

— Esse é o meu garoto. Agora, me passa aquele pão ali, por favor?

— O quê? Isso?

— Você está debochando do meu pão?

— Foi você que fez essa... coisa?

— Tente *você* fazer um pão com os ingredientes que tem por aqui.

— Parece mais uma panqueca. Você usou algum tipo de fermento?

— Como eu faria isso? Indo a um supermercado e pedindo algum fungo? Você comeria um troço desses?

— Provavelmente não.

— Pois é. Poderia ser a micose de alguém. Odeio este lugar. Não tem nada de bom para comer. Nada, nada mesmo. Sabe qual a primeira coisa que pretendo fazer quando partir?

— O quê?

— Vou comer a droga de um bife, o maior que alguém já viu nessa vida. O que foi? Estou morrendo! Você acha isso engraçado?

— Acredita que no Céu tem carne?

— Ah, não sei se acredito em Céu.

— Você não sabe se acredita em Céu, mas tem certeza do bife.

— Isso mesmo. Tem algo a dizer sobre o assunto?

— Eu…

— Tenha bastante cuidado com o que vai dizer, Couture. Você está se dirigindo a um general de brigada do Corpo de Defesa da Terra.

— Espero que o bife esteja sangrento como o diabo, senhor.

ARQUIVO Nº EE151 — ARQUIVO PESSOAL DE ESAT EKT
ENTRADA DE DIÁRIO — DRA. ROSE FRANKLIN

Local: Residência designada, região de Etyakt

Eles não vão fazer nada. Eugene está morrendo, e os Ekt não pretendem levantar um dedo sequer para ajudá-lo. É contra as regras. Isso não é verdade. *Talvez* seja contra as regras. Se o Conselho confirma o que foi decidido em Etyakt, Eugene é um cidadão e, por isso, eles têm *obrigação* de salvar sua vida. Mas eles não confirmaram. Não confirmaram, disseram ou fizeram qualquer coisa nesses cinco anos. Escrevi para eles. Escrevi uma longa carta ao Conselho de Akitast, dizendo que estaríamos dispostos a aceitar nosso destino e ficar aqui, se isso significasse salvar a vida de nosso amigo. Eugene me pediu que não enviasse a carta. Seria perda de tempo, segundo ele. Eu não dei ouvidos, é claro. Entreguei a carta a Enatast hoje de manhã. Deu para perceber que ele ficou desconfortável. Descobri que Eugene também tinha dado a Enatast uma carta ainda mais longa que a minha, pedindo, *implorando* ao Conselho que o deixe morrer. É inacreditável o quanto aquele homem é teimoso.

Não somos mais tão próximos como antes, mas ele ainda é meu amigo. Dessa vez não vou dar o braço a torcer, não se isso significar perdê-lo para sempre. Os Ekt não vão salvá-lo, mas também não podem me impedir de fazer isso. Só preciso descobrir a cura do câncer.

Parece loucura, mas acho que sei como fazer isso. Mais ou menos, e pelo menos no papel. Terapia dirigida. Estávamos aprimorando essa ideia quando deixamos a Terra, desenvolvendo drogas que atacam mutações específicas no DNA. Porque o câncer é basicamente isso. As células acumulam certas mutações com o tempo e se desconectam cada vez mais dos mecanismos que deveriam regulá-las, inclusive daqueles que determinam quando a célula deve morrer. Chega uma hora em que as células afetadas param de se importar com os mecanismos, passando a se multiplicar indefinidamente. Se eu for capaz de identificar as mutações responsáveis pelo câncer de Eugene, para então dirigir o tratamento às células corretas... Sei que é muito mais fácil falar que fazer, e os humanos vêm tentando esse tipo de abordagem há décadas. No entanto, tenho certeza de que isso é viável aqui. Eles já conseguiram. Eu mesma vi.

A arma que usaram contra nós na Terra fazia exatamente isso. Ela tinha como alvo uma certa faixa do DNA, disparando uma resposta imunológica. É como um cão farejador de aeroporto, que pode ser treinado para encontrar diferentes coisas: frutas, drogas, explosivos. Preciso treinar o meu "cachorro" para encontrar o câncer e, então, disparar o mesmo processo que vi acontecer na Terra. Se eu conseguir a mesma resposta imunológica, mas apenas voltada às células cancerígenas, o corpo de Eugene vai se curar sozinho. Na teoria.

Vou precisar tirar todo tipo de amostra de Eugene, mapear o DNA desde as células saudáveis até as que sofreram mutação. Também vou precisar do equipamento certo, ainda que seja bem possível que eu já tenha acesso a tudo de que preciso. Não sei para que serve a metade do que há naquele laboratório em que me deixam trabalhar. Meu maior problema é que, mesmo com todo equipamento do mundo, não sei nada de genética. Não faço a menor ideia do que estou fazendo, nem se minha ideia é ingênua demais. Nunca pensei que fosse dizer isso, mas preciso de Alyssa. Como ela não está aqui comigo, vou ter que aprender sozinha, e rápido, além de descobrir se isso tudo é minimamente possível. Novamente preciso convencer os Ekt de que sei mais do que sei de verdade. Detesto mentir para eles, mas não vou deixar meu amigo morrer.

Preciso acreditar que sou capaz de fazer isso.

ARQUIVO Nº 2130
ENTRADA DE DIÁRIO — EVA REYES

Local: Campo de trabalhos forçados de Kaarina, Próximo a Turku, Finlândia

Chegamos tão perto. Estávamos quase lá. Fomos parados por policiais locais, que acabaram nos entregando aos russos.

Claro, eles sabiam quem eu era. Colaram minha foto em tudo que é canto. Que déjà-vu. Acho que sou a pessoa mais procurada aqui também. Que loucura!

"Bob" conseguiu convencê-los de que estava me trazendo para esse campo de concentração. Nos trouxeram para cá porque estávamos, de fato, muito perto, e ninguém mentiria para *entrar* em um campo de trabalhos forçados. Chegaram a nos escoltar até o portão. Bob disse que me tiraria daqui, mas não tenho ideia de como ele fará isso. Uma hora ou outra, vão falar com as pessoas no comando e se dar conta de quem ele é de verdade. Então, virão atrás de mim. É provável que eu tenha mais um dia, no máximo, talvez dois.

Deve haver uma forma de fugir daqui. Há câmeras para todo lado, mas nenhum guarda. Não precisa de guarda. As pessoas aqui não são criminosas, não fizeram nada. Há muitas crianças. Praticamente todos os muçulmanos foram enviados para cá com suas famílias. Alguns vieram por vontade própria, inclusive: pessoas que se recusaram a abandonar os cônjuges, com um pouquinho a mais de DNA alienígena. Isto aqui não é uma prisão. Parece mais um vilarejo. Chega a ser irônico, de um jeito bem triste. Há mais cumplicidade, amor e tolerância aqui dentro que em qualquer outro lugar. Brancos, negros, pardos, cristãos, muçulmanos, todos juntos, por conta da maior injustiça de todas. Mas, sim, juntos. Quem entra aqui é bem-vindo. Posso estar ficando louca, mas desde que voltei à Terra este é o primeiro lugar em que me enxergo tocando a vida. Pelo menos até começarem a exterminar essas pessoas.

Eles me colocaram em um beliche ao lado de um cara chamado Bilal. Ele é apenas um ano mais velho que eu. O garoto, olha que loucura, estudava biologia vegetal em Helsinque. Trabalhava em um bar para pagar os estudos. Não há nada de especial nele. Nem o DNA. Ele nem sequer é muçulmano. É hindu, mas nasceu no Paquistão, e então... Isso é ridículo. Essas pessoas não conseguem nem ser racistas direito.

Odeio este mundo. As pessoas são pequenas. São ignorantes, e contentes em permanecer assim. Fazem até um esforço para continuarem desse jeito. Gastam tempo e energia procurando formas de não aprender coisas novas, apenas para se sentirem confortáveis com suas próprias crenças. Os policiais que nos entregaram não tinham medo dos russos, eles realmente acharam que estavam ajudando ao nos entregar. Caíram na nossa historinha, que obviamente não passava de uma mentira DESLAVADA. Sem nem pensar duas vezes. E digo mais, eles ficam felizes em acreditar nessa baboseira, porque estão do lado certo e porque têm alguém para culpar pelas coisas erradas no mundo. Deve ser tão confortável não precisar questionar nada! Achei que seria diferente. Pensei que o mundo estaria unido como nunca depois do ataque. Afinal, todos saíram feridos dessa. Todos foram alvo, sem distinção. Nenhum dos mortos merecia aquilo. Eram pessoas dos mais diferentes tipos, pobres e ricas, de todas as religiões. Pela primeira vez na história, havia “os outros”, para quem a humanidade inteira pudesse apontar o dedo. Isso, em contrapartida, deveria ter criado uma ideia de “nós” ainda maior. Se duas crianças levam uma surra do mesmo garoto na escola, elas têm um motivo para se tornarem amigas. Se vejo milhões de chineses passando pelas mesmas atrocidades que eu, deveria sentir uma *yokits* de empatia por eles, a não ser que eu seja uma completa babaca. Foi o que aconteceu aqui. Essa loucura toda foi capaz de unir as pessoas. Há "os outros": os imbecis que nos arrastaram para cá. E há um "nós": quem está no campo de concentração. É assim que se espera que as coisas funcionem. É assim que deveria ser.

De certa forma, Esat Ekt não era muito melhor que isso. Mas, sei lá, o tipo de racismo que existia lá não parecia machucar tanto. Por exemplo, o preconceito era baseado em raça, de fato. E eles não achavam que havia algo intrinsecamente errado com as pessoas oprimidas. Por mais que eu odeie aqueles princípios dos Ekt, eles não eram baseados em mentiras. As pessoas aqui são só estúpidas o bastante para não se darem conta de que odeiam indivíduos exatamente iguais a elas. Acho que é isso que me irrita mais. A estupidez. Odeio a burrice mais que a maldade.

Mas acho que vou precisar aprender a lidar com isso, porque acho que eles não pretendem me matar. Bem que eu queria. Não sei o que vão fazer comigo, mas matar, não. Vai ser outra coisa. Algo que não terá fim. Um purgatório. O mais estranho é que só agora estou me dando conta disso tudo. Eu tinha esperanças... de alguma forma, eu me iludi achando que tudo acabaria bem e que eu poderia voltar. Queria poder rever o mercado, Esok, meus amigos. Queria ver Ekim, mas é impossível. Não vou ver nada disso, nenhum deles de novo. É tudo... linear. Movendo-se em uma única direção, e todo o resto fica para trás. O que vem pela frente... Eu não sei o que vem pela frente, mas nada será como antes.

Não sei o que fazer. Poderia tentar recrutar umas pessoas, tomar o controle desse lugar. Se todos embarcássemos nessa, seria bem fácil subjugar os guardas. Mas são apenas famílias. Há crianças aqui, recém-nascidos. Não posso pedir a uma pessoa com um bebê nos braços que arrisque tudo por mim. Provavelmente não poderia pedir isso aos amigos deles também. Eles me denunciariam, para proteger seus entes queridos. Eu mesma não toparia, no lugar deles. A vida aqui dentro não é grande coisa, mas pelo menos *estão* vivos. Acho que não por muito tempo, mas não sei se consigo convencê-los disso, caso não estejam dispostos a me ouvir. As coisas aqui são... insustentáveis. Há pessoas demais, e não para de chegar mais. Não dá para transformar metade do planeta em um campo de refugiados. Vai chegar a hora em que precisarão abrir espaço. Vai chegar a hora em que as pessoas vão se acostumar a esse tipo de campo de concentração. Vão se cansar de todas as notícias ruins que saem daqui. "Gastamos uma fortuna ajudando essas pessoas, e é assim que elas retribuem?", ou "Por que deveríamos gastar tantos recursos com pessoas que tentaram nos matar, quando mal temos o suficiente para nós mesmos?". Os homens serão os primeiros, aqueles com a maior porcentagem de DNA alien, e daí é só ladeira abaixo. Quando não restar mais nenhuma dignidade para essas pessoas nos campos, ninguém mais estará livre disso. Mulheres, crianças. Não importa. Meu problema é que ninguém quer ouvir isso, especialmente a mãe de uma criança de três anos que brinca de esconde-esconde atrás do quartel. Eu entendo. Acho que é por isso que coisas desse tipo funcionam. Eu não arriscaria a vida de um filho, a não ser que tivesse certeza absoluta. Mas aí já seria tarde demais. É justamente a vontade de sobreviver que vai acabar matando essas pessoas.

Talvez eu não precise encontrar uma saída. Talvez já tenha encontrado. Estou sendo otimista, eu sei, mas talvez haja algum tipo de mercado negro aqui. Mesmo quando tudo vai mal, sempre podemos contar com o espírito empreendedor. Alguns caras aqui tinham dinheiro. Certamente *alguém* já descobriu uma forma de tirá-lo da mão deles. Só espero que não sejam os guardas. Se há contrabando entrando, é possível que eu possa usar a mesma porta para sair. Provavelmente não. Não importa. Não posso simplesmente ficar aqui parada até que o exército russo apareça para me buscar.

ARQUIVO Nº 2134

ENTREVISTA ENTRE A DRA. HELEN MAHER, DIRETORA DO CENTRO DE PESQUISA ALIENÍGENA, E A DRA. ROSE FRANKLIN

Local: Universidade Johns Hopkins, Baltimore, estado de Maryland, EUA

— Bom dia, dra. Franklin. Muito prazer em conhecê-la. Bem-vinda de volta aos Estados Unidos.

— Obrigada. Fico feliz em estar de volta.

— Me disseram que você já foi interrogada.

— Por mais ou menos oito horas. E preciso voltar amanhã.

— Nove anos é muito tempo. Bastante coisa para contar, tenho certeza. As pessoas querem saber.

— Não falamos muito sobre meu tempo por lá. Conversamos basicamente a respeito de Vincent.

— O traidor?

— Eu... Podemos chamá-lo assim.

— E existe outra forma?

— Bom... Talvez. Como eu disse a eles, não éramos tão próximos.

— Eu tinha a impressão de que vocês eram amigos.

— E éramos, quando saímos daqui. Nós... Nós enxergávamos as coisas... de maneiras bem diferentes por lá.

— Lá em... Como é o nome, mesmo? Esat Ekt?

— Lá. E na Rússia. Divergíamos em tudo. Eu queria ficar em Esat Ekt, estudar aquelas pessoas. Pensei que poderia aprender a respeito delas, ensinar a elas sobre nós, e chegaríamos a uma trégua assim. Ele as via como inimigas, desde o começo. Eu ainda estaria naquele planeta, se não fosse por Vincent.

— Como cientista, invejo você.

— Obrigada. Isso me faz desejar que fosse você lá comigo, em vez dele. Já não conversávamos mais, até que ele convenceu os Ekt de que o melhor a fazer era nos mandar de volta. Eu não pude mais ficar, por causa dele. Então, pousamos na Rússia e... nos tornamos prisioneiros. Pensei que, por mais que tivéssemos brigado no passado, no mínimo concordaríamos que era preciso fugir dali. Ele não encarava assim. Vincent me traiu. Traiu a filha também. Acho que ele culpa o nosso país pelo que aconteceu.

— Infelizmente, ele não é o único. A maior parte do mundo está com ele.

— Me disseram que Alyssa Papantoniou trabalha para os Estados Unidos agora. Ela está aqui?

— Não. Aqui só fazemos pesquisa básica. Ela trabalha direto com os militares.

— Certo...

— Dra. Franklin?

— Sim?

— Há alguma coisa específica que eu possa fazer por você hoje?

— Eu... Disseram que eu deveria encontrar você aqui. Me trouxeram de carro. Assumi que você que queria me ver.

— Nunca pedi a eles que... Não importa... *tanto*. O que você gostaria de ver?

— Fiz alguma coisa errada?

— Por que pergunta?

— Você pareceu... hostil, há alguns segundos. É alguma coisa que fiz no passado? Sinto muito se...

— Não, nunca nos encontramos antes. Gostaria de dar uma volta?

— Eu... Sim, eu gostaria de dar uma volta, se não for muito incômodo. Não quero tomar muito do seu tempo, você deve ser uma pessoa ocupada.

— Sou, sim.

— Posso ajudar de alguma forma? Agora que estou aqui. Disseram que me buscariam às quatro. Isso me dá... seis horas. Posso andar pela cidade, mas eu poderia ser útil de...

— Ha!

— Falei alguma coisa engraçada?

— Sim, falou. Eu é que deveria estar pedindo a você.

— Não entendo.

— É óbvio. Como posso explicar? Eu *gosto* do meu trabalho, dra. Franklin. Gosto mesmo. Posso fazer a diferença aqui. Tenho uma boa equipe trabalhando para mim. Escolhi pessoalmente *cada um*. São leais, competentes. Fizemos *tanto* progresso nos últimos anos.

— Isso é... Isso é ótimo. Não entendo o que está querendo dizer. Não entendo mesmo. Talvez pareça óbvio para você, mas não para mim. Perguntei se eu poderia ajudá-la de alguma forma, e foi só isso. Estive fora um bom tempo, mas ainda acho que posso contribuir. Conheço Têmis melhor que qualquer um. Conheço esses robôs. Talvez não tanto quanto você, mas o suficiente para ser útil, tenho certeza.

— Dra. Franklin, você é... Eles vão pedir a você que tome meu lugar.

— Eu? Eu... Eu nem sei o que você faz aqui. E você mesma disse que fizeram bastante progresso. Fez aquele robô voltar a funcionar. Por que me colocariam no seu lugar?

— Você não sabe mesmo de nada, sabe?

— É o que estou tentando dizer a você nos últimos cinco minutos.

— Ninguém se importa se você já pegou o ritmo ou não. Você sabe o suficiente. Eles vão confiar em você mais do que em mim.

— Por quê? Estive fora por nove anos. Estava na Rússia com... aquele que você acabou de chamar de traidor.

— Não vai importar. Você é uma puro-sangue. É branca.

— Sou branca? Tenho certeza de que isso não...

— Sou uma A1. É o melhor que podem fazer, já que puros-sangues são bem difíceis de encontrar. E nenhum deles é cientista. Bom, você é, mas é um caso raro. Sou uma A1, mas meu avô era da Tunísia.

— E que diferença isso faz? Desculpe, eu só...

— Muçulmanos não conseguem trabalho no governo. São colocados nos *campos*. Eu sou ateia, mas, ei, nunca dá para ter certeza absoluta, não é?

— Isso é loucura. Entendo que muita gente morreu um pouco antes de sairmos do planeta. Entendo que as pessoas estejam com medo. Mas esse sistema de A1, A2, é uma insanidade. A recombinação é um processo completamente aleatório, *você* sabe disso. Meus pais poderiam ter mais DNA alien do que você. Seus filhos poderiam ser exatamente como eu.

— Isso não importa. As pessoas não sabem que ciência é feita por humanos "de verdade" ou não. Elas só não confiam em mais ninguém.

— Parece um pesadelo.

— É assim que o mundo está, dra. Franklin. Melhor se acostumar.

— E os muçulmanos? O que isso tem a ver com a coisa toda?

— Os primeiros A4 foram encontrados no Oriente Médio. A maioria por lá é desse nível.

— Isso não é... Se a história que nos contaram for verdade, os primeiros alienígenas a virem para a Terra viveram no que hoje é a Turquia. Faria sentido que a maior parte dos seus descendentes viesse de...

— Agora você está entendendo.

— Não! Não estou! Os alienígenas vieram atrás *deles*! Muitos de nós morreram, mas os que fizeram aquilo vieram à Terra matar *especificamente* essas pessoas.

— Não sabemos se isso é verdade! Não sabemos se eles vão voltar para terminar o trabalho. Não sabemos de nada. Sabemos que essas pessoas estão mais próximas dos alienígenas que o resto de nós.

— Que pessoas? Os descendentes dos alienígenas são mais alienígenas, é claro. As pessoas no Oriente Médio, não. E não são todos muçulmanos, além disso. Mesmo se fossem, não faz o menor sentido... Muçulmanos? A maior parte deles mora na Ásia, para começo de conversa!

— Muçulmanos asiáticos não contam.

— Eu não sei nem o que essa frase significa. Estamos falando de uma religião. Não há nada de biológico nisso. E quanto aos muçulmanos aqui?

— Deve haver uma conexão.

— Como? Os muçulmanos foram vítimas também. Os alienígenas destruíram Riade. Kuala Lumpur.

— Essas eram cidades grandes, cheias de estrangeiros. Tanto a Al-Qaeda quanto o Daesh disseram que a Arábia Saudita era um país de infiéis. Veja, eu não tenho todas as respostas, mas por que arriscar?

— Quer dizer que você concorda com essa loucura toda?

— Quero dizer que não posso descartar nada.

— Então você não é uma cientista de verdade.

— …

— Sinto muito. Não deveria ter dito isso. Não conheço você. Não sei pelo que tem passado.

— Tudo bem. Disseram que você demoraria um pouco até se adaptar. É uma questão de tempo.

— Eu não consigo entender. Só isso. As fronteiras estão fechadas. As pessoas suspeitam de tudo e de todos. Entendo que estejam assustadas, mas não seria mais seguro, não nos fortaleceríamos, se trabalhássemos todos juntos?

— O mundo já não gosta muito de nós. E eu não tenho a resposta para essa sua pergunta. Não sei se assim é melhor. Só sei que tentamos do seu jeito antes, e muitas pessoas morreram.

— Muitas outras teriam morrido.

— Tem certeza disso?

— Sim!

— Em algum outro lugar, talvez. Mas aqui? Nossas Forças Armadas estavam espalhadas pelo mundo inteiro… Meus pais estavam em Nova York. Meus amigos. Talvez, só talvez, alguns deles ainda estivessem vivos se tivéssemos tomado conta apenas do nosso próprio povo.

— Isso é um absurdo. Há um minuto você estava pronta para colocar sua própria família em um campo de concentração, só por precaução. E não venha me falar de Nova York. Eu estava lá, lembra? Perdi pessoas também. Muitos de nós perderam.

— Eu sei. E você foi embora. Têmis estava lá, e ela também foi embora. Vocês deixaram todo mundo para trás.

— Têmis não poderia lutar. E eu não "fui embora". Estava presa em uma sala de vidro, esperando a morte chegar. Vi um amigo morrer bem na minha frente. Então, não venha com essa história de perda, como se eu não tivesse sofrido também. Eu sobrevivi. Uma coisa é bem diferente da outra.

— …

— Me diz uma coisa! O que você teria feito se tivéssemos todas as nossas Forças Armadas reunidas aqui? Todos os tanques, os aviões. Digamos que estivessem todos ali, em Nova York, por um maldito milagre. O que você teria feito? Jogado uma bomba na cidade? Seus pais estavam lá. Os russos tentaram isso em Moscou. Jogamos uma bomba nuclear em Madri, sem motivo algum, e não ajudou em nada.

— Não bombardeamos Madri. Os alienígenas destruíram a cidade.

— Ah, então eu é que me confundi. Talvez devêssemos ter jogado uma bomba nuclear em Nova York. Isso teria ajudado?

— Que tal dar aquela volta agora?

— Acho que vou andar pela cidade. Seria uma pena desperdiçar um dia tão bonito quanto este aqui dentro. Mas eu tenho mais uma pergunta.

— À vontade.

— Esse robô. Jápeto, como vocês chamam. É o que eu desativei no Central Park, não é?

— Sim, é ele.

— Então, estou curiosa. Quando montamos Têmis, ela só funcionou quando todas as partes estavam reunidas. Como vocês conseguiram colocar esse robô para funcionar sem uma das pernas? Quando eu saí daqui, sabíamos tão pouco a respeito de como essas peças funcionavam, eu...

— Ainda não entendemos muito. Eu não entendo, pelo menos. Fazemos pesquisa de ponta por aqui, mas tudo relacionado ao Jápeto cabe diretamente aos militares. Não temos acesso ao robô, não às partes que funcionam. Temos a perna defeituosa, que está guardada no depósito. Você quer dar uma olhada nela?

— Não, obrigada. Sei aonde eu preciso ir.

ARQUIVO Nº 2137

ENTREVISTA ENTRE A MAJOR KATHERINE LEBEDEV, DO DEPARTAMENTO CENTRAL DE INTELIGÊNCIA DA FEDERAÇÃO RUSSA (GRU), E VINCENT COUTURE

Local: Prédio do GRU, São Petersburgo, Rússia

— Vincent, quero que conheça o sargento Vasiliev.

[*É um prazer conhecê-lo, sr. Couture.*]

— Oi! Então você é o meu copiloto.

[*Acho que* você *é o meu copiloto.*]

Gostei dele.

— Eu sabia que você iria gostar.

— Onde vocês o encontraram?

— Na prisão.

— Sério?

[*Eu não fiz nada de errado.*]

— Ele tem razão nisso. Minha ideia inicial era testar todos nos campos de trabalho...

— Como? Achei que vocês não tivessem um exame de sangue capaz de identificar pilotos.

— E não temos mesmo. Achei que daria para trazer algumas pessoas aqui para testar os capacetes.

— Isso é loucura. Demoraria mais que...

— Assumi que acabaríamos encontrando alguém depois de alguns milhares de tentativas. Os campos de concentração estão repletos do tipo certo de gente, então boa parte do trabalho já estava feito. Mas você não me deixou terminar. Eu estava prestes a começar, quando lembrei que as pessoas com treinamento militar foram colocadas em prisões, não nos campos. Não queríamos soldados treinados arrumando confusão.

— Então foi lá que encontraram você? Aposto que ficou bem feliz em sair de lá.

[*Não vou sentir falta da comida.*]

Você fala bem meu idioma. Por que todo russo que eu conheço é assim?

[*Eu já morei no Canadá. Como você, certo? Bonjour. Je m'appelle Alexander.*]

Beleza. E o que você fazia? Era espião?

[*Eu era jogador de hóquei.*]

Ah! Que legal!

[*Quando a gente começa? A major disse que você me ensinaria a lutar.*]

Preciso ensinar você a andar, primeiro. Você já trabalhou como modelo?

[*Ele está falando sério, major?*]

— Parece que sim. Faça o que ele disser, sargento.

[*Eu devo obedecer as ordens dele?*]

Boa pergunta! Vincent é o único que sabe como essa coisa funciona, então, tipo, você vai precisar fazer o que ele mandar. Mas ele não é militar. Você gostaria de ser, Vincent? Posso torná-lo um capitão!

— Não, Katherine, eu não quero me tornar um capitão do exército russo... Veja bem, Alex... Posso chamar você de Alex? Bom, isso aqui depende mais de confiança do que de qualquer outra coisa. Eu não posso... mandar você fazer nada, porque já seria tarde demais. Você precisa... Eu jogo pelo centro. Você vem pelas laterais. Precisamos antecipar os movimentos um do outro.

[*Ela disse que eu devo atirar na sua cabeça, se você fizer alguma coisa errada.*]

Sério? Que parte de confiar...

— Só durante o treinamento, Vincent. Depois disso, passamos a algo menos...

— Doido?

— Eu ia dizer "ameaçador".

— Não, Katherine. Alguém atrás de você com uma arma apontada para a sua cabeça o dia inteiro não é "ameaçador". É incrivelmente estúpido, ridiculamente perigoso. Acho que você precisa de mais palavras.

[*Desculpe. Você disse "confiança". Achei que deveria saber.*]

Certo... Obrigado, Alex, pela honestidade. E, Katherine, odeio arruinar esses seus planos "ameaçadores", mas ele não será capaz de segurar uma arma enquanto estiver usando as luvas. São como luvas de hóquei.

[*Ah!*]

Exatamente.

— Tudo bem! Vamos pensar em outra coisa. Por que tudo precisa ser tão difícil?

[*Então, o que fazemos agora?*]

Bom, sargento, parece que seu treinamento não vai começar hoje, afinal de contas. Não, Vincent, não vou permitir que você entre no robô Têmis sem algum tipo de medida de segurança. Vocês podem começar amanhã.

— Podemos começar hoje. Não precisamos entrar na Têmis, por enquanto. Podemos só segurar a mão um do outro por um tempo.

— O que foi que você disse?

— Mãos. Já tentou andar segurando a mão de outra pessoa? Só funciona se os dois sincronizarem os passos. É preciso ajustar a velocidade, a distância, para que os braços estejam no mesmo ritmo. Vamos partir daí, a fim de garantir que nossos pés se movam juntos. Ainda será uma imagem espelhada, mas é fácil corrigir isso depois. Então, passaremos aos braços. Você pode me seguir por aí. Vou exagerar os movimentos dos meus braços um pouco, e você vai precisar me imitar. E vai ter que andar desse jeito mesmo quando eu não estiver por perto.

[*Essa é a coisa mais idiota que eu já ouvi na vida.*]

— Parece *perfeito*. Vou deixar vocês, garotos, cuidarem disso, então. Não quero ficar de vela.

— Não vá, Katherine. Preciso falar com você primeiro.

[Esse... *treinamento parecia bem mais legal quando ela me explicou pela primeira vez.*]

Ah, não se preocupe. Em breve chegaremos na parte de cair de cara no chão umas dez vezes por dia. E isso me lembra, Katherine, que vamos precisar de um lugar onde não haja muita coisa para esmagar.

— E eles dizem que *eu* é que exijo alta manutenção. Pode nos deixar agora, sargento. Chamo você de volta quando terminarmos por aqui.

[*Sim, senhora.*]

E então?

— Novidades sobre Eva?

— Não. Não a encontramos ainda. Ela é muito boa! Ou quem quer que esteja ajudando a sua filha é muito bom. Tanto faz. Vamos encontrá-la. Não se preocupe com isso.

— Você me prometeu que ninguém machucaria Eva.

— Prometi que eu não daria a ordem para sair atirando. Eles ainda precisam trazê-la de volta. Não me responsabilizo pelo que pode acontecer se ela não quiser voltar. Você sabe como ela é.

— Isso não basta. Preciso saber que você não vai machucá-la.

— Machucá-la? Por que eu faria isso? Mas você sabe que não podemos deixar que ela caia nas mãos dos americanos. Se chegar a esse ponto, eles vão agir. Vão atirar para matar. Ninguém vai "machucá-la".

— Se algo acontecer a Eva, eu não vou ajudar vocês. Podem me matar, se quiserem, mas então vocês não terão mais nada.

— Ah, Vincent, Vincent... Pensei que já tivéssemos superado isso. Você acha mesmo que a situação mudou só porque a dra. Franklin e sua filha não estão mais aqui? Olhe para suas mãos. Quantos dedos você vê? Tem *certeza*? Ah, não se preocupe, eles não vão começar com você. Trarão uma garotinha até aqui e vão obrigar você a assistir ao que farão com ela. Eles podem fazer coisas que você nem consegue imaginar, Vincent. Podem fazer coisas com você até que não reste mais *você*. Podem mexer com a sua cabeça de uma forma que você vai acabar implorando a eles que te machuquem ainda mais. Podem transformar você em um bichinho de estimação.

—Você é doente, Katherine. Espero que saiba disso.

— Eu? Não sou eu que quero nada disso. Eu sou a única pessoa aqui impedindo isso tudo. Meu chefe, ele não gosta desse nosso plano. Ele não gosta de você. Não gosta *nem um pouquinho* de você, Vincent. É o sotaque, acho. Se isso não funcionar...

— Se isso não funcionar, então o quê?

— Digamos apenas que você não será o único a passar um tempinho com maçaricos e alicates.

— Vocês veem muita TV. Quer mesmo que eu acredite nisso?

— Pode acreditar, Vincent, a GRU pode ser…

— Ah, eu sei que vocês são capazes de fazer qualquer merda com as pessoas. Disso não tenho dúvidas. Eu estava mesmo era falando dessa sua mania de Síndrome de Estocolmo. Quando perceber, vai estar me chamando para sair. Só um jantarzinho à luz de velas. Acha que vou desenvolver algum sentimento por você? Que vou destruir exércitos com Têmis... por amor? É isso mesmo? Até admito que, se as circunstâncias fossem outras, se talvez você não fosse tão psicopata, se o mundo não estivesse essa merda toda...

— Uau. Não sei nem o que dizer, Vincent. Estou… magoada. Ei, mas essa ideia do jantar é ótima. O que me diz de dar o fora daqui e comer um bife bem grande? Conheço o lugar perfeito.

— Estou falando sério, Katherine. Quero Eva segura. Você me ouviu?

— Farei o possível, Vincent. Prometo a você que farei o possível. Vamos lá. Bife!

ARQUIVO Nº 2138

ENTRADA DE DIÁRIO — EVA REYES

Local: Campo de trabalhos forçados de Kaarina, próximo a Turku, Finlândia

Existe uma saída. Todo mundo sabe. Tem esse garoto *tataarit*, eles o chamam de Baba. Não faço ideia de qual seja o nome dele de verdade. Ele sai *todas as noites* em busca de suprimentos. Cigarros, na maioria das vezes. Cem por cento de comissão em cima do preço, mas Baba arruma qualquer coisa. Ele até traz o recibo, para garantir que você não esteja sendo explorado acima de cem por cento. O garoto, que deve ter no máximo doze anos, ganha mais de dois mil dólares por semana, segundo ele mesmo. Tenho a impressão de que, na verdade, é o pai de Baba que acaba ficando com o dinheiro, mas Baba gosta de se gabar. Ele vive bem, isso com certeza. Roupas novas, telefone novo. Ele se acha o tal. Gosto do moleque.

Perguntei se eu podia ir com ele. Ele disse que não, claro. Tentei pelo método mais fácil: ameacei contar às autoridades. Ele riu. As autoridades ganham vinte por cento. E o cozinheiro também. No fim das contas, a saída é pela cozinha, e a chave fica com o cozinheiro. Eu disse que poderia pagar, e ele pediu para ver o dinheiro. Gosto mesmo do garoto. Tanto que até contei a ele quem eu era. Isso trouxe um sorriso para o rosto dele. Então, Baba pediu que eu desse a ele a minha roupa do corpo. Literalmente: queria a camisa que eu estava vestindo. Acha que vai valer uma fortuna na internet. "A camisa original de Eva Reyes, usada em um planeta alienígena." Ele até tirou uma foto, como certificado de autenticidade. Não sei o que está rolando por aí, mas tem alguma coisa com as minhas roupas. De qualquer forma, eu odiava aquela camisa. Os russos é que me deram. Talvez eu tenha esquecido de mencionar essa parte ao Baba. Infelizmente, aquele item da moda de valor inestimável era minha única camisa. Por isso, se eu quiser sair daqui, terei que fazer isso usando a camiseta de uma banda de metal chamada Nightwish, cortesia do próprio Baba. Pelo menos é preta. Ele também me deu dinheiro para eu pegar um ônibus até Turku e, depois, a balsa até Mariehamn. Bom, teoricamente eu preciso devolver esse dinheiro a ele, mas não sei ao certo como farei isso. Também não perguntei.

Eu não sabia se estava sendo enganada ou não. Parecia estúpido. Como pode ter uma saída daqui e a única pessoa interessada em sair continuar voltando? Mas é verdade. Eu vi. Pedi uma "prova definitiva" antes de entregar minha camisa a ele. Não é um buraco secreto no chão, nem uma fenda bem alta na cerca. É uma porta! Uma *yokits* de uma porta! Por onde chega a comida, um acesso direto ao lado de fora. Se quisesse, cada uma das pessoas aqui dentro poderia escapar deste lugar antes de o sol nascer, considerando que tivesse dinheiro para isso... ou a camisa certa. Qualquer um que fosse capaz de bater em um cozinheiro seria capaz de sair daqui! Mas ninguém faz isso. As pessoas vão permanecer aqui. Basicamente, não precisam de guardas, nem de cercas. Basta alguém dizer a elas que fiquem, e elas ficarão. Fica! Quieto! Bom garoto!

Eu me lembro de conversar sobre isso com meu pai. Não com Vincent, meu pai adotivo de Porto Rico. Perguntei a ele por que as pessoas reclamavam dos políticos o tempo todo mas não faziam absolutamente nada a respeito. Não conseguia entender por que todas as pessoas continuavam votando nos mesmos caras que elas odiavam. Protestavam contra uma guerra, mas as coisas do dia a dia, as pequenas injustiças, deixavam passar. Os amigos ganhando uma fortuna com negócios fechados com o governo, pagando cem dólares por um lápis, esse tipo de coisa. As pessoas até reclamam disso, todo mundo reclama, mas ninguém faz nada. Eu me lembro de ter perdido completamente o chão com a resposta do meu pai. Ele me disse que isso era bom, que precisávamos de uma certa dose de cinismo para que a sociedade funcione direito. Se as pessoas achassem que têm poder suficiente para mudar as coisas, se acreditassem de verdade na democracia, todo mundo estaria nas ruas, exigindo, militando por tudo. Acontece, de tempos em tempos. Trinta mil pessoas podem parar as ruas em favor de alguma causa, mas elas só fazem isso por acharem que o outro lado *jamais* se sentiria no direito de fazer a mesma coisa. E se não fosse assim? E se trinta mil pessoas que acreditam em uma coisa resolvessem se manifestar ao mesmo tempo que aquelas que acreditam no oposto? E se isso passasse a acontecer todos os dias? Aqueles que se importam com outros assuntos também iriam querer ser ouvidos, e precisariam gritar ainda mais alto. Seria necessário criar uma perturbação ainda mais... perturbadora. As pessoas se conformam porque não esperam que o sistema seja justo. Se esperassem, se pensassem que a justiça é de fato possível, viveríamos em meio ao caos, à anarquia. Precisamos da apatia, disse meu pai, ou acabaríamos matando uns aos outros no meio da rua.

Eu mencionei que meu pai trabalhava para o governo?

Não acreditei nele, na época. Não tenho certeza nem se ele mesmo acreditava naquilo. Aquela conversa toda começou porque eu queria abrir um abrigo para gatinhos de rua. Estava plenamente convencida de que meus pais iriam concordar. Claro, haveria algumas desvantagens em ter toneladas de gatos dentro de casa, mas só sendo muito egoísta para deixar de salvar aquelas vidas todas por causa disso. Aparentemente, aquele discurso cívico todo foi o jeito que meu pai arrumou de me dizer, sem precisar entrar em uma discussão interminável sobre gatos, que eu deveria aprender a conviver com a injustiça. Fui criada para discutir, tanto por ele quanto pela minha mãe. Eles diziam que sempre estariam abertos a um debate baseado em lógica e fatos, e que eu poderia convencê-los de qualquer coisa, desde que fosse capaz de argumentar bem. No entanto, uma centena de vira-latas pulguentos provavelmente não entrava nessa categoria de "qualquer coisa". Eu fui lá e construí o abrigo, mesmo assim. Peguei um estoque de caixas vazias no lixo da lojinha da esquina e construí um palácio de papelão no nosso quintal. Pensei em tudo. Havia uma sala de recreação, para que os gatinhos não ficassem entediados. Coloquei todas as almofadas do sofá dentro das caixas, para servirem de caminhas. Era perfeito. A chuva acabou com tudo em um ou dois dias. As almofadas não sobreviveram. Perdi o equivalente a um mês de mesada, mas ainda assim fiquei orgulhosa de mim mesma. Quando vemos algo de errado no mundo, temos que ir lá consertar. Lutar. Resistir. Só não devemos usar papelão.

Era por isso que eu gostava de Kara... E de Vincent, vale lembrar. Ele não se conformava. Ele teria construído aquele abrigo para os gatos de rua, de três andares, com uma fonte de água na frente. Não sei se foi minha culpa, ou se ele mudou depois da morte de Kara, mas eu sinto falta daquele homem de antes.

A cidade não fica longe daqui. Baba disse que leva uns vinte minutos até lá. Com sorte, chegarei a Mariehamn antes que percebam que eu sumi. Vou precisar pensar com calma no que pretendo fazer se chegar à Suécia. Não dá para simplesmente tocar uma vida normal no meio dessa loucura.

Mas talvez dê. Talvez eu consiga arrumar um emprego, assistir à televisão, sorrir quando as pessoas fizerem piadas sobre esses campos de concentração. Posso parar de lutar, de resistir.

Quem estou tentando enganar? Não posso arrumar um emprego. Eles vão examinar o meu sangue, e eu acabarei presa em um campo na Suécia, em vez de aqui, na Finlândia. Nunca estive na Suécia, então um campo de concentração por lá vai ser diferente, de certa maneira. Talvez eu possa vender minhas calças e ganhar uma bela fortuna, me tornar o Baba da Suécia.

Tudo depende da perspectiva, na verdade. É só não chamar de campo de concentração. Posso dizer que estou levando a vida em uma comunidade cercada por muros. *Yokits*, estou nervosa. Preciso chegar a Mariehamn antes. Um passo de cada vez, acho. Um pé na frente do outro. Não sei o que posso fazer além disso. Quando vemos algo de errado no mundo, temos que ir lá e consertar. Mas e se o mundo inteiro precisar de conserto?

ARQUIVO Nº EE249 — ARQUIVO PESSOAL DE ESAT EKT

REGISTRO PESSOAL — DRA. ROSE FRANKLIN

Local: Residência designada, região de Etyakt

Desde que chegamos a este mundo, eu me sinto vulnerável, impotente, mas sempre havia também certo entusiasmo, feito uma criança andando na montanha-russa pela primeira vez. Agora, só consigo sentir o desespero. Meu amigo está morrendo, e eu não posso ajudá-lo. Não consigo ver o mundo ao meu redor. Não consigo ver mais nada.

Fui estúpida em achar que seria capaz de encontrar a cura. Não sou geneticista. Não sei o suficiente sobre o DNA nem para saber o que procurar. Pensei que conseguiria ludibriar os Ekt para fazer parte do trabalho para mim, mas eles sabiam direitinho quais eram as minhas intenções. Eles não estão acostumados com a mentira, e por isso não são muito bons em detectá-la. Pelo menos não *eram*. Mas aprendem rápido. Os Ekt não transmitem novos conhecimentos para os humanos, mas os humanos em geral sabem muito mais de genética do que eu. Então eu disse a eles que poderia conseguir mais informações se estivesse na Terra. Lá eu poderia ler artigos, conversar com outras pessoas. Aqui, não tenho acesso à toda pesquisa que já fizemos sobre o assunto. Não tenho acesso a nada. Expliquei tudo isso a eles, de todas as formas possíveis, mas mesmo assim não acreditaram em mim. Ou simplesmente não se importaram. Eu só preciso de mais dados. Não é... justo. Só quero salvar o meu amigo. Preciso salvá-lo.

Não consigo encontrar as mutações certas. E, mesmo se eu as encontrasse, não saberia o que fazer em seguida. Preciso estudar como a arma Ekt funcionou, como foi capaz de encontrar as células corretas e o que fez com elas. Eles não vão deixar. Entendo que não queiram que eu brinque com a arma deles, já que foi projetada especificamente para matar aqueles com DNA Ekt. Entendo isso *agora*. Não entendia quando pedi uma amostra a eles. Isso os confundiu a princípio. Eles ficaram agitados e me expulsaram do laboratório. Acho que aquela história de "prometo que vou tomar cuidado" não combina muito com armas de destruição em massa. Preciso encontrar um novo local de trabalho. Tenho a sensação de que não sou mais bem-vinda aqui.

Não vou desistir. Não importa o que me disserem. Farei o que for preciso. Descobri artefatos alienígenas enterrados nos quatro cantos do planeta Terra. Montei um robô gigante capaz de transformar cidades inteiras em pó. Impedi uma invasão alienígena, pelo amor de Deus. Eu posso salvar *um homem*.

Tudo o que fiz até agora parece sem importância diante da vida de Eugene. Eu já perdi pessoas antes. Perdi as que estavam mais próximas de mim, e consigo viver com isso. Consigo, sim, porque não havia nada que eu ou qualquer outra pessoa pudéssemos fazer por elas. Mas eles podem salvar Eugene. Podem curá-lo em minutos, sem muito esforço. Respeito, até compreendo seus princípios. Onde Eva e Vincent veem arrogância, eu vejo profunda humildade. Enxergo um respeito enorme pela vida e pelo universo quando eles se recusam a mexer com tudo isso. Mas não estamos falando da vida como um todo, estamos falando de *uma* vida, a vida do meu amigo. Talvez eu é que seja arrogante, mas não quero que essa vida vá embora de uma forma tão desnecessária.

Vou conseguir convencê-los. Vou convencê-los de que é do interesse deles salvar Eugene. Vou encontrar uma maneira de fazê-los relativizar as próprias regras. Vou roubar os remédios, se necessário.

ARQUIVO Nº 2142

ENTREVISTA ENTRE A DRA. ROSE FRANKLIN E A DRA. ALYSSA PAPANTONIOU

Local: Comando Central dos Estados Unidos da América (CENTCOM), Base Aérea de MacDill, Tampa, Flórida, Estados Unidos

— Dou... Doutora Franklin. Achei que não nos encontraríamos novamente.

— Eu achei que não encontraria ninguém na Terra novamente, mas tem razão: você é a última pessoa para quem eu ligaria.

— Eu te... tenho tantas perguntas. Eu n... não sei n... nem por onde começar.

— Por que não começa respondendo as minhas?

— Nós duas estamos... Você ainda me odeia? Espero de verdade que na... que não.

— Se eu odeio você? Essa é... uma forma interessante de começar essa conversa. Eu... Eu não sou sua amiga, se é isso que você quer saber. Nunca a perdoarei pelo que fez. Mas eu não... Você não parece tão maluca quanto antes. Imagino que o mundo tenha tirado o atraso para acompanhar a sua loucura.

— Eu v… vou encarar isso como um elogio.

— Quando você parou de trabalhar para os russos?

— Eles não precisavam mais de mim depois que vocês desap… desapareceram. Não havia a necessidade de pilotos se Têmis não estava mais aqui. Então, descobri que os americanos estavam remontando Jápeto e, por isso, eu vim.

— Fácil assim. Emprego novo. Você começa na segunda-feira.

— Levei um t… tempo para convencê-los, mas eles sabiam que eu podia ajudar. E ajudei.

— Isso não incomoda você? Trocar mais uma vez de lado?

— Em algum momento eu dei a impressão de ser uma pat… patriota? Mesmo se eu fosse, venho da Bósnia. Faço o que eu faço por todos. Não importa onde.

— Praticamente uma Madre Teresa de Calcutá.

— Tanto faz a sua opinião a meu respeito, dra. Franklin. Não sou a responsável por tudo o que vem acontecendo com o mundo. Se alguém merece levar a c… culpa por isso, esse alguém é você.

— Não vim aqui discutir com você, Alyssa. Só quero encontrar uma forma de acabar com isso.

— Isso o quê?

— Tudo isso. Jápeto. Os campos. Todo mundo odiando todo mundo. Como chegamos a esse ponto?

— Dra. Franklin, a liberdade do mundo foi destruída quando os alienígenas vieram. Essas ideias todas, democracia, a vontade do povo, igualdade, tudo é baseado na crença de que, no fim das contas, o bem v… vence o mal.

— E o bem venceu. Não venceu?

— Diga isso às dezenas de milhões de pessoas que morreram. E essas mortes todas aconteceram nas grandes cidades, onde fica o poder. As pe… pessoas ficaram assustadas, e pessoas assustadas se rendem à autoridade. O mundo também perdeu Têmis. Você p... pode até ter desativado um dos robôs alienígenas, mas era Têmis que trazia esperança. Então, ela se foi. E lá estava ele, deitado no meio do Central Park. Jápeto era algo inevitável, dra. Franklin. Ninguém poderia ter impedido.

— Você não tentou.

— Eu? Não. Por que tentaria? Por que iria querer que a Terra ficasse inde... indefesa? E como alguém iria querer isso? Sabe por que ninguém, nenhum desses países, decidiu lutar contra os americanos?

— Porque eles não podem, Alyssa. Não contra-atacam porque não têm nada com que lutar.

— Não! Eles não contra-atacam porque precisam de Jápeto. Dormem melhor à noite sabendo que o robô está lá, ainda que ele esteja sob o controle do inimigo, ainda que tenham que abrir mão da própria liberdade por isso. E os campos? Nenhuma novidade nisso.

— O que você está falando? Prender pessoas inocentes, cidadãos nascidos e criados neste país, apenas porque os genes do pai resolveram se manifestar de forma mais acentuada que os da mãe? Ou porque essas pessoas dão nomes diferentes aos seus deuses? O que estão fazendo com elas, Alyssa? Estão matando essas pessoas?

— Não muitas. Por enquanto. Mas é possível que isso aconteça. As pessoas têm a memória curta, ou no mínimo seletiva, s... sei lá. Na Segunda Guerra Mundial, mais de cem mil pessoas foram colocadas em campos de concentração pelos americanos e canadenses. Eram cidadãos também. Isso não aconteceu na Idade Média. Nossos pais estavam lá.

— Não estou defendendo o que aconteceu durante a guerra, mas estávamos em conflito com o Japão. Não estamos em guerra com essas pessoas. Elas não fizeram *nada*!

— E isso importa? Precisamos colocar a c... culpa em alguém. Cem mi... milhões de pessoas não morreram porque essas coisas acontecem! A mente humana não funciona desse jeito.

— Claro! Mas que tal colocar a culpa em quem realmente fez isso?

— Não é suficiente. Não vai fazer ninguém se sentir melhor. Não há n... nada que possamos fazer contra eles. São poderosos demais, e não estão aqui. Precisa ser alguém mais fraco, e que esteja mais perto. Assim, você pode remover essas pessoas e se sentir mais seguro. As pessoas precisam se sentir mais seguras.

— Você é louca, Alyssa. Sabia disso?

— Não estou dizendo que isso é bom. Estou dizendo que sempre foi assim. Precisamos de bodes expiatórios quando as coisas dão errado neste mundo. Os judeus jogaram veneno no poço.

— O quê?

— A P... Peste Negra. Matou quase metade da população mundial durante o século XIV. Talvez os judeus fossem mesmo menos afetados pela doença, ou talvez fosse apenas um mito. No entanto, as pessoas na Europa colocaram a culpa da doença nos judeus, disseram na época que eles jogaram veneno na água. Então, foram todos colocados para fora das cidades, ou assassinados. Eles eram mortos dentro da própria casa. Foram queimados vivos. Em Strasbourg, colocaram centenas de judeus em uma casa de madeira e tacaram fogo. Esse tipo de coisa aconteceu na França, na Alemanha, na Espanha, na Suíça. Tudo na Europa, o p... p... pináculo da civilização. Já aconteceu antes, e vai acontecer de novo. Acha que o mundo m... mudou depois que você foi embora? Não mudou. É assim que nós somos.

— Sinto muito, Alyssa, mas eu me recuso a aceitar isso.

— Bom para você. Eu prefiro ser realista.

— E, então, você ajudou tudo isso a acontecer.

— Tanto quanto você, sim.

— Não vá por esse caminho, Alyssa, Eu não sou como você.

— Você reclama de Jápeto e dos campos de concentração. Você *deu* Jápeto a eles. Não há c... como negar. Não faz a menor diferença se você tinha essa intenção ou não. Inventei um teste para que eles fossem capazes de identificar pilotos. Eles fizeram isso. A questão é que não pararam por aí, passaram a testar e classificar as pessoas. Havia alienígenas entre nós. Todos queriam que eles fossem encontrados.

— Somos todos alienígenas, Alyssa. Todos nós.

— Eu sei, e esse era o problema. Como encontrá-los, se eles estavam em toda parte? Imagine se as pessoas altas fossem consideradas culpadas? Você é alta? E eu? Estão construindo os c... campos até decidirem de quem precisamos ter medo. E, sim, usaram meu teste para isso. Então, pode colocar a culpa em mim, se quiser. Não me importo.

— Acho que já tem muita gente colocando a culpa uns nos outros por aí. Vim para falar de Jápeto.

— Lindo, não é?

— Como você elaborou esse teste? Não conseguíamos encontrar ninguém capaz de ativar os capacetes de Têmis.

— Vocês tinham poucas amostras. Eu mesma já tinha feito alguns exames usando am... amostras que tirei dos seus pilotos, mas os resultados eram muito limitados, específicos. Não conseguia encontrar outras pessoas que tivessem tantos traços em comum com eles, mas agora tenho uma amostra bem maior da população para analisar.

— Quem?

— Os mortos, é claro! Todos os cem milhões de mortos. Os alienígenas fizeram o teste para nós. Projetaram aquele gás para que sua própria espécie fosse o alvo. Algumas pessoas morreram com segundos de exp... exposição ao gás alienígena. Outras morreram depois de vários minutos respirando a fumaça. Se eu pudesse descobrir quem morreu primeiro, conseguiria limitar a busca a um determinado grupo de traços genéticos. E f... foi o que eu fiz.

— Mas não é possível que haja tanta gente nesse perfil. Testamos centenas.

— Precisavam de milhares. Sessenta e oito mil. Essa é a quantidade média de p... pessoas que tivemos que testar antes de encontrar uma capaz de ativar os controles do robô. Testei mexic... mexicanos primeiro, para ver se funcionava. Os agentes da Imigração e Alfândega dos Estados Unidos pegavam as amostras de sangue de todos os que eram deportados. Dentro de um ano, encontramos alguns que poderiam funcionar como pilotos.

— E vocês usaram essas pessoas?

— Não. Eles queriam que fossem americanos.

— Americanos brancos, é claro.

— Qualquer um que não fosse muçulmano. Aparentemente, já é gente suficiente para odiar.

— Isso não faz o menor sentido. Colocam as pessoas com DNA alienígena demais nos campos de concentração, porque não confiam nelas. Ainda assim, buscam pessoas com ainda mais DNA alienígena para pilotarem o robô.

— Chega a ser irônico, não é? Ter DNA alienígena demais significa acabar preso em um campo de concentração ou virar uma das pessoas mais pod... poderosas do planeta.

— E eles aceitam isso numa boa?

— Se você se refere ao governo dos Estados Unidos, não. Não aceitam. Eles imp... implantam um pequeno dispositivo explosivo no crânio dos pilotos. Podem detonar remotamente, se necessário. Teoricamente é ind... indolor.

— E como vocês colocaram o robô para funcionar? Os alienígenas o deixaram para trás porque ele tinha sido destruído.

— Destruído, não. Desativado.

— E como eles conseguem controlá-lo? Fizeram mais pessoas como Vincent?

— Não. Colocaram numa sala os melhores engenheiros que puderam encontrar, e eles só sairiam de lá quando encontrassem uma forma de resolver o problema. Construíram uma espécie de mecanismo, um robô, na verdade, que ocupa o controle de Jápeto. O piloto fica a cerca de um metro ao lado dele, com as pe... pernas dentro de tubos flexíveis. Dentro desses tubos, sensores cap... capturam os movimentos das pernas humanas. A máquina traduz esses movimentos para algo que condiz com a anatomia alienígena e, então, transfere a ação para os controles do robô. É fascinante ver como funciona. Tenho um vídeo aqui. Quer dar uma olhada?

— Outra hora, talvez. Quero saber como vocês o colocaram para funcionar de novo. Eu *desativei* aquele robô, como você disse. Não funcionava mais. Ele se desfez em pedaços. O metal da perna estava…

— Dra. Franklin, sou uma genet… geneticista. Não sei nada a respeito daquele metal, nem sobre o que v… você fez com ele.

— Você sabe que o robô estava sem uma perna. Não dá simplesmente para atarraxar uma nova. Não é assim que funciona.

— Encontraram uma forma de convencer o resto do corpo de que aquela monstruosidade que colocaram lá era a perna de verdade. Não sei como fizeram isso.

— Certamente você sabe de alguma coisa. Foi aqui, não foi?

— Só sei que tem a ver com a taxa de decaimento do metal na região em que as peças se juntam.

— Pensei nisso, quando montamos Têmis. Não cheguei a lugar algum.

— Sabe, dra. Franklin, existe a possibilidade de que eles tenham encontrado alguém melhor que você.

— É fácil encontrar alguém melhor que eu. Só acho que não temos a tecnologia necessária para fazer o que você está sugerindo. Não tínhamos quando eu saí do planeta, pelo menos.

— Se isso faz você se sentir melhor, eles tiveram ajuda.

— De quem?

— Venha, deixe eu mostrar a você. Ah, dra. Franklin?

— Sim.

— Quero que saiba que eu não t… tive nada a ver com isso.

ARQUIVO Nº 2143

ENTREVISTA ENTRE A DRA. ROSE FRANKLIN E O PRISIONEIRO 46275

Local: Comando Central dos Estados Unidos da América (CENTCOM), Base Aérea de MacDill, Tampa, Flórida, EUA

— Dra. Franklin! Que prazer!

— Sr. Burns! Seu rosto! Quem fez isso com você?

— Acho que o nome dele é Keith.

— Que loucura. Alguém vai pagar por isso. Deixe eu…

— Não, dra. Franklin, não faça nada. Esse "alguém" vai acabar sendo eu mesmo. Eles não darão ouvidos a você e vão me punir por não ter conseguido convencê-la de que gostei de ter levado esses socos todos na cara.

— Como o encontraram? Quem contou a eles sobre você?

— Você contou, sinto em dizer.

— Eu?

— Ah, não se sinta culpada. Não foi culpa sua. Infelizmente, você não preza por anonimato tanto quanto seu antigo colega. Curiosa, parece que a Agência

Nacional de Segurança resolveu colocar alguém atrás de você quando pegou um voo para Washington durante o ataque alienígena. Eles me prenderam logo depois de você desaparecer, bem ali no meu restaurante favorito.

— Sinto muito, muito mesmo.

— Não sinta. Não há nada que você pudesse ter feito. E, você sabe, essa sala não é tão ruim quando estou sozinho. Meu apartamento não era muito maior que isso. Minhas únicas saudades são televisão, sair à noite e canetas. Não querem me dar uma caneta. Acho que têm medo de que eu tente me matar. Se essas nossas pequenas sessões de "terapia física" nos mostraram alguma coisa, foi que eu não gosto nem de ver sangue na minha frente. Ainda assim, eles não querem me dar uma caneta. Mas chega de falar de mim! Não fui eu que fiquei em outro planeta por quase uma *década*. Como foi? Como são as coisas por lá?

— Você não sabe, é?

— Como saberia? Sou do Michigan.

— Foi... interessante.

— Certo, então. Era tudo o que eu queria saber.

— Só não acho que este seja o melhor lugar para essa conversa.

— Ah, sim! Eles só desligam as câmeras quando Keith vem me fazer uma visitinha. Deixa para a próxima, então.

— O que eles querem com você? Por que estão mantendo você aqui?

— Como viemos parar aqui? Essa é uma boa pergunta. Tiraram uma amostra do meu sangue quando me interrogaram pela primeira vez, e têm se mostrado muito interessados em mim desde então.

— Mas por que aqui? Eles mantêm pessoas com DNA "incomum" em campos de concentração.

— Bom, o resultado dos meus exames foi mais interessante que o da maioria das pessoas. Não o de todas, mas da maioria. O seu sangue é muito mais interessante, na minha opinião.

— E o que querem com você?

— Informação, basicamente. Sou um... consultor. Eles me consultam a respeito das coisas. Parecem bastante, bastante entusiasmados com isso.

— Eles são violentos enquanto interrogam você.

— Não exatamente. Eles são violentos, ponto final. Depois vêm e me fazem perguntas. Então me batem mais, só para ter certeza de que responderei as perguntas deles na próxima vez.

— Que tipo de perguntas.

— Hmmm. Perguntas técnicas, em geral. Queriam saber como colocar certo robô para funcionar novamente. Eu sou um consultor *técnico*.

— E por que eles acham que você sabe alguma coisa a respeito desses assuntos?

— Não sei bem. Devo ter soltado alguma coisa. É possível que eu tenha falado muitas coisas enquanto estava sendo consultado.

— O que você disse a eles?

— Eu disse... Eu disse tudo o que sabia, imagino. Eles podem ser bem convincentes, sabe? No fundo, pessoas como eu são bastante sensíveis a certas drogas de que eles dispõem, e preciso admitir que tenho uma tolerância bem baixa à dor. Seja lá o que eu tenha dito a eles, parece que não foi o suficiente, já que eles continuam vindo atrás de mais informação. Ficam surpresos de verdade sempre que eu não tenho a resposta para uma de suas perguntas. Sigo explicando que aqueles que sabiam de tudo morreram há três mil anos. Não devo ser muito bom em explicar as coisas.

— Foi você que contou a eles como resolver o problema da perna que faltava?

— Lembro que eles me perguntaram sobre isso, sim. Ah, sim. Eles me perguntaram sobre isso *muitas* vezes. Funcionou? Nunca me disseram se minha solução funcionou.

— Sim, funcionou. Agora estão usando o robô para subjugar outras nações à vontade deles.

— Isso não é muito legal.

— Não, não é. Eu nunca cheguei a pensar no que faríamos com aquele robô, depois que ele caiu no Central Park. Fiquei tão feliz, tão aliviada quando os outros robôs deixaram a Terra, eu...

— Não houve tempo! Levaram você daqui. Não há nada que você pudesse ter feito...

— Eu poderia ter espalhado a solução de bactérias naquele robô inteiro, desativado cada parte dele.

— Você tinha solução suficiente?

— Na época, não.

— Foi o que pensei. Como está Eva?

— Não sei. Ela escapou.

— Escapou? De onde?

— Ah, desculpe. Estávamos presos na Rússia. Eva conseguiu fugir da cela, mas não sei onde está agora. Estou preocupada.

— Ela vai ficar bem. Teve a ajuda de alguém? Seria melhor se ela recebesse alguma ajuda, de um amigo que tomasse conta dela.

— Não sei. O que você está dizendo?

— Nada. Só que, se eu estivesse no lugar dela, gostaria de ter um amigo para me apoiar. Você não?

— Sim, eu gostaria muito. Ficaria muito grata.

— Você é uma boa pessoa, dra. Franklin.

— Você me chamava de Rose.

— Não nos vemos há nove anos. Não sei mais como você se sente a meu respeito.

— Por que eu me sentiria diferente?

— Posso dar cem milhões de motivos.

— Você se sente responsável pelo que aconteceu? Mas você vem nos ajudando, *me ajudando*, esse tempo todo! Você salvou… tantos de nós.

— Foi você que fez aquilo tudo. Eu só contei uma história ou duas. Além disso, alguém precisa assumir a responsabilidade, e, já que meus ancestrais não estão mais aqui… Eles vieram, de fato, atrás de pessoas feito eu, sabia?

— Eu acho que você não acredita mesmo nisso.

— …

— Quer saber do que eu gostaria? De ouvir uma história.

— Ah, acho que você já ouviu todas. Sou um velho, e velhos não têm muitas histórias novas para contar.

— Por favor? Uma história realmente me faria bem, nesse momento.

— Bom, tem, sim, uma história, sobre uma arqueira cega. Já ouviu essa?

— Não, acho que não.

— Skaði foi uma grande arqueira e caçadora viking. Esse não era o nome verdadeiro dela: Skaði, ou Skadi, é uma gigante, uma deusa da mitologia nórdica. No entanto, essa guerreira era tão boa com o arco e a flecha… Tão boa que era capaz de alimentar a vila inteira sozinha, e foi o que ela fez por anos. As pessoas diziam que ela caçava com os olhos fechados, que ela podia escutar as batidas do coração de suas presas.

Não era verdade. Isso ficou bem claro quando, um dia, Skaði ficou cega.

— O que aconteceu? Algum acidente?

— Ah, não. Retinopatia diabética. Skaði desenvolveu diabete do tipo 2 quando tinha quarenta e poucos anos, e, na época, nunca tinha se ouvido falar da doença. Não preciso nem dizer que não houve qualquer tipo de tratamento. Levou alguns anos, mas ela acabou perdendo completamente a visão.

A vila sobreviveu. Havia outros caçadores, é claro. Mas houve um ano, com um inverno particularmente rigoroso, em que a comunidade ficou sem comida. As presas eram escassas, e os arqueiros não eram nem de perto tão habilidosos quanto Skaði. As pessoas estavam morrendo de fome. Muitos homens já estavam fracos demais para caçar. Um dos anciões da vila sugeriu que Skaði fosse enviada para mais uma caçada. Muitos, incluindo a própria Skaði, rapidamente lembraram que ela estava cega, mas o ancião recitou alguns dos mitos relacionados à Skaði original... a deusa, não a mulher diabética. Quando se coloca religião no meio, é muito fácil perder a realidade de vista — sem trocadilhos —, e, de alguma forma, todos concordaram em colocar seu destino nas mãos de uma arqueira cega, acreditando que os deuses viriam em seu auxílio. O ancião se ofereceu para acompanhar Skaði à floresta, em parte por saber que não ajudaria muito o moral da vila se todos vissem a mulher tropeçar em um galho cinco passos depois de entrar na mata.

Eles se aventuraram floresta adentro. O vento soprava forte, e não havia rastros de animais. O ancião e Skaði já estavam quase desistindo, quando do nada surgiu um cervo magnífico. Skaði, bem, ela não viu. O ancião foi na frente, guiando seus passos. Um pouco para a esquerda. Um pouquinho mais. Skaði esticou o arco o máximo possível. Ela sabia que as orientações do ancião não seriam suficientes e que certamente erraria o alvo. Lembrou-se, então, do que os moradores da vila diziam a respeito dela e decidiu pedir ajuda à deusa, para que fosse capaz de escutar as batidas do coração de sua presa. E, por um brevíssimo momento, ela escutou. Skaði mirou na direção do som e soltou a flecha. É possível que ela tenha ouvido, de fato, a batida do coração do cervo àquela distância. Improvável, mas possível. A questão é que, se ela escutou alguma batida de coração, foi a do ancião, e não a do cervo, já que a flecha atravessou em cheio o coração do homem, que desabou sem emitir um som sequer. Skaði chamou por ele durante horas a fio, sem jamais encontrar seu corpo. Ela morreu no dia seguinte, ao cair de um penhasco na tentativa de voltar para casa.

A moral da história é…

— Eu sei qual é a moral da história. Você não pode fazer nada, se não sabe o que está acontecendo.

— Achei que fosse não colocar fé demais na capacidade de uma única pessoa de mudar as coisas.

— Chegue mais perto.

[*Senhora! NÃO se aproxime do prisioneiro! Não sussurre nada para ele!*]

Vou tirar você daqui.

[*Senhora! Terei que pedir que a senhora saia daí!*]

— Obrigado por sua visita, dra. Franklin. Você deveria ir, agora. Meu amigo Keith e eu estamos prestes a ter uma conversinha.

PARTE 3

A ESTRADA PARA DAMASCO

ARQUIVO Nº 2155

REGISTRO DE MISSÃO — CAPITÃO BODIE HOUGH E TENENTE BARBARA BALL, DO CORPO DE FUZILEIROS NAVAIS DOS ESTADOS UNIDOS DA AMÉRICA, DIVISÃO MECHA

Local: A bordo de Jápeto, Base Naval de Muskö, perto de Estocolmo, Suécia

— Ei! Por que a gente vai se teletransportar para lá? Poderíamos ir caminhando até Merry Ham.

— É Mariehamn, seu idiota, com um "n" no final. E fica a uns cento e cinquenta quilômetros. Não temos tanto tempo assim. Além disso, eles nos veriam chegando a, bem, cento e cinquenta quilômetros de distância.

— Tem certeza? Parecia tão perto! No mapa. Você viu.

— Tem uma coisinha ali na parte de baixo do mapa. Aquilo indica a escala.

[*Jápeto, não temos o dia todo. Vocês têm as coordenadas, podem seguir em frente.*]

— Entendido, Central. Apertando os botões em… agora. Estamos… aqui.

— À esquerda, Bodie.

— Ah, estou vendo. Central, estamos a cerca de um quilômetro e meio do píer. Podemos ver a balsa daqui.

[*Entendido. Vocês precisam encontrar uma garota, dezenove anos.*]

Não estou vendo a garota. Não dá para saber se...

— Central, aqui é a tenente Ball. Estamos nos aproximando, mas há bastante gente. Pode nos dizer como ela está vestida? Todos são bem pequenininhos daqui de longe.

[*Aguardar. Estamos perguntando à nossa fonte.*]

Estão falando com ele nesse momento? Sua fonte está aqui?

[*Jápeto, ela está de camiseta preta. Deve estar saindo do prédio da balsa agora.*]

...

[*Jápeto, você estabeleceu contato?*]

Ali!

— Central, nós a localizamos. Ela também já nos viu. Está correndo em nossa direção.

[*Entendido. Mantenha a garota por perto. Vamos mandar um helicóptero para buscá-la. Tempo estimado de três minutos.*]

— Bodie, olhe. O prédio da balsa.

— Certo. Central, há cinco, não, seis pessoas vestindo uniformes cor de oliva saindo do prédio nesse momento. Repito: seis pessoas, possivelmente hostis, vindo para cá.

[*Onde está a garota?*]

Ainda correndo. Talvez a duzentos metros de nós. Espere. Central, estou vendo alguns flashes de luz. Eles estão atirando na gente?

— Não estão atirando na gente, estão atirando nela!

[*Jápeto, proteja a garota a qualquer custo. Repito: você precisa proteger a garota.*]

— Preparando a arma agora.

— Não, Bodie. Eles estão perto demais. Nós vamos acabar matando a garota também. Só ajoelhe. Eu posso pegá-la.

— O quê?

— Você me ouviu. Ajoelha!

— Tá bom!

— Venha, garota. Faz de conta que é o King Kong. Escale…

Peguei ela! Fique de pé! Fique de pé! Fique de pé!

— Estamos de pé, pronto. Espero que ela não tenha medo de altura. Central, estamos com a garota na mão, mas estou vendo caminhões vindo pela estrada principal. E há um helicóptero vindo do leste, também. Imagino que não seja um dos nossos.

[*Negativo, Jápeto. Tempo estimado de dois minutos.*]

Central, acho que eles não serão muito bem-vindos aqui. Tenho a sensação de que este lugar está prestes a se tornar bastante hostil. Tenente, o que acha de sairmos daqui andando com ela?

— Vai! Vamos para o sul, na direção das ilhas menores.

— Sul? Mas a Suécia fica para aquele lado!

— Não podemos atravessar aqui, Bodie. Precisamos ir para o sul.

— Tudo bem, se você diz. Vamos para o sul. Central, aquele helicóptero está vindo para cá, e bem *rápido*. Está… atirando em nós. Dispararam! Preparar para o impacto!

— Vire! Vire!

— Cacete! Fomos atingidos! Fomos atingidos. Eles nos acertaram nas costas.

[*Jápeto, aqui é a Central. A garota está viva?*]

— Afirmativo, Central. Eu a segurei contra o nosso peito. Ela está segurando meu dedão como se a vida dela literalmente dependesse disso. Continue para o sul, Bodie.

— Estou indo!

— Não, isso é o sudoeste. Ainda não queremos ir para lá.

— Bom, estou indo para longe daquele helicóptero. Central, que tal mandar alguma ajuda? Nós dois ficaremos bem aqui dentro, mas a garota não vai sobreviver se formos atingidos de frente. Estou correndo o mais depressa possível, mas não vou conseguir ser mais rápido que um helicóptero. Além do mais, não podemos atirar com a garota nas mãos. Podem nos mandar algum suporte aéreo?

[*Negativo, Jápeto. Nosso pássaro é apenas um veículo de resgate. F7 é a base aérea sueca mais próxima de onde vocês estão. Nossos caças vão decolar em dois minutos. Imaginamos mais uns cinco até que eles cheguem a vocês.*]

Central, não é suficiente. A menina vai torrar antes que os caças cheguem aqui.

[*Verificando com a marinha da Suécia. O... Härnösand é o navio mais próximo da sua localização atual. Talvez chegue a vocês em menos tempo.*]

E o navio pode explodir esse helicóptero no céu?

[*É uma corveta, com canhões de 57 mm no topo. Mas saiba que as Forças Armadas da Suécia pretendem apenas dar tiros de aviso. Não vão entrar em combate, a não ser que precisem contra-atacar.*]

Contra-atacar! O que que você acha que está acontecendo aqui? Eles estão vindo de novo. Dispararam!

— Capitão!

— Droga!

— Vire a gente, Bodie!

— Minha perna não está se movendo. Parece que estamos presos na lama. Vire o corpo para o outro lado.

— Isso é o máximo que consigo...AAAHHH! Essa doeu.

[*Jápeto, a...*]

Fomos atingidos no ombro. A garota está… Ela está bem! Ela está bem! Posso ver daqui que ela está se mexendo.

— Deve estar sendo uma viagem daquelas.

— Ela não vai aguentar por muito tempo. Precisamos sair daqui.

— Consegui soltar a perna. Estamos andando de novo. Tenente, consegue enxergar o helicóptero? Não está no meu campo de visão.

— Também não vejo nada. Talvez tenha ido embora.

— Duvido. Parecia bem motivado um segundo atrás.

Achei. Está usando o sol para se esconder de nós. Vindo na nossa direção. Ah, vocês acham que são espertos, não acham?

— Está vindo bem depressa!

— Vou levar a gente para o outro lado.

— Não! Acho que não atravessamos a…

— Ele está atirando de novo. Vou virar.

— Ai. Mesmo ombro.

— Dane-se! Vou para o oeste.

— Capitão! Não! Você precisa atravessar a fossa! Ah, merda.

— …

— Leve a gente para cima! Para cima!

— Estou tentando! O robô é muito pesado. O solo continua cedendo.

— Leve a gente para cima, capitão! Agora!

— Não dá! É íngreme demais.

— Continue tentando, Bodie!

— Não consigo! Estamos afundando.

— Central, caímos na fossa em South Kvarken. Submergindo, agora.

— Qual a profundidade desse negócio?

— Três quilômetros, na parte mais profunda.

[*Entendido, Jápeto. E a garota?*]

Não consigo mais mantê-la fora da água. Central, vamos perder a comunicação em breve. Preciso soltá-la. Droga! Ela ainda está segurando. Vamos lá, garota! Solte a minha mão!

Certo, Central. Ela está por conta própria, na água congelante. É melhor vocês mandarem alguém bem rápido. É um mar bem cruel.

ARQUIVO Nº 2157

INTERROGATÓRIO
CORONEL SMITH, DO EXÉRCITO DOS ESTADOS UNIDOS DA AMÉRICA, E CAPITÃO LUCAS NILSSON, DA MARINHA REAL SUECA

Local: Base Naval de Muskö, perto de Estocolmo, Suécia

— Você é o capitão da HSwMS Härnösand, correto?

— Sim. O contra-almirante Björkman vai se juntar a nós?

— Não. Seremos apenas nós dois.

— O que é isso, então? Um interrogatório oficial?

— Chame como quiser. Só queremos saber o que aconteceu.

— Com todo o respeito... Coronel, certo?

— Sim.

— Com todo o respeito, coronel. Você é um oficial do Exército dos Estados Unidos. Eu sou um capitão da Marinha da Suécia. Entendo que nossos governos estejam... cooperando, mas...

— Capitão, com todo o respeito, não estou pedindo. Não vamos perder nosso tempo aqui fingindo que você tem alguma escolha. Não vai gostar de como isso iria terminar. Pode acreditar, eu tenho toda a autoridade de que preciso.

— O que você quer saber?

— Quero saber por que temos uma garota de dezenove anos em coma.

— Acredito que o coração dela tenha parado, e que por isso ela tenha passado por um procedimento de reanimação.

— O Härnösand estava a menos de cinco minutos de distância quando ela entrou na água. A garota deveria estar tomando um chocolate quente nesse instante, e não inconsciente em um leito de hospital. Por que levaram tanto tempo?

— Acredito fortemente que o contra-almirante Björkman deveria estar participando desta conversa.

— Capit...

— No mínimo, ele deveria estar na sala.

— O contra-almirante não estava disponível. Não me faça perguntar de novo, capitão.

— Perguntar o quê? Você disse que estávamos a menos de cinco minutos do local. E foi esse o tempo que levamos para chegar até lá: menos de cinco minutos. Não paramos no caminho, para um fazer um lanchinho nem nada. Levamos mais cinco ou seis minutos para encontrarmos a garota.

— Por quê?

— Por quê? Vocês não perderam um avião cargueiro, perderam um pequeno ser humano em um mar de tamanho bem razoável.

— Não perdemos nada.

— Bom, seu pessoal tinha a garota em mãos e, de repente, não tinha mais. Pode tirar suas próprias conclusões. As ondas eram bem maiores que ela. Estávamos praticamente em cima da menina quando finalmente vimos que ela estava ali, acenando para nós.

— E isso foi o quê? Dez minutos na água.

— Água congelante. A temperatura era de três graus Celsius.

— Três graus Celsius, isso é...

— Mais que dois. Menos que quatro.

— Eu mudaria de atitude, se fosse você. Você disse que ela estava acenando para vocês. Entendo, então, que ela ainda estava consciente.

— Estava. Jogamos uma boia para ela.

— Não a levaram para dentro do navio?

— O Härnösand é uma corveta capaz de navegar oculta pelos oceanos, não um barquinho de mergulho. Não dá para simplesmente subir a bordo e descer de novo. É preciso baixar um bote salva-vidas. O problema é que surgiu um helicóptero de ataque finlandês. Eles atiraram com metralhadoras ao longo da nossa proa, bem entre o navio e a garota. Ela quase foi atingida. Assumimos que preferiam matá-la a deixar que ficássemos com ela e, por isso, recuamos. Eles chegaram mais perto. O helicóptero estava em uma posição mais favorável para tirá-la dali que nós, no navio. Pedimos autorização para prosseguir, que foi negada. Disparamos nossas armas, mirando a cerca de cinquenta metros do helicóptero. Eles pararam de se mover na direção da garota, mas permaneceram ali, para garantir que também não avançaríamos mais.

— Havia caças a caminho.

— Dois caças de classe griffin, mas eles ainda não tinham decolado.

— E por que não?

— Isso você vai ter que perguntar a eles. Tudo o que eu sei é que houve algum problema na base. A primeira ajuda a chegar foi um helicóptero de resgate. Um dos seus, se não estou enganado, mas não havia nenhum tipo de identificação. Os finlandeses atiraram na água mais uma vez, quando o outro helicóptero tentou se aproximar da garota. Então, a aeronave de vocês foi na direção do helicóptero finlandês, chegando perigosamente perto e se posicionando entre as armas finlandesas e a garota por alguns segundos. Nós a tiramos de lá com o bote salva-vidas, antes que o helicóptero finlandês tomasse outra posição de ataque. A essa altura, a menina já estava na água por pelo menos trinta minutos. Inconsciente. O coração tinha parado. E é *por isso* que ela está em coma.

— ...

— Mais alguma coisa, senhor?

ARQUIVO Nº EE254 — ARQUIVO PESSOAL DE ESAT EKT
ENTRADA DE DIÁRIO — DRA. ROSE FRANKLIN

Local: Residência designada, região de Etyakt

Eugene faleceu na noite passada.

Eu não estava lá.

Vincent e Eva ficaram com ele até o fim. Eu, não. Fiquei aqui, deitada na cama.

Há um pontinho na parede do meu quarto, bem no canto direito, que deixa passar um pouco de luz o tempo todo. Não importa se deixo a parede transparente ou não, sempre dá para ver o lado de fora por aquele ponto. Na noite passada, havia uma estrela bem ali no meio. Eu não conseguia parar de olhar para ela. Fiquei esperando que ela passasse pelo ponto e se escondesse atrás da parede, mas isso não aconteceu. A estrela permaneceu onde estava, perfeitamente centralizada. Quando os planetas se formam, o gás a partir do qual eles se condensam sempre tem um certo momentum angular. Por isso, os planetas giram ao redor de si mesmos. O céu está sempre em movimento. Aquela estrela devia ser uma nave ou um satélite. Ela se foi, agora. Alguém desligou a luz, há duas horas. Eu continuei olhando, esperando que minha estrela voltasse, desejando que voltasse. Agora, o sol nasceu, e aquele ponto na minha parede está tão claro que dói os olhos.

Passei dois dias discutindo com os oficiais regionais a respeito do caso de Eugene, pedindo, implorando a eles que o curassem. Não recebi a reação que esperava. Eles não me ignoraram. Ao contrário, me acompanharam até o hospital, me apresentaram aos médicos, me mostraram o frasco do remédio. Não sei por quê. Parecia óbvio que isso só pioraria a minha situação, mas eles acharam que era a coisa certa a fazer. Não havia crueldade na decisão. Só queriam me provar que, sim, eram capazes de curar Eugene, como se isso de alguma forma mostrasse que suas intenções eram boas. Foi comovente, de certa maneira. Eles não fariam nada, achavam mesmo que seria errado fazer, mas *queriam* mostrar aquele frasco. Havia tanta ternura no olhar quando me deixaram segurá-lo. "Ei, veja! Nós sabemos que sua dor é real. Pode segurá-lo em suas mãos."

Ontem, voltei aos oficiais para perguntar se poderíamos enterrar Eugene em algum lugar. Eles não enterram seus mortos. Pude perceber que ficaram intrigados com a pergunta, provavelmente até um pouco enojados, mas quiseram fazer um gesto de boa vontade. Nos deram um pedaço de terra ociosa, em algum lugar. Disseram que aquela terra não seria usada por alguns anos, mas que precisariam se livrar dos ossos depois, quando fossem cultivá-la novamente. Ficava a horas de distância, mesmo de nave. Não permitiriam um corpo em decomposição *próximo* a onde vivessem pessoas. Não importava. Senti como uma pequena vitória. Tinha encontrado uma forma de honrar meu amigo. As coisas voltavam a fazer sentido. Ontem, descobri que Eugene tinha preparado um testamento, se é que podemos chamar assim. Vincent me levou para fora e me mostrou. "Não quero ser enterrado. Não quero que minhas cinzas sejam mantidas em lugar algum. Não quero que qualquer pedaço de mim seja deixado neste inferno de lugar. Se algum dia vocês conseguirem voltar à Terra, digam à minha família que eu os amo muito e que pensei neles perto do fim." Comecei a chorar, a tremer. Dei um soco na cara de Vincent. Estava enlouquecida, completamente fora de mim, descontrolada. Joguei pedras nas pessoas que passavam por perto. Gritei e bati com força em objetos que não estavam ali de verdade, até que meu corpo inteiro ficou paralisado e eu não pude fazer mais nada além de me deitar em posição fetal bem ali, no meio da rua. Vincent pediu ajuda às pessoas que passavam para me carregar de volta para casa.

Eugene faleceu na noite passada.

Eu não estava lá.

Será que eu queria que ele morresse? Eva estava certa. Eu *idolatrei* essas pessoas, tudo o que elas conseguiram conquistar, o mundo que construíram para si. Eu admirava seus princípios e essa determinação absoluta que eles têm de viverem por si próprios, não importa o que aconteça. Bebi *ipipyot* até altas horas com Enatast, conversando a respeito da natureza do que é certo e errado. Eles se recusaram a ajudar um planeta assolado por uma doença que eles erradicaram tantos anos atrás. Exatamente o que aconteceu com Eugene havia acontecido com *todo mundo*. Eu escutava, maravilhada, suas histórias a respeito de planetas distantes, cujos nomes eu não era capaz nem de pronunciar, de animais extintos abrindo espaço para outros evoluírem em seu lugar. E se salvar aquele planeta impedisse que uma nova espécie pudesse existir? E se o universo precisasse justamente dessa nova forma de vida? Discuti esses assuntos com Eva e Vincent, como se fosse uma questão filosófica — "Você mataria Hitler se pudesse voltar no tempo?" —, e corri de volta a Enatast em busca de consolo sempre que os dois discordavam de mim, feito uma criança que não consegue se lembrar se é a Terra que gira em torno do Sol ou o contrário e vai correndo para o colo do pai para tirar a dúvida. Encarei como uma forma de "vitória moral" a morte de dez bilhões de pessoas que eu nunca cheguei a conhecer. A mesma coisa aconteceu com Eugene, e então pedi a eles que o salvassem, porque eu amava aquele homem com todas as forças do meu corpo. Agora sei que parte de mim desejava que dissessem não, por não querer que a integridade desse povo fosse maculada por apenas um homem, por mim.

Sou uma cientista. Vejo a beleza no que é definitivo, absoluto. Amo a clareza da matemática, sua confiabilidade inabalável. A matemática nunca diz uma coisa e depois faz outra. Nunca será capaz de magoar alguém, pois seu único propósito é a verdade. Em Esat Ekt, eu tinha encontrado essa mesma clareza, essa precisão que falta a tanta gente na Terra. No entanto, eu encontrei tudo isso não porque a resposta estivesse lá me esperando, mas porque era justamente o que eu estava procurando. Foi como ver rostos nas formas das nuvens. Aqui, achei o que buscava porque foi o que eu trouxe comigo. Vejo isso agora. Vejo também que fui uma hipócrita. Fiquei maravilhada com o idealismo deles, aplaudi quando não quiseram compartilhar seu conhecimento conosco, mas menti a eles para conseguir que me ensinassem alguma coisa. Menti a eles na tentativa de salvar Eugene. Admirava seus princípios, sim, desde que não se aplicassem a mim.

Eugene faleceu na noite passada e, quando ele se foi, ninguém saiu ganhando, nada foi conquistado. Ele só morreu. No esquema maior das coisas, isso não significou nada. O universo vai seguir em frente sem ele, da mesma maneira que seguiria se ele estivesse aqui. Para os Ekt, sua morte significa que a natureza manteve seu rumo. Não vão comemorar. Não vão trocar tapinhas nas costas por terem deixado que ele morresse. Não há maldade neles. Observaram Eugene morrer com humildade e respeito, como nós observamos as folhas se tornando avermelhadas e caindo com a chegada do outono. Os Ekt escolheram uma visão de mundo que dá significado à sua própria existência. Escolheram. Foi uma escolha.

E o que *eu* devo escolher?

Havia uma igreja em frente ao meu apartamento em Chicago. No verão, eu ficava olhando pela janela noivos e noivas cumprimentando seus convidados na porta. Via os recém-casados saindo da igreja, enquanto todos celebravam. Alguns não prendiam minha atenção, e eu já tinha desistido deles antes que chegassem ao último degrau da escada. Com outros, no entanto, eu ficava vidrada. O sorriso ou o olhar que trocavam. Aquela felicidade oculta, ou mesmo um momento de dúvida quando pensavam que não havia ninguém olhando. Eu me perguntava como seria a vida deles, desejando de todo coração que fosse boa. Eu me sentia... íntima, de certa maneira, compartilhando aqueles momentos tão preciosos com completos estranhos. Mas não era. Eu observava pela janela. Nunca passou pela minha cabeça sair do apartamento e desejar pessoalmente sorte aos noivos. Seria arrogante de minha parte. Aquele era o casamento *deles*. Eu não tinha sido convidada, tampouco gostaria de ter sido.

Era assim com os Ekt. E só agora eu compreendo isso. Eles observam outros mundos pela janela. A morte de Eugene foi uma infelicidade, como se a noiva tivesse caído na escada, mas não cabia a eles salvar sua vida. Teria sido arrogante. Não consigo odiá-los. Há certa nobreza em como encaram as coisas. Só que, dessa vez, eu *estava* lá. Eu *fui* convidada. Não fui capaz de ver meu amigo morrer porque não havia janela por onde olhar, e eu não podia suportar a realidade daquele fato. Perdi meu amigo. Isso dói, e a dor é tão real quanto qualquer coisa que eu já tenha visto ou tocado. Nada é objetivo. Tudo depende da perspectiva.

Quanto vale a vida de um homem? Quanto vale a vida de mil, um bilhão de pessoas? Qual o valor da vida de uma formiga? Vejo agora que a resposta é irrelevante. O que importa é a pergunta. Será que a formiga deveria se entregar à morte, esmagada pelo peso de sua própria insignificância? Ou será que ela deveria viver, lutar contra gigantes e construir cidades magníficas debaixo da terra?

E o que eu devo escolher?

ARQUIVO Nº EE255 — ARQUIVO PESSOAL DE ESAT EKT

ENTREVISTA ENTRE A DRA. ROSE FRANKLIN E VINCENT COUTURE

Local: Residência designada, região de Etyakt

— Rose! Não esperava vê-la por aqui. Como você está?

— Eu topo.

— Nós...

— Não fale mais nada, Vincent. Só me escute. Há seis anos, você me disse que a única coisa que importava era levar Eva de volta para a Terra.

— Eu lembro.

— Você disse que não se importava com o que acontecesse comigo, ou com qualquer outra pessoa...

— Eu...

— Eu disse para ficar quieto. Só quero saber se você estava falando sério na época. Porque, se estava, eu topo. Assumirei esse compromisso com você, bem aqui. Vamos levá-la para casa, custe o que custar. Preciso que essa parte fique bem clara.

— O que for preciso.

— Temos um acordo?

— Temos.

— ... Vincent?

— O que foi, Rose?

— Eu amo você e Eva do fundo do meu coração. Espero que saiba disso.

— Eu sei, Rose. Nós dois sabemos.

— Que bom...

ARQUIVO Nº 2171

REGISTRO DE MISSÃO — VINCENT COUTURE E SARGENTO ALEXANDER VASILIEV

Local: Cento e cinquenta quilômetros ao norte de Chatanga, Sibéria, Rússia

— Onde estamos?

— Na Sibéria, Alex. Estamos na Sibéria.

— É bem frio na Sibéria. Por que estamos aqui?

— Porque é seu aniversário, e aqui não há ninguém a menos de cento e cinquenta quilômetros de distância. Não há nada além de pedras e neve aqui, a perder de vista. Sabe o que isso significa?

— Que podemos atirar nas coisas?

— Sim, Alex. Podemos!

— Podemos atirar nas coisas!

— Podemos lutar de espada contra rochedos gigantes. Podemos escorregar no nosso escudo… Isso eu mesmo nunca fiz. Com certeza devemos tentar essa. Mas primeiro precisamos praticar ficar de pé algumas vezes, então vou só me jogar no chão, assim…

— Não de costas! De costas de novo, não! AAAHHH! Eu te odeio.

— Então vamos levantar o mais rápido possível, e aí passamos para a parte realmente divertida.

— Não dá para levantar quando a gente está deitado de costas. Você me disse quinze vezes que não dá. Disse que a gente nunca conseguiria fazer isso. Disse também que precisamos rolar primeiro.

— Eu sei o que eu disse, Alex. Agora estou dizendo que dá para fazer. Sei que dá. Coloca as mãos no chão. Mais para cima. Estou dobrando as pernas. Esse é o máximo que eu consigo. Empurra com os cotovelos e joga a bunda para o alto. Agora dobra o corpo para a frente... E EMPURRA! EMPURRA! EMPURRA! E ...

— Ai.

— Pois é. Essa passou longe.

— Por que você deu para achar que isso seria possível, hein?

— Tem que ser!

— Você consegue? Com os joelhos dobrados desse jeito, consegue ficar em pé?

— Consigo, mas tem que se contorcer bastante. É difícil balançar quando você só controla metade do corpo, ainda mais quando na verdade já se está de pé, só fingindo estar deitado.

— E dar aquele chutinho para o alto e aproveitar o impulso? Eu consigo fazer isso.

— Não funciona com os joelhos ao contrário. Os pés acabam ficando retos, e nada acontece. Não dá certo se você não dobra os dedos do pé. Além do mais, esse robô pesa sete mil toneladas. Vamos tentar de novo.

— Não!

— Vamos lá! Move a bunda para cima das pernas e empurra! AHHH! Você precisa empurrar mais forte.

— Você *sabe* que eu não estou empurrando esse robô gigante com os meus braços de verdade, não é?

— Eu sei, eu sei. Talvez a gente precise jogar o peso um pouco mais.

— Talvez a gente precise é rolar para o lado.

— Tá bom, tá bom. Rola a gente.

— Finalmente.

— Coloca as costas de novo no chão. Os joelhos estão dobrados, empurra!

— Ufa! Pronto! É assim que se levanta.

— Eu sei como é que se levanta! Fui eu que ensinei a você. Só sei que tem outro jeito de fazer isso. Têmis pode se teletransportar e destruir cidades inteiras. Ela deveria ser capaz de ficar em pé sem precisar rolar no chão.

— Ela não consegue esticar a coluna.

— Isso é verdade. Mas não vou desistir.

— Então faz isso. Só não vai fazer comigo.

— Ei, Alex, posso perguntar uma coisa?

— Sim.

— Você realmente quer fazer isso?

— Atirar nas coisas? Claro, é divertido.

— Não, isso tudo. Você sabe que não vamos apenas atirar em pedras por aí. Em algum momento, vão nos colocar contra pessoas de verdade, e as coisas não vão ficar muito legais para ninguém. Você quer isso mesmo?

— Eu me apresentei como voluntário.

— Por quê?

— É melhor que a prisão.

— Será mesmo?

— Eu tenho esposa, três filhos.

— Sério? Nunca conheci nenhum deles.

— Eu não os vejo há quatro anos. Mas, enquanto eu cumprir as minhas ordens, vão cuidar da minha família. Ela estará segura.

— O sangue deles é como o seu?

— Não, são todos A2. A minha mais nova, Lily, é puro-sangue.

— Não entendo. Por que eles precisam de proteção, então?

— Eles precisam, caso eu decida não cumprir as ordens.

— Eles começaram a ameaçar sua família depois que você se apresentou como voluntário?

— Chamam isso de "apólice de seguro". Você ficou surpreso.

— Não por isso. Pelo que tenho visto por aqui, parece que é assim que as coisas funcionam. Fico surpreso por você ter se voluntariado. Você não parece o tipo que gosta de guerras.

— Eu farei o que for preciso para...

— Alex, pare. Isso foi um elogio. É por isso que aceitei trabalhar como piloto com você.

— Você não teve escolha.

— Tem razão, não tive, mas concordei de qualquer forma. Sei que você fará o que for preciso. Só acho legal que você não esteja morrendo de vontade de fazê-lo.

— Eu amo meu país.

— Ama mesmo? Ainda?

— Odeio as pessoas que estão no poder. Mas amo a Rússia. Sempre amarei. É como com os meus filhos. Eles fazem coisas que desaprovo, mas ainda assim são meus filhos. Além do mais, o mundo inteiro está fazendo coisas bem ruins nesse momento. Não dá para odiar o mundo inteiro.

— Não, mas quase.

— E quanto a você? Não se importa mais com o seu país, é isso?

— Meu país não existe mais, na verdade.

— Você entendeu o que eu quis dizer. É o piloto de uma máquina de guerra russa, agora.

— Têmis não é da Rússia. E sim, eu me importo. Como eu disse, meu país não existe mais, mas as pessoas de lá, sim. Eu morava em Chicago quando tudo começou, e também me importo com os americanos. Profundamente.

— Eles vão chamar você de traidor.

— Ah, sim. Vão mesmo. E não estarão errados. Ser traidor é o oposto de patriota, é isso mesmo que eu sou.

— Você não gosta de patriotas?

— Gosto da ideia. Parece uma coisa boa. Amar o lugar de onde você vem, e tal... Nada de errado com isso, não é? Muito bom. Mas é amor mesmo? Ou é orgulho?

— Não entendo.

— Bom, é possível amar algo falho, mas é mais difícil sentir orgulho disso. E dá para amar sem sentir orgulho de alguma coisa? Muito mais fácil se os dois sentimentos caminham juntos. É aí que vem a complicação, porque é preciso uma razão para unir os dois. Sempre é necessário um motivo, algo que seja digno de orgulho. Qualidade de vida, nível educacional? Como medir essas coisas? Tem que ser algo mais simples. Veja você, ou as pessoas feito você: começam a acreditar que são melhores que as outras. Ah, as outras pessoas têm essa cultura esquisita, os valores errados, não são tão boas nem tão inteligentes, ou são simplesmente a encarnação do mal. Você pode odiá-las ou apenas fingir que é uma boa pessoa e agir de forma condescendente. Todo o resto do mundo se orgulha das mesmas coisas que você, pelos mesmos motivos, mas elas estão sempre erradas e você, certo.

Até aí, tudo bem. Dá para comprar mais e mais tanques e entrar em guerra com o seu vizinho de porta. Mas, então, você olha ao redor e vê essas mesmas pessoas *dentro* do seu país. Mais que isso, elas querem os mesmos direitos, as mesmas oportunidades que os demais. Caramba, se bobear elas estão até no comando do país! Então o que você faz? Começa a tirar o que puder das mãos dessas pessoas, tratando de colocá-las no lugar. Que deixem os cidadãos *de verdade* tomarem as decisões. Você pisa no próprio povo, o mantém de cabeça baixa, e tudo isso porque você sente orgulho do seu país, porque você é um patriota.

— Você é um cético, Vincent Couture.

— Talvez. Olhe ao redor, Alex. Você vê algum motivo de orgulho e alegria?

— Sim. Tem um bem ali. Podemos atirar nas coisas.

— Tudo bem, vamos lá. Precisamos praticar a mira, primeiro. Vou dar a espada a você. É, vai precisar levantar o braço. A espada entraria direto na terra, com o braço abaixado desse jeito.

— Uau.

— Pois é, eu sei. Agora levan... O que você está fazendo?

— Uóóóm! Eu sou o Luke Skywalker. Sou um jedi, como meu pai foi.

— Rá! Deixe eu chegar mais perto daquele rochedo, assim você vai poder bater em algo de verdade. Pronto, jovem padawan.

— Isso. É. Muito. Legal.

— Tá bom, tá bom. Olhe para a direita. Consegue ver aquele rochedo lááá longe?

— Aquele mais alto?

— Isso. A espada está com o tamanho máximo agora, e por isso o feixe vai sair bem fino quando a gente disparar. Mira no rochedo. A esfera na qual estamos fica mais ou menos na altura do braço de Têmis, mas ligeiramente para a esquerda. Isso significa que é preciso mirar um pouquinho mais para a direita de onde você acha que o tiro vai pegar. Pronto?

— Sim! Fogo!

— Viu? Eu falei, um pouco mais para a direita. Mais para baixo. Não, nem tanto. Isso, assim. Um pouquinhozinho para a direita. Aí! Não se mova. Vou atirar.

— Uau. O rochedo... desapareceu.

— A ideia é essa.

— Achei que fosse ter alguma explosão. Para onde foi?

— O rochedo? Para lugar nenhum. A maior parte se transformou em energia. Um pedaço está agora em estado gasoso. Tecnicamente, nada se perdeu... Eu sei, é bem doido.

— Podemos fazer um feixe mais largo?

— Sim. Vou ajustar para quarenta e oito, o que dá setenta e cinco por cento do comprimento da espada. O feixe terá o dobro da largura, mais ou menos. Mire no mesmo lugar.

— Não há mais nada lá.

— Bom, esse nada está prestes a se transformar em um buraco. Bum.

— Esse é um buraco bem grande. A gente vai deixar lá?

— Não, vamos encher de volta. Ah, espera. Você esqueceu de trazer aquela pá gigante?

— Muito engraçado. O que acontece se a gente deixa a espada ainda menor? Até que tamanho o feixe pode chegar?

— No menor comprimento da espada, é grande demais.

— Vamos testar.

— Não. Pode acreditar, não é nada bom.

— Por favor.

— Não... Não tem nada grande o suficiente. Bem...

— "Bem" o quê?

— Ah, que se dane. Mire ali.

— Onde? Naquela montanha?

— Eu não chamaria aquilo de montanha, mas, sim. Ali. Pronto? Eee… Fogo!

— …

— Alex, diga alguma coisa.

— Eu não imaginava que…

— Você achava que seria como dirigir um tanque de guerra bem grande, como se o seu carrão fosse o mais irado da vizinhança.

— Nós poderíamos…

— Sim, poderíamos. Agora você entendeu? Têmis foi construída para proteger a todos nós, não para que a usássemos uns contra os outros. Ela não é uma arma. É uma deusa.

— Posso fazer uma pergunta, Vincent? Por que você está fazendo isso? Você sabe do que ela é capaz. Por que está aqui comigo?

— Porque, se eu não estivesse, alguém estaria no meu lugar. Alguém que vê Têmis apenas como um carro bem irado. Porque, se eu não estivesse, talvez fosse a minha filha, e eu não posso aceitar isso.

— Teve notícias dela?

— Nenhuma. Eles não me contam nada.

— Como é mesmo que dizem por aí? Notícia ruim chega rápido...

— Bom, dizem isso, sim, mas é besteira. Notícia ruim às vezes também demora a chegar. E, nesse caso, duvido que me contariam se algo ruim tivesse acontecido com ela.

— Será?

— Ah, sim. Eles teriam bastante medo de como isso poderia afetar minha "motivação".

ARQUIVO Nº 2174

ENTREVISTA ENTRE A DRA. ROSE FRANKLIN E EVA REYES

Local: Hospital Johns Hopkins, Baltimore, estado do Maryland, Estados Unidos

— Oi, Eva! Não, por favor, não se levante!

— Ei, Rose. O que você está fazendo aqui?

— O que você acha que estou fazendo aqui? Vim assim que fiquei sabendo. Você deu um baita susto na gente.

— "Na gente"?

— Certo, em mim.

— Eu só engoli um pouco de água.

— Seu coração parou de bater. Seu coração parou por trinta minutos!

— Tá, então eu morri um pouquinho. Você ficou morta por quatro anos!

— Tecnicamente, você não morreu.

— Você acabou de dizer que meu coração parou por meia hora!

— Mas você não foi declarada morta. Estava gelada demais. Os médicos não podem declarar a morte de um paciente em estado de hipotermia. Ele precisa ser reaquecido antes. Acho que existe até um ditado para isso: "Não está morto até que esteja quente e morto".

— Ainda assim, trinta minutos. Bati algum recorde?

— Sinto muito. Você quase morreu. Foi um por triz. Quase me matou de susto. Mas não vai ser dessa vez que você vai entrar para o *Guiness*.

— *Yokits*.

— A boa notícia é que você vai se recuperar, sem nenhuma sequela. Como está se sentindo?

— Estou mais louca que um gambá, mas não é tão ruim. Não sei o que me deram. Ainda sinto bastante dor. Meu corpo inteiro está doendo, como se tivessem me mergulhado em água fervente. Mas eu nem ligo. Remedinho bom.

— Você vai ficar boa.

— E como você está, Rose? Como tem passado?

— Estou... bem. Me ofereceram um emprego. Eu recusei.

— O que era?

— Pesquisa, como antes.

— E por que você não quis?

— Todo mundo fica me perguntando isso. Com tudo o que vem acontecendo, pareceu... errado aceitar.

— Nós ainda poderíamos aprender bastante, se você estivesse no comando.

— Talvez. Aprendemos muito antes, e olha só onde viemos parar. Alguma coisa boa saiu de tudo o que eu fiz até agora?

— Além de milhões de pessoas terem sobrevivido?

— Não sei bem se foi graças a mim. Os Ekt podem ter ido embora por conta própria. Agora, estão usando nossos feitos para roubarem os direitos básicos das pessoas, para incitarem a guerra, para machucarem os outros. Acho que não quero mais fazer parte disso.

— O que você vai fazer?

— Vou voltar para Chicago. Somos meio famosos. Talvez eu consiga usar isso para conseguir um cargo de professora na universidade.

— Que bom. Eles também me ofereceram trabalho.

— Já? Imaginei que fariam isso, mas que esperariam você conseguir andar, pelo menos. O que você respondeu?

— Como assim, o que eu respondi?

— Você aceitou?

— Rose! Quando eu disse que me ofereceram... Não estavam pedindo, e você sabe disso. Sou uma A4, A5, sei lá, o maior A que existir. O que mais eu poderia fazer? Recusar, passar o resto da minha vida em uma sala com parede de vidro? Não, obrigada. Quem sabe, se eu tiver sorte, eles me deixem viver em um campo de concentração. Já passei por isso, Rose, e não é tão ruim quanto parece.

— Não estou julgando você, Eva.

— Bom, parece que está julgando um pouquinho, sim.

— Não estou. De verdade, Eva, não estou. Não tenho todas as respostas. Vincent acha que...

— Eu sei o que o meu pai acha. Ele acha que, se os russos também tiverem um robô, que se tiverem Têmis, as coisas vão ficar mais equilibradas. Talvez ele deixe todo mundo em um beco sem saída, impedindo que a situação fique ainda pior.

— Ele acha isso. E foi por isso que escolheu ficar. Está arriscando a vida para melhorar as coisas. Até você consegue enxergar isso.

— Eu sei que ele está. Pode acreditar que eu sei. E as pessoas não me deixam esquecer isso nem um por um minuto desde que cheguei aqui. Coitadinha, o pai dela é um traidor. Estamos tão felizes que você não seja uma traidora que nem seu pai.

— Ignore.

— Bom, ele *está* ajudando a Rússia.

— Você sabe o porquê!

— Sei. Mas não acho que seja a jogada certa.

— Tem certeza de que não está levando para o lado pessoal? Você não é a pessoa mais objetiva do mundo quando o assunto é o seu pai.

— Eu não sou a pessoa mais objetiva do mundo? Você ouviu o que acabou de dizer? Rose. Eu não disse que gostaria de colocar um piercing no nariz. Estou dizendo que não acho que ajudar nossos inimigos, as pessoas que nos fizeram de prisioneiros e mataram Ekim, seja a melhor jogada. Por que estamos tendo essa conversa? Você acha que ele tem razão? Honestamente, acha que o que ele está fazendo vai... Quer saber? Não importa. Digamos que ele esteja certo. Para você é suficiente que as coisas não piorem ainda mais? Isso basta?

— E você acha que pode melhorar tudo se trabalhar para os Estados Unidos?

— Acho que um beco sem saída só vai nos manter nessa confusão para sempre. Alguém precisa vencer para as coisas começarem a melhorar.

— O que isso tem de bom? Há campos de concentração nos Estados Unidos, Eva. Isso está acontecendo *aqui*, *agora*. Você acha mesmo que a situação iria melhorar? Que seria melhor do que, digamos, se a Rússia dominasse o mundo?

— Talvez. Talvez não. Os Estados Unidos não me colocaram em um aquário, então tendo a ficar do lado deles, nesse momento.

— Eva, acho que você precisa...

— Não posso simplesmente ficar parada vendo tudo isso acontecer, Rose! Diga o que mais eu poderia fazer! Diga o que fazer, e eu farei. Mas preciso fazer *alguma* coisa.

ARQUIVO Nº 2176

ENTREVISTA ENTRE A DRA. ROSE FRANKLIN E A DRA. ALYSSA PAPANTONIOU

Local: Comando Central dos Estados Unidos da América (CENTCOM), Base Aérea de MacDill, Tampa, Flórida, EUA

— Dra. Franklin. Disseram que v... que você recusou um emprego na Johns Kopkins. O Centro de Pesquisa Alienígena não chega a ser um CDT, mas é o mais próximo que podemos ter nesse momento. Achei que você fosse ap... aproveitar a oportunidade.

— Eu não quis. Eu... Eles estão em boas mãos com a dra. Maher.

— Ela é uma idiota. Dá para perceber isso nos primeiros cinc... cinco minutos falando com ela. Por que você recusou, *de verdade*?

— Eu não saberia por que seguir fazendo isso. Não vejo razão.

— A razão é o conhecimento. Por que mais faríamos qualquer coisa?

— Eu achei que... Não me parece mais que estamos em busca de conhecimento. E, sim, de ferrar o inimigo.

— E você espera arrumar um trabalho aqui? É que nós...

— Para os militares? Não, também não quero seu emprego, Alyssa. Acho que isso, tudo isso aqui, é errado.

— Está longe de ser perfeito, admito. O exército tem uma peee... perspectiva limitada das coisas. Mas é o que temos. Um pouco de pesquisa é melhor que nada.

— Não é o suficiente. Ou pelo menos não deveria ser.

— Eu estaria mentindo se dissesse que respeito sua decisão.

— Tudo bem, Alyssa. Não esperava que você respeitasse mesmo.

— Então, posso perguntar por que você está aqui, se não veio procurar emprego?

— Eu... Você e eu nem sempre concordamos.

— Você acha que... que eu sou uma psicopata.

— Alyssa, eu...

— Fale a verdade, dra. Franklin.

— Certo. Não é exatamente assim que eu imaginei essa conversa, mas vamos lá. Acho que você não tem empatia, nem um pouco. Você é egocêntrica, incapaz de questionar suas motivações e de sentir, ou pelo menos demonstrar, remorso. Acho você fria, calculista, e sua concepção de certo e errado é baseada quase unicamente em termos matemáticos. Acho que você é uma pessoa perigosa.

— Obrigada pela honestidade, dra. Franklin. Agora, me permita fazer o mesmo. Acho que você é mais ingênua do que imagina. Acho sua empatia, que não é pouca, uma fraqueza. Essa empatia deixa você cega, incapaz de enxergar as c... coisas de forma mais ampla. Você deixa suas emoções atrapalharem a razão, e isso é a pior coisa que pode acontecer a uma cientista. Você pode até ser um ser humano melhor que eu, pelos padrões de qualquer pessoa, mas é gente como você que vai acabar causando o fim desse mundo. Para mim, *você* que é uma pessoa perigosa.

— Eu não tinha terminado. *Não* acho que você seja psicopata. Sociopata, talvez, mas você tem consciência, sim. É guiada por um senso de certo e errado, por mais que não se importe com o sentimento alheio. Você pode ser egocêntrica, mas sei que não hesitaria em sacrificar a própria vida se achasse que isso serviria à sua definição de "bem maior". Você não é psicopata. É uma... pessoa utilitarista, dessa sua maneira sem coração.

— Isso soou qua... quase como um elogio.

— Não foi. Não quero ser sua amiga, Alyssa. Quero que me ajude a tirar o sr. Burns daqui.

— O quê? Por que eu faria isso?

— Porque ele quer sair. Além disso, porque é a coisa certa a se fazer, até mesmo para você.

— É mesmo? Você acabou de me chamar de fria e calculista, então vamos aos fa... fatos. Seu amigo é um ativo de valor inest... inestimável. Ele sabe mais a respeito de tec... tecnologia alienígena que qualquer um de nós. Não teríamos conseguido colocar o robô para funcionar sem ele.

— Isso tudo é verdade.

— Ele só está nos ajudando porque não tem alternativa.

— Tem certeza disso?

— Eles, e eu digo o Serviço de Inteligência dos Estados Unidos, não têm sido exatamente gen... gen... gentis com ele. Tiveram que fazer um po... po... pouco de pressão para que ele falasse.

— Um pouco quanto? Tendo a achar que não foi necessária muita coisa.

— Algumas pessoas têm mais tolerância à dor que outras.

— Alyssa, pode acreditar quando digo que se ele ajudou vocês a deixar aquele robô funcionando, foi porque ele *queria* que vocês tivessem um robô funcionando. Sem Têmis na Terra, ele provavelmente achou que essa seria uma boa ideia. Ele fez alguma outra coisa para vocês, desde então?

— Não.

— E pressuponho que vocês tenham continuado a "fazer pressão", certo?

— Certo.

— Posso fazer uma pergunta pessoal? Está *satisfeita* com o que está acontecendo com o mundo? Está satisfeita com as coisas aqui nos Estados Unidos?

— Quer que eu diga que sou contra as pessoas serem aprisionadas sem motivo? Sou, sim. Isso não pode gerar nada bom. É estúpido, sem fundamento. Não tenho culpa se as pessoas são estúpidas. A ameaça re... real não está aqui embaixo, mas lá em cima.

— Acho que você vai ter que reavaliar isso, Alyssa. Agora que os russos têm o robô deles, imagino que suas jogadas também se tornem mais ousadas. Você sabe como isso pode terminar.

— Sei. Mas não há nada que eu possa fazer para mudar isso. Só me resta continuar com o meu trabalho aqui.

— Não há nada que você possa fazer para impedir as coisas. Eu estava lá, Alyssa. Se os Ekt quiserem voltar aqui com a intenção de nos machucar, farão isso. Você não pode impedir. Eu também não. Eu não teria conseguido ajudar em nada da última vez sem o sr. Burns. Não posso prometer que eles nunca mais serão uma ameaça, mas os Ekt não virão à Terra tão cedo. O problema não são eles. Já uma guerra termonuclear... Precisamos resolver as coisas por aqui, Alyssa. Este mundo, na situação que está agora: será que vale mesmo a pena protegê-lo?

— Você tem alguma razão para acreditar que o sr. Burns pode fazer isso? Impedir uma guerra?

— Não faço ideia, Alyssa. Não mesmo. Sei que *eu* não posso. Também duvido que você possa. Ele conhece muitas pessoas. Tem amigos. De alguma maneira, tem sido capaz de se comunicar com eles, mas tenho certeza de que será capaz de fazer muito mais lá fora do que aqui dentro. Só não enxergo nenhuma vantagem em mantê-lo preso. E acho que você também não.

— E se ele não puder fazer nada?

— A nossa situação não vai ficar pior do que já está. Não temos nada a perder. Confie nele. Confie em mim. Pode fazer isso, Alyssa? Confiar em alguém?

— …

— Vai me ajudar?

— Alô, segurança?

— O que você está fazendo?

— Aqui é a dra. Alyssa Papantoniou. Preciso que a dra. Franklin seja acompanhada para fora. Quero que o acesso dela a essa inst… instalação seja revogado imediatamente.

— Alyssa!

— Adeus, dra. Franklin.

ARQUIVO Nº EE380 — ARQUIVO PESSOAL DE ESAT EKT

ENTREVISTA ENTRE A DRA. ROSE FRANKLIN E VINCENT COUTURE

Local: Residência designada, região de Etyakt

— Vincent, o que você está fazendo aqui?

— Procurando Eva. Ela não voltou para casa ontem à noite.

— Não a vi. Sinto muito.

— Não é sua culpa não tê-la visto, Rose. Desculpe ter acordado você. Pode voltar para a cama.

— Tenho certeza de que ela está bem.

— Eva estava bem chateada quando saiu de casa. Eu só...

— O que aconteceu?

— A mesma coisa de sempre. Ela... Havia uma grande manifestação programada para hoje. Ela queria ir. Eu disse não.

— Ouvi falar disso. É para ser uma manifestação pacífica. Esok estará lá.

— É sempre pacífica, até que deixa de ser. Há revoltas todos os dias nos últimos tempos. E eu sei que Esok estará lá, ela é um dos organizadores. Ela me pediu para ir também.

— E você disse que estava ocupado, tenho certeza, mas Eva não é assim. Os amigos dela estarão lá. Ela só quer se enturmar.

— É essa a questão. Não quero que a gente se enturme aqui. Não quero. Sei que isso parece idiota depois de sete anos, mas ainda tenho esperanças de que o Conselho nos deixe partir. Não que eu queira me apoiar muito nisso, mas precisamos encarar o fato de que talvez essa seja a única chance que temos de ver a Terra mais uma vez. Sempre que nos aproximamos de alguém, sempre que criamos laços, em todos os sentidos, aumentamos a chance de o Conselho decidir que somos daqui. Não quero ninguém pensando que pertencemos a este lugar. E muito menos que Eva se sinta em casa aqui, não mais do que ela já se sente. Ela já passou tempo de vida demais neste planeta. Não se lembra de metade das coisas que fazia na Terra, de como são os pássaros voando, do cheiro da chuva prestes a cair. O normal para ela, agora, é isto aqui: gente azul, tapioca. Ela gosta de verdade dessa porcaria. Fizemos um trato de levá-la de volta para casa, Rose, e farei o que for preciso, mas ela não vai querer. Você sabe disso, não é? Vamos ter que arrastá-la à força.

— Eu sei, e entendo como você está se sentindo. Mas você não pode exigir que Eva viva desse jeito. Ela não pode manter distância de todo mundo, ficar sem amigos. Isso não é vida. É nosso dever levá-la de volta para casa. E, nesse momento, o dela é ser apenas uma jovem, e este planeta é o único lugar que ela tem para fazer isso.

— Tenho a sensação de que algo ruim está para acontecer, Rose. Achei que as bombas, as revoltas, achei que tudo isso fosse acabar assustando as pessoas comuns, mas as manifestações estão cada vez maiores.

— De certa forma, é bonito ver. As pessoas estão tomando o controle do próprio futuro, exigindo mudança.

— Olha o que você está dizendo! Pouco tempo atrás, você só falava de como a sociedade dos Ekt era incrível.

— Ainda acho que eles construíram coisas maravilhosas aqui, de muitas maneiras, mas você e Eva tinham razão. As pessoas daqui deveriam ter os mesmos direitos de todas as outras.

— É... Isso não vai acabar bem. O que eles estão pedindo vai contra todos os princípios de fundação deste mundo. Tirando isso da base, o planeta pode desabar... E não sei se vão deixar isso acontecer.

— O que acha que eles vão fazer? Os Ekt não são perfeitos, mas não vão exterminar metade da população. Não vai chegar a esse ponto, você sabe.

— Não vai. Mas, em algum momento, eles vão considerar essa saída. Eles vão, sim, chegar no ponto de considerar o genocídio. Vão rejeitar a ideia bem rápido, porque não são loucos, mas isso mudará tudo. Qualquer má ideia que venha depois disso será considerada uma ótima opção em comparação. Não gosto do rumo das coisas, Rose. As pessoas nos culpam pelo que vem acontecendo, ou culpam o Conselho pelo que fizeram conosco. De uma forma ou de outra, estamos bem no meio de tudo. Precisamos sair daqui antes que a situação piore.

— Temos que falar com a imperatriz.

— Já tentamos isso. Não podemos simplesmente subir até o palácio dela e bater em sua porta.

— Precisamos tentar de novo. Talvez mais alguém que trabalhe próximo a ela. A imperatriz deve ter um secretário, algo assim.

— Mesmo que alguém aceite marcar uma reunião conosco, a imperatriz não pode fazer nada sem a aprovação do Conselho. Ela não vai desrespeitar a lei só para que possamos voltar para casa.

— Talvez não.

— Então, de que adianta?

— Bom, não vamos para casa sem a ajuda dela. Precisamos de uma nave ou de um robô. Um robô parece mais fácil. Podemos usar Ekim como piloto, se conseguirmos as coordenadas certas.

— Você acha que ele fará isso?

— O que for preciso, Vincent, lembra? Mas os robôs, e acho que isso vale para as naves também, não vão a lugar algum. Estão trancados. Precisamos de Têmis funcionando de novo, e a imperatriz é a única que pode fazer isso. Acho que não vamos conseguir na força, então precisamos da ajuda dela.

— Por que ela nos ajudaria?

— Bom, para começo de conversa, acho que muita gente ficaria feliz se fôssemos embora daqui. Isso deve ser o bastante.

— E se não for?

— Não sei. Acho que essa… revolta, seja lá como você chama o que está acontecendo, pode ser uma oportunidade para ela. A imperatriz certamente está ciente disso.

— Não estou entendendo, Rose. Que tipo de oportunidade? O que a imperatriz pode fazer?

— É aí que eu quero chegar. Ela não tem poder para fazer nada. Não há mais um governo global neste planeta.

— Há o Conselho.

— Não. O Conselho não tem autoridade suficiente nem para plantar uma árvore. Ele só entra em ação quando alguma coisa afeta outros mundos, e está ali justamente para impedir que isso aconteça. O Conselho não foi concebido para fazer nada. Tentaram fazer alguma coisa na Terra, e olha só no que deu. Com a imperatriz é diferente.

— Diferente como? Você acabou de dizer que ela não tem poder algum.

— Pois é. Ela é uma imperatriz, mas sem poder. Não tem nenhuma finalidade.

— Não quero ser desmancha-prazeres, Rose, mas os Ekt não me parecem do tipo que tem sede de poder. Desistiram de um império inteiro apenas para se sentirem um pouco mais seguros.

— Desistiram mesmo. Do império *dela*. Pensa comigo, Vincent. Os ancestrais da imperatriz governaram este mundo. Governaram centenas de planetas. Centenas! Um bom pedaço do universo conhecido pertence a ela por direito.

— Isso aconteceu há gerações. Não sei se ainda passa pela cabeça dela.

— Ela vive no passado, Vincent. A imperatriz mora no palácio. Aquele prédio inteiro é um símbolo do poder do império Ekt. Cada coisinha lá dentro deve vir com alguma história para contar. Cada tapeçaria, se eles tiverem isso, cada peça da mobília. A imperatriz não consegue ir ao banheiro sem se lembrar do poder que seus ancestrais tinham e que ela não tem mais. Os Ekt são mais avançados em muitos sentidos, mas, no fundo, não são tão diferentes de nós. Acredite no que estou dizendo, isso passa pela cabeça dela.

— Certo. Digamos que passe. O que você quer fazer, Rose? Organizar um golpe de Estado?

— Você e eu? Bom, não. Nós mal damos conta de preparar o café da manhã, quanto mais um golpe de Estado. A imperatriz também não faria isso, não daria certo. Mas acho que ela não precisa, não se as coisas continuarem assim. As regiões não estão preparadas para o que vem acontecendo, protestos em massa, atos terroristas dia após dia. Na Terra, já teríamos chamado o exército ou a Guarda Nacional, há muito tempo. Se a situação piorar, eles vão querer dar mais poder à imperatriz. Vão querer a Guarda Imperial nas ruas. Vão implorar por isso.

— Não vejo como isso pode nos ajudar. Se tudo está caminhando como você acabou de dizer, a imperatriz não precisa de nós.

— Talvez não. Talvez sim. Não pretendo fingir que sei tudo sobre esse povo, mas a imperatriz sabe. Não temos status nenhum neste mundo, nem qualquer poder. Nossa única cartada é que de alguma forma inspiramos a rebelião por aqui. Isso pode ser útil, de alguma maneira. Não sei.

— …

— Vincent, não importa se tudo isso é verdade. *Precisamos* da imperatriz. Ela controla o nosso destino. Vamos morrer aqui neste lugar, se ela não nos ajudar.

— Vou falar com Enatast mais uma vez. Talvez ele consiga marcar uma reunião. Mas, primeiro, preciso encontrar Eva.

— Você não vai encontrá-la agora, enquanto ela não quiser ser encontrada.

— Então o que eu faço? Só espero ela voltar?

— Bom, você sabe onde ela estará hoje à tarde.

— Certo, na manifestação. Caramba, ela é teimosa.

— Filho de peixe peixinho é.

— Vou dizer a Esok que mudei de ideia. Eva e eu vamos ter uma longa conversa quando eu puser minhas mãos nela. Vou ser considerado um pai muito ruim se colocar a minha filha de castigo para o resto da vida?

— Boa sorte com isso.

ARQUIVO Nº EE426 — ARQUIVO PESSOAL DE ESAT EKT

ENTREVISTA ENTRE VINCENT COUTURE E IPET ESTOTEKS, REPRESENTANTE DA IMPERATRIZ

Local: Palácio Imperial, região de Osk

Traduzido por Vincent Couture

Nota: Deixei as falas dela bem formais na minha tradução, ainda que não fossem nada diferentes das falas de Enatast, por exemplo. Mas, nossa, ela soava como uma autoridade! O tom. A postura. A atitude. Era como se ela tivesse esperado a vida inteira pela chance de olhar alguém de cima. Tomei um banho assim que cheguei em casa.

— Saudações. Sou o Vincent.

— Saudações, Vincent.

— Como devo me dirigir a você?

— Não deve se dirigir a mim. Represento a imperatriz Iksidits, filha de Yotekot, soberana dos Ekt. Minhas palavras são dela.

— Agradeço a você... À imperatriz? Agradeço por me conceder essa reunião.

— Fale agora, Vincent Couture.

— Certo. Eu… Eu gostaria de solicitar assistência para…

— Você deseja retornar à Terra.

— Sim. Desejo.

— A imperatriz não pode oferecer nenhuma assistência. Apenas o Conselho.

— Foi o que me disseram.

— Então o que lhe traz aqui?

— O quê? Acabei de dizer por que estou aqui. Estou aqui para…

— Por que veio solicitar ajuda da imperatriz se já lhe foi dito que ela não pode ajudá-lo? Parece… uma insanidade.

— Eu… Estou pedindo a ajuda da imperatriz porque o Conselho não está ajudando.

— Você deveria saber que o Conselho jamais vai ajudá-lo. Muitos em Esat Ekt acreditam que o Conselho criou este problema ao visitar seu mundo, matando tantos de seu povo sem necessidade. Muitos em Esat Ekt acreditam que o Conselho deveria ser abolido. Estou certa de que os membros do Conselho não pretendem agravar ainda mais seus erros ao admitirem que cometeram genocídio sobre uma espécie alienígena.

— Isso, sim, é insanidade! Tudo isso. Seu povo, o Conselho, eles mandam robôs gigantes para o nosso planeta. Matam milhões de nós, e, então, nos punem pelas consequências de seus atos aqui. Não fizemos nada. Vocês fizeram isso.

— Tanto eu quanto a imperatriz desaprovamos a decisão tomada, mas você está correto.

— O que a imperatriz pode fazer para nos ajudar?

— A imperatriz, como sempre, apenas almeja o bem de seu povo. Mas as leis impedem que ela faça o que tanto deseja.

— O que isso significa?

— Não é o desejo da imperatriz que, apenas para servir aos interesses do Conselho, você sofra por algo que não lhe coube.

— Então nos mande de volta para casa.

— Mais uma vez, nossas leis, na atual conjuntura, impedem que a imperatriz siga seu coração.

— Mas...

— Mas o quê?

— Bom, espero que não tenha me feito vir até aqui só para me dizer que vamos morrer neste planeta e que não há nada que você possa fazer a respeito.

— Foi precisamente por isso que a imperatriz requisitou sua presença.

— ... Não.

— Não entendo.

— Não. Não se encontra com uma pessoa só para dizer que não há a mínima esperança.

— Por que não?

— Sei lá, não se faz isso! É... rude.

— Não era nossa intenção ofendê-lo. Talvez você ainda não tenha se acostumado às nossas maneiras.

— Claro. Posso estar sempre um pouco por fora quando se trata dos costumes Ekt, mas há mais coisa nessa história. Há algo que você não está me dizendo, porque...

— Não há nada mais que eu possa dizer como representante da imperatriz.

— Rá! Viu só?! E se disser *não* como representante da imperatriz?

— Falando por mim mesma, eu diria que a única esperança que vocês têm de saírem de Esat Ekt é assumindo o controle de um veículo.

— Estamos cientes dessa parte.

— Um gigante, como aquele que os trouxe até nosso mundo, seria a melhor opção. Talvez até exatamente o mesmo. No entanto, como você sabe, os gigantes são controlados pela imperatriz. Mesmo que vocês encontrassem um piloto capaz de levá-los para casa e descobrissem uma forma de subir a bordo, o gigante não responderia a seus comandos. Alguém teria que autorizar sua saída primeiro.

— Mais uma vez, não ajuda muito. E como poderíamos ter certeza de que alguém autorizou nossa saída?

— Por lei, a imperatriz e seu exército estão subordinados às decisões do Conselho. Ir contra a vontade deles é crime. Como eu disse, a imperatriz se encontra profundamente entristecida com a situação, e deseja nada mais que ajudar você e seus companheiros, assim como todos os demais em Esat Ekt. Se tivesse permissão, se ela estivesse no controle, a imperatriz concederia, com grande alegria, a todos e a cada um de seus súditos, incluindo os mestiços, os mesmos direitos que cabiam às pessoas antes da criação do Conselho. Vocês poderiam ir e vir, conforme a sua vontade. Ela retomaria as relações com os demais planetas, restaurando o império à sua antiga glória. Porém, o Conselho está no controle, não ela. Nossas instituições são rigorosas. Não podem ser destruídas com algumas bombas. Sobreviverão a esse período de agitação civil. Dito isso, se coubesse à imperatriz dar um fim a esse conflito, se ela pudesse subjugar a *Mão de Yetskots* para...

— Com licença, a mão de quê?

— A *Mão de Yetskots*. É assim que eles se apresentam. Assumiram a autoria e a responsabilidade pelos atos de violência em todos os distritos. Se a imperatriz fosse capaz de impedi-los, seria um enorme passo para ajudá-la a efetuar as mudanças que julga necessárias ao planeta. Como eu disse, a imperatriz faria o que fosse preciso para ajudar seu povo.

— E o que tudo isso tem a ver conosco?

— Muitas regiões já pediram ajuda à imperatriz. Os habitantes dessas regiões acreditam que a insurreição deve acabar agora, antes que fuja completamente do controle.

— E qual foi sua resposta? Quer dizer, a da imperatriz. O que ela disse?

— A imperatriz não colocará nos próprios ombros uma tarefa que não pode cumprir. Ela não deseja lutar contra pessoas que são invisíveis a seus olhos, não quer afundar nessa situação tanto a ponto de perder a confiança de seu povo. Se e quando a imperatriz se envolver, suas ações devem ser rápidas e decisivas.

— Não sei bem como podemos ajudar. Não conheço ninguém nessa tal de *Mão de Yetskots*.

— Sua filha conhece. Um homem de nome Etat Ityets. Ela também tem boas relações com alguns dos outros associados. Eu gostaria que você me dissesse o nome dessas pessoas e onde podem ser encontradas.

— Minha filha? Ela conhece as pessoas do abrigo onde trabalha. E essas pessoas, elas não... Elas organizam protestos, mas não explodem coisas. Não têm nada a ver com essa *Mão* de vocês.

— Eu gostaria que você me dissesse o nome e a localização de todos os envolvidos com as manifestações na região de *Etyakt*. Faça isso e terá a gratidão da imperatriz.

— A gratidão dela?

— Em si, isso já deve ser suficiente.

— Bom, certamente significaria muito.

— Também seria inteiramente possível que alguém, por acidente, liberasse um certo gigante e permitisse sua saída desse planeta, ileso.

— Como posso ter certeza disso?

— Não é minha intenção soar insensível, mas não acho que você possa se dar ao luxo da certeza, neste momento.

— Tudo bem. Uma pergunta rápida. Depois que entregarmos esses nomes, o que vocês farão com essas pessoas?

— Quando chegar a hora, elas serão presas e executadas.

— Você quer matá-las?! Mas elas não fizeram nada!

— Todos fizeram alguma coisa. O que importa é que a imperatriz seja capaz de restaurar a paz e a tranquilidade em seu mundo.

— ...

— Pode ir agora, Vincent Couture.

ARQUIVO Nº 2193

ENTREVISTA ENTRE A MAJOR KATHERINE LEBEDEV, DO DEPARTAMENTO CENTRAL DE INTELIGÊNCIA DA FEDERAÇÃO RUSSA (GRU), E VINCENT COUTURE

Local: Prédio do GRU, São Petersburgo, Rússia

— Está na hora, Vincent!

— Hora do quê?

— Vamos mandar você lá para fora.

— Não pretendo conquistar o mundo para vocês, Katherine. Já falei isso. Vou defendê-los, mas não vou render mais nenhum governo.

— Não há necessidade. Os chineses farão essa parte para você. Estão avançando com uma tropa de um milhão de homens na direção da Coreia, e pediram sua ajuda. Pois é, um milhão! Você vai apenas escoltá-los.

— Coreia do Norte.

— Ah. Eles só disseram Coreia. Isso importa? Posso verificar, se você quiser.

— Os Estados Unidos não permitirão que vocês…

— Quer dizer que eles não permitirão que a China…

— Eles não vão permitir que invadam a Coreia do Sul. Você sabe disso.

— Eu? Eu não sei de nada. Acho que vamos descobrir, mais cedo ou mais tarde. Provavelmente mais tarde. Vai demorar um pouco. Ou melhor, vai demorar horrores. Quando eles disseram que estavam avançando com um milhão de homens, achei que fosse só papo de militar. Mas não. Eles estão indo a pé. Um milhão de soldados. Caminhando. Dá para ver nas imagens de satélite, é impressionante, como...

— Não vou fazer isso.

— Ah, fala sério! Você acabou de dizer que iria nos defender. Eles são nossos amigos, são gente como a gente, não acha? Deixa eu reformular, então. Você prefere que um milhão de chineses acabe morrendo?

— Prefiro que ninguém morra, mas não vou invadir outro país. Os coreanos têm direito de se defender.

— Você é muito sem graça, sabia? Sim, eles têm direito de se defender. *Tecnicamente*. E provavelmente é isso que eles vão fazer! Mas vão perder. Por enquanto, a Coreia do Norte acha que eles só querem atravessar o país. Na verdade, eles estão adorando a ideia de marchar até Seul na companhia dos chineses. Mas vão se dar conta de que tem alguma coisa errada nessa história quando Beijing começar a bombardear o território deles também.

— Achei que os dois fossem amigos.

— Ah, não são há um bom tempo. China só tolerava a Coreia do Norte para irritar os Estados Unidos, mas não há mais razão para isso. Eles vão tentar explodir cada ponto de lançamento de mísseis por lá, mas vão acabar deixando uma ou outra base desconhecida para trás. A Coreia do Norte vai lançar tudo o que sobrar. Os chineses vão retaliar. Estamos falando de... duzentos e cinquenta mil mortos, no mínimo. Isso tudo *antes* de as tropas chegarem. Aí as coisas vão ficar feias, mas os chineses vão ganhar no final. Eles têm um milhão de homens. Se não bastar, mandam mais outro milhão. Sabia que os chineses têm mais puros-sangues que qualquer outro país? Eu não sabia. Aprendo uma coisa nova a cada dia. De qualquer forma, é assim que vai ser. Muitas e muitas pessoas vão morrer sem necessidade. *Ou então* você decide marchar com eles, e os coreanos se rendem por conta própria. Nada que você já não tenha feito. Eles sabem que não são páreo para Têmis. Você na verdade estaria salvando... inúmeras vidas, sem precisar dar um tiro sequer. Seria um herói! Bom, seria o *meu* herói, pelo menos.

— E depois? Isso não vai parar na Coreia do Norte. As coisas vão piorar. Acha que eu ainda seria o seu herói se fosse o responsável por começar a Terceira Guerra Mundial, e esse planeta inteiro virasse uma terra desolada e radioativa?

— Eu jamais jogaria isso na sua cara, Vincent. Prometo.

ARQUIVO Nº EE427 — ARQUIVO PESSOAL DE ESAT EKT

ENTREVISTA ENTRE A DRA. ROSE FRANKLIN E VINCENT COUTURE

Local: Residência designada, região de Etyakt

— Ela disse o quê?

— Quer que a gente entregue alguns nomes a ela.

— Nomes de quem?

— De todo mundo. Das pessoas organizando tudo, as marchas, as manifestações.

— Os amigos de Eva, é isso?

— Todo mundo. Sim, os amigos de Eva.

— Vincent, nós conhecemos essas pessoas. Ityets, Itit e…

— E Esok.

— E a imperatriz vai matar todos eles?

— A imperatriz não vai matar ninguém, porque não vamos dar nome algum a ela.

— Claro que não, mas não faz o menor sentido. O que Esok tem a ver com tudo isso? Ela não está explodindo prédios em *Osk*.

— É essa a questão. Ela mencionou esse grupo superorganizado que, aparentemente, é responsável por todos os atos terroristas. Esok e Ityets podem ser muitas coisas, mas não organizados.

— E tampouco violentos. Ityets seria um budista, se vivesse na Terra.

— Estou dizendo, Rose. Ela mencionou o nome dele. Não entendo o que a imperatriz tem a ganhar prendendo alguns ativistas locais.

— Minha suspeita...

— Sim?

— Digamos que ela consiga o que quer, e que as regiões concedam mais poder a ela. Seria algo provavelmente temporário, certo?

— Imagino que sim.

— Bom, meu palpite é que ela não queira que seja só temporário. Ela quer atingi-los com força. Prender o máximo de pessoas que puder. Garantir que ninguém ouse levantar um cartaz de protesto novamente.

— Mas isso não acabaria encorajando quem está explodindo as coisas a explodir ainda mais?

— Bom, ela teria que ir atrás desses também. Ir atrás de todos.

— Todos no planeta? Não é possível derrotar o terrorismo espalhado em um planeta inteiro. Não é um exército que se possa esmagar. É por isso que chamam de terrorismo. Sempre sobrará uma pessoa disposta a explodir outras coisas.

— Eu entendo o que você está dizendo, Vincent, mas imagine por um momento que ela seja capaz. Se a imperatriz puder fazer *isso*, acabar com toda a violência, todos os protestos, ela será adorada por todos os Ekt. As coisas nunca voltarão a ser como antes.

— Sim, mas as pessoas com ascendência alienígena ficarão ainda mais furiosas com ela, não?

— Não sei, Vincent. Não se a imperatriz der algo que elas queiram. Retirar o limite máximo de filhos por pessoa, alguma coisa desse tipo. Não se esqueça: todos que forem presos acabarão identificados como terroristas, e a maior parte das pessoas aqui aceita o que vê nas telonas. Acho que ela será vista como uma heroína. É possível que ela ganhe força suficiente para revogar a política de não interferência, começando assim a negociar com outros mundos de novo. Ela poderia retomar seu império, a partir desses esforços. A ironia é que isso provavelmente seria bom para todo mundo. Para as pessoas aqui, para as de outros planetas. O planeta de Esok poderia ser salvo.

— Maravilha. E tudo o que nós precisamos fazer é deixar todos que conhecemos serem assassinados sem motivo algum.

ARQUIVO Nº 2194

ENTREVISTA ENTRE A DRA. ROSE FRANKLIN E O SR. BURNS

Local: Restaurante Medici na 57th Street, Chicago, estado de Illinois, EUA

— Ah, dra. Franklin! Venha! Sente-se!

— Sr. Burns! Recebi sua mensagem, mas não tinha certeza se era sua mesmo.

— Muitas pessoas mandam mensagens em meu nome por aí?

— Não, é que... O que está fazendo aqui? Como conseguiu escapar?

— Sua amiga Alyssa me tirou de lá.

— Minha... Alyssa não é minha amiga. Tem certeza de que foi ela?

— Sim! Tenho certeza. Eu estava lá! Eu tive que estar lá. Foi fundamental para que ela me tirasse de lá. Ela me acompanhou até a porta da frente do prédio, em plena luz do dia! Acho que ela deveria ter arrumado um jeito mais clandestino de fazer isso. Eles a prenderam cinco minutos depois. De qualquer maneira, parece que ela é mais sua amiga do que você pensa.

— Tenho sérias dificuldades em achar que ela faria algo apenas por bondade.

— Bom, aqui estou. Mas você está certa, ela certamente *não é* um poço de alegria. Bastante negatividade, ali. Não riu das minhas piadas nem uma vez sequer, e olha que algumas foram bem boas!

— Ela me jogou para fora do prédio quando fui pedir ajuda.

— Ajuda para me tirar de lá?

— Sim.

— Faz sentido. Ela é esperta. Não é muito divertida, mas é esperta.

— Como isso pode ser esperto?

— Todos saberiam do seu envolvimento se você estivesse por perto quando eu escapasse. Preciso lembrar de como fui parar naquele lugar, para começo de conversa?

— Eles ainda suspeitam de mim.

— Provavelmente. É por isso que estamos nos encontrando aqui.

— Sua mensagem dizia: "Não mude nada. Vejo você em breve. Sr. Burns". Como você sabia que eu estaria aqui, e tão cedo assim?

— É sábado! Café e bolinhos de canela no Medici, a caminho para as aulas na Compton.

— Mas eu não faço isso há, sei lá, quase vinte anos!

— Você não estava em Chicago nesse tempo. Eu tinha a sensação de que você voltaria aos velhos hábitos em um instante.

— Sou tão previsível assim?

— Bom, sim. Todo mundo é. Eu faria a mesma coisa. Sapatos velhos, camisa velha, a mesma refeição de sempre. Por um momento, o mundo voltou a fazer sentido. Ah, e aquela aula sobre as partículas de Majorana parece *fascinante*. Se importa se eu for com você?

— Não tem medo de que seja visto por alguém?

— O pessoal das agências de inteligência em uma aula de física? Acho que não. Pensei que eles talvez aparecessem, se vissem o assunto. Leriam "Majorana" e achariam que todo mundo lá estaria chapado. A CIA grampeou seus telefones, mas ninguém está seguindo você.

— Bom saber.

— Aqui. Deixe que eu pago.

— Não, não, tudo bem.

— Dra. Franklin, alienígenas decidem vir à Terra atrás de pessoas como eu e acabam matando cem milhões de homens, mulheres e crianças. O mínimo que eu posso fazer é pagar um café e esses bolinhos de canela.

— Que humor negro. Mas você não fez nada além de nascer, e ainda me ajudou quando eu mais precisei. Se alguém aqui merece levar a culpa pelo que aconteceu, esse alguém sou eu. Eu escolhi montar Têmis e, por isso, vou pagar esse café.

— Você realmente se sente culpada por tudo? Você nem estava aqui!

— Não me sinto. Achei que estivéssemos só fazendo alguns comentários autodepreciativos para decidir quem deveria pagar o café da manhã. Eu costumava, sim. Sentir culpa, quero dizer. Pensava que tudo o que aconteceu, cada morte, cada cidade destruída... Pensava que tudo tinha sido culpa minha. Que eu tinha caído em um buraco e acabei causando tudo aquilo, de alguma maneira. Mas não. Eu não joguei gás venenoso em cem milhões de pessoas, foram os Ekt que fizeram isso. Não bombardeei Madri, nem torturei ninguém. Não destruí famílias porque um membro ou outro saiu perdendo na loteria genética. Não julguei ou machuquei as pessoas por conta da religião ou do local de nascimento. Não prendi ninguém. O mundo é que fez isso tudo. Então, não, não me sinto responsável nem culpada por *tudo*. Mas ter consciência disso também não ajuda em nada. E nem me permite consertar nada. Não posso... *nos* consertar. As pessoas é que estão com defeito.

— Você está sendo dura demais com as pessoas, da mesma forma que consegue ser dura demais consigo mesma. As pessoas ficaram assustadas. E com razão! O que aconteceu aqui há nove anos não foi culpa de ninguém. Foi simplesmente uma fatalidade. As pessoas têm o direito de agir de forma passional, irracional, de tempos em tempos.

— Irracional? Nós perdemos completamente nosso espírito de coletividade! Os cientistas estão ignorando suas próprias descobertas. As pessoas negam até mesmo os fatos científicos mais básicos, para que assim possam ferir umas às outras com mais tranquilidade. Tem noção de quanto isso é terrível? Estamos falando de seres humanos fazendo um esforço consciente, desviando de seu caminho natural, para permanecerem ignorantes. Estúpidos *por vontade própria*. E sentem orgulho disso. Essas pessoas estão se orgulhando da própria estupidez. Não há sequer uma tentativa de racionalizar as coisas. Muçulmanos são ruins porque são, e pronto. Por que seria necessária uma razão para isso? Uma coisa é uma mãe deixar o filho ficar cego porque leu no Facebook que a vacina contra o sarampo deixaria a criança autista, outra bem diferente é mandar esse mesmo filho a um campo de trabalhos forçados porque ele herdou os genes da vovó e não do vovô. Nossa espécie inteira está tentando uma lobotomia em si mesma. É tão imbecil e asqueroso quanto alguém cortando a própria perna.

— Você não está nos melhores dias, não é mesmo?

— Desculpe. É que… Sendo responsável ou não, eu quero que as coisas melhorem, e não sei como fazer isso.

— Deixe eu contar uma história a você.

— Ah, por favor!

— Era uma vez um axolote.

— Sério?

— Sim. Um axolote. É um anfíbio…

— Eu sei o que é um axolote. É uma salamandra do México.

— Então qual é o problema?

— Problema nenhum. Só não ouço muitas histórias de axolotes por aí.

— Saiba que eu tenho várias histórias de axolotes para contar, viu? Posso continuar?

— Sim, sim. Desculpe.

— Era uma vez um axolote chamado Jeff. Jeff era uma espécie de herói na vizinhança. Já tinha lutado contra uma tilápia-africana, sozinho, e sobrevivido para contar a história. Axolotes são conhecidos por sua habilidade de regenerar membros perdidos, mas Jeff acabou perdendo as quatro pernas e a cauda durante seu momento "Davi versus Golias", e nenhum deles cresceu de volta ao tamanho original. Basta dizer que Jeff ficou meio engraçado. No entanto, apesar da aparência física, era um bom contador de histórias, e os queixos dos axolotinhos viviam caindo sempre que ele contava como tinha perdido o rabo. Logo depois da tragédia, Jeff já tinha decidido que usaria o que aconteceu com ele para o bem, a fim de tornar o mundo das salamandras um pouco melhor. Começou a dar palestras motivacionais a quem quisesse ouvir, e todo mundo queria. Mesmo as salamandras-tigre paravam para ouvir as histórias de Jeff. Ele ficou famoso no lago inteiro por seus discursos, uma espécie de Tony Robbins com brânquias.

Jeff tinha uma filha, Lisa, um lindo bebê lagarto de pele clara, brilhante e rosada, com brânquias externas, aqueles raminhos que eles têm, púrpura. Todas as garotas da cidade tinham inveja dos raminhos de Lisa. Lisa era uma axolote feliz, sorridente, mas também tímida, muito tímida. Ela se encolhia toda na presença de outros axolotes, e Jeff, como todo bom pai, queria que ela desabrochasse. "Está tudo bem, papai", ela dizia, "nem todo mundo é um herói que nem você."

Mas Jeff acreditava que *todo mundo* tinha o necessário para se tornar um herói. Afinal de contas, não havia nada de especial nele mesmo. Jeff não era o maior axolote do quarteirão, nem o mais valente, e ainda assim tinha lutado contra uma tilápia gigante. Ninguém sabe o tamanho real daquela tilápia, já que ela crescia um pouquinho cada vez que Jeff contava a história. Tenho certeza de que nem o próprio Jeff sabia mais. Porém, ele tinha lutado contra um peixe, isso era certo. Se ele, um axolote desastrado, com aquela carinha de nerd, tinha sido capaz de fazer algo assim, certamente todos tinham a grandeza ao alcance das mãos. Lisa também era uma heroína. Ela só nunca tivera a oportunidade de mostrar. No fundo, só precisava de um empurrãozinho, pensava Jeff; ir parar em uma situação em que sua única opção seria se tornar a melhor salamandra que ela poderia ser.

Então, Jeff levou Lisa com ele para uma longa caminhada. Quando suas pequenas e estranhas perninhas ficaram cansadas, ele encontrou um bom lugar para ambos descansarem, bem no topo de uma pedra. Ali, ele esperou, esperou. Lisa queria voltar para casa, mas Jeff pediu paciência a ela. Finalmente, ele viu uma carpa-asiática vindo na direção dos dois. A carpa não era tão grande quanto a gigantesca tilápia que ele havia enfrentado, mas Jeff achou que derrotar uma carpa de porte médio já era vitória suficiente para alguém da idade da filha. Jeff abraçou a axolotinha, deu um longo beijo nela e a jogou da pedra, bem no caminho daquele peixe acostumado a se alimentar no fundo.

A moral da história é...

— Espere! Espere! O que aconteceu? O que aconteceu com Lisa?

— A carpa a comeu, é claro. Ela era apenas um bebê! Você não achou que ela fosse sobreviver, achou?

— Eu... Sim, achei...

— Quer saber a moral da história?

— Quero!

— A moral da história é... Jeff é um idiota. Um bebê axolote não pode lutar contra um peixe! Não se pode esperar que um bebê faça o que os adultos fazem. Não se pode esperar que qualquer pessoa faça o que não é capaz de fazer. Se me pedirem para levantar duzentos quilos, não vou conseguir. Não importa o quanto eu queira, nem quanta força de vontade eu tenha. Simplesmente é algo de que não sou capaz. Talvez se eu viesse treinando a vida inteira, mas não de um dia para o outro. Antes que Têmis fosse encontrada, as pessoas deste planeta não sabiam nada a respeito de alienígenas de verdade. Nunca tinham visto nenhum, até que os Ekt vieram à Terra. Pensando bem, elas ainda não viram. Viram apenas os robôs gigantes, mas nunca quem estava dentro. Já no primeiro contato com os alienígenas, milhões acabam morrendo. Então, todos descobrem que também são um pouquinho alienígenas, alguns mais que os outros. Eles não estavam preparados para isso, para nada disso. Não são capazes sequer de compreender o que isso significa em relação ao que são de verdade e ao seu lugar no universo. Só sabem que um monte de gente morreu, e que o vizinho tem um pouco mais a ver com os assassinos que eles. O medo é uma reação bem normal, se quer saber o que eu acho! As pessoas neste planeta são bebês! Não exija que se comportem como adultos. Não as jogue na frente de uma carpa.

— Você tem razão.

— Eu sei que tenho razão! Não diria coisa alguma se achasse que estou errado!

— Somos um bando de bebês, bilhões de bebês, todos morrendo de medo. Vamos matar uns aos outros se depender apenas de nós. Precisamos é de...

— Do que nós precisamos, dra. Franklin?

— Precisamos de... Jeff.

— O quê? Não! Jeff é um idiota! Achei que tivesse sido claro a respeito disso.

— Certo, talvez não o Jeff, mas você mesmo acabou de dizer: somos todos bebês. Não há nenhum adulto por perto. Precisamos de adultos. Precisamos da supervisão de um adulto. Há uma razão para não estarmos preparados. Não pedimos por nada disso. Não fizemos nada! Não leve para o pessoal, mas essa bagunça não é culpa nossa, é *sua*, dos Ekt. Os Ekt mataram milhões de humanos. *Eles* mataram. Nos deixaram morrendo de medo, correndo em círculos e tentando morder nossa própria cauda porque não queriam *interferir* mais do que já tinham feito. Mas é aí que está: eles *tinham* que ter interferido. É culpa deles! É tudo culpa deles. Vieram para cá há três mil anos e mudaram nossa fundação. Ferraram com a estrutura da vida neste planeta. *Eles* são responsáveis. Não importa se não querem mais ter nada a ver com isso, é responsabilidade *deles*.

— Quebrou, pagou?

— Eu estava mais para "quem sujou tem que limpar", mas a sua serve também.

— Ideia interessante. Eu gosto de você, dra. Franklin. É uma pessoa interessante. Estou curioso: como você acha que os Ekt poderiam limpar essa bagunça?

— Não tenho certeza. Talvez eles não precisem fazer nada. Só estar aqui já resolvesse. Acho que parte do problema é que ainda estamos tentando convencer a nós mesmos de que poderíamos fazer algo contra eles. Estamos fazendo o possível para manter a ilusão de controle. Por que prendemos pessoas? No *fundo* ninguém acha que elas representam uma ameaça. Fazemos isso porque podemos. Porque já é alguma coisa. Se os Ekt nos mostrassem do que são capazes, perceberíamos o quanto isso é inútil.

Nós também perdemos nossa identidade. Éramos todos humanos. Agora, não sabemos mais *o que* somos. Esses genes alienígenas complicaram tudo. Se eu tenho esses genes, continuo sendo eu mesma ou passo a ser outra coisa? Estamos agarrados à ideia de que somos diferentes, únicos. Não podemos ser como os Ekt, já que *nós* fomos criados à imagem e semelhança de Deus. Nosso DNA nos diz que não é verdade, mas, se nos livrarmos de todos aqueles que nos lembram disso, se escondermos as evidências, ainda poderemos fingir que é assim. Então, procuramos pessoas que se parecem conosco, que vêm do mesmo lugar que nós, que acreditam no mesmo Deus, e nos acalmamos mutuamente ao convencer a nós mesmos de que todo o resto não é digno de confiança. Acho que sempre seremos inseguros, pobrezinhos de nós. No entanto, se pelo menos os Ekt estivessem aqui, sentiríamos *alguma* conexão com o resto do mundo. Nosso falecido amigo me disse, certa vez: "Se redefinirmos a alteridade, as fronteiras poderão ser apagadas". Acredito que isso seja verdade, mas em algum ponto do caminho decidimos classificar nosso próprio povo de "outros", começando assim a nos odiar.

— Deixe ver se eu entendi. Sua solução para todos os problemas da Terra é que você não tem solução e quer que os outros resolvam isso no seu lugar.

— Eu sei como isso soa. Gostaria de pensar em outra saída. Desesperadamente quero acreditar que há outra saída, que o espírito humano vai prevalecer, que a ciência vai salvar todos nós. Mas o problema somos *nós*. Não acho que temos o que é preciso para resolver isso sozinhos. Se houvesse...

— Não, não. Pare. Concordo com você. É preciso bastante coragem para admitir seus próprios limites. Eu admiro isso.

— Você admira o fato de eu me achar inútil? Ou de achar que nossa espécie inteira é incapaz de tomar conta de si mesma?

— Um pouco dos dois. E você não é inútil, acabou de pensar em uma solução. Pessoalmente, acho que é uma boa saída.

— Não é. Eles não virão. Para começo de conversa, não temos nem como entrar em contato com eles.

— É claro que temos! Os Ekt deixaram um dispositivo para vocês encontrarem. Estava enterrado na câmara em que você caiu quando era criança, antes que meus ancestrais o substituíssem por aquela mãozona. Você deveria saber, já que usamos esse equipamento para trazê-la de volta à vida! Os Ekt o deixaram aqui para que vocês pudessem falar com eles, quando chegasse a hora.

— Não importa. Eles não virão, de qualquer forma. Quando saímos de lá, as coisas não estavam muito melhores do que aqui. Eles têm seus próprios problemas para lidar. E esses problemas, aliás, começaram justamente com o que aconteceu aqui na Terra. Estou quase certa de que tudo o que eles querem é esquecer esse episódio e nunca mais olhar para trás.

— Então você vai ter que dar algo que eles desejam ainda mais.

PARTE 4

ATRAVESSAR O RUBICÃO

ARQUIVO Nº 2195

REGISTRO DE MISSÃO — VINCENT COUTURE E SARGENTO ALEXANDER VASILIEV

Local: A bordo de Têmis. Ao norte de Dandong, na província de Liaoning, China

— Certo, Katherine, estamos a três ou cinco quilômetros de Dandong. Vamos soltar os coletes e almoçar.

[*Almoçar? São quase seis horas da tarde aí nesse lugar da China!*]

Bom, é uma hora para nós. E é um sanduíche. Sanduíche não é jantar.

[*Claro, podem comer. Onde estão os chineses?*]

Em todo lugar. Estamos na China.

[*Ha-ha.*]

Estão a cerca de um quilômetro e meio atrás de nós, mas são lentos que só. Por que nós simplesmente não vamos encontrá-los na fronteira? Andamos pouco mais de seis quilômetros com eles, e levamos metade de um dia. Sabe o quanto isso é chato? Nossas pernas são quarenta vezes mais longas que as deles. Quase caímos algumas vezes de tão devagar que estávamos.

[*Ah, coitadinho. Um milhão de homens marchando na lama e você tem que andar devagar.*]

Eles estão seguindo por uma rodovia em ótimo estado. Nós é que temos que andar no meio da lama, ao lado da estrada.

[*Eles querem fazer uma entrada triunfal.*]

Vão ficar desapontados.

[*Por quê? Não! Não quero ligar para eles de novo. Vivo ligando para dar as más notícias. Eles me odeiam.*]

Está escurecendo. Nós mal conseguimos enxergar onde estamos pisando. E há uma zona residencial bem à frente. Não teremos espaço suficiente para atravessar a pé.

[*Vocês podem usar a estrada.*]

Nós podemos, sim. Mas *eles* não vão poder mais, depois que tivermos destruído o asfalto. Acho que eles não querem que a gente pise nas casas, também. Não importa, de qualquer forma. Há uma cidade logo depois do subúrbio. Uma cidade bem grande.

[*E daí?*]

Têmis não se dá muito bem com cidades.

[*Qual a sugestão, então?*]

Se eles realmente querem atravessar por aqui, teremos que nos teletransportar para o outro lado e esperar por eles no rio.

[*Vocês ficarão lá por horas, sozinho. A tal entrada triunfal já era...*]

Podemos esperar *aqui* por horas e então nos teletransportar para lá quando eles estiverem prontos para cruzar a fronteira da Coreia do Norte. Não ligo.

[*Está bem. Vou ter que ligar para eles, no fim das contas. Almocem aí, já falo com vocês.*]

Bom. Só um minuto, Alex. Vou ajudar você a sair do colete, e então podemos comer.

— Obrigado. Estou morrendo de fome.

— Tudo bem, já vou. Acho que agora é uma boa hora para contar isso a você. Se os norte-coreanos começarem a atirar antes que os chineses entrem no país, vou tirar a gente daqui.

— O quê?

— Deixe eu tirar suas luvas. Eles vão ter que afunilar um milhão de homens por uma única ponte. Será um massacre.

— Tenho certeza de que é por isso que estamos aqui.

— Mesmo com a nossa ajuda, Alex. Vai ser mais fácil que pescar peixe em balde d'água. Eles vão forçar a travessia. Talvez metade consiga chegar do outro lado. Não quero ser responsável pela morte de meio milhão de pessoas. Se dermos o fora antes, os chineses não ousarão cruzar aquela ponte.

— A major vai matar a gente.

— É, Katherine vai ficar pê da vida.

— Não, ela vai *literalmente* matar a gente. Eu não deveria contar isso a você, mas esses cilindros instalados aqui no teto são de gás VX.

— Sabia que não era nada de bom.

— Ela pode disparar remotamente.

— Ela não fará isso. Digo, ela faria, se fosse preciso, sem hesitar. Mas não fará por causa disso aqui. Não pelos chineses, não se a Coreia do Norte resolver contra-atacar. O prêmio aqui é a Coreia do Sul. Se tudo já for para o inferno antes mesmo que cruzemos a fronteira, não vale a pena nos matar.

— Não estou certo se apostaria minhas fichas nisso.

— Ei, se Katherine estiver certa, os norte-coreanos vão estender um tapete vermelho para nós. E essa nossa conversa se torna irrelevante.

[*Vincent, você está aí?*]

Sim, Katherine. Acabamos de deixar os controles. Estamos prestes a comer.

[*Ops. Vocês precisam voltar. O almoço vai ter que esperar.*]

O quê? Por quê?

[*Um regimento inteiro de tanques ch'ŏnma-hos está alinhado do outro lado da ponte, em Sinuiju. Os chineses querem que vocês cheguem ao rio de uma vez, para ter certeza de que eles ficarão felizes em vê-los.*]

E se não ficarem?

[*Acho que vão ficar. Agora, anda. Vai, vai.*]

— Estou com fome. Não quero morrer com fome.

— Nós não vamos morrer, Alex. Vamos começar, sozinhos, uma guerra termonuclear de proporções globais, e seremos os únicos idiotas a sairmos vivos. Teremos bastante tempo para o sanduíche depois. Enfia o braço na armadura, eu faço o resto. A frente está fechada. Você engordou?

— Ganhei mais músculo.

— Ah, claro. Coloca as luvas logo, Schwarzenegger. Minha vez, agora. De todos os lugares possíveis, eles tinham que escolher justo este para atravessar na direção da Coreia. Adoro as ironias da vida!

— Não entendi.

— Sabe como se chama a ponte entre Dandong e Sinuiju?

— Algum nome chinês?

— É a ponte da Amizade Sino-coreana.

— E para que servem os amigos, não é mesmo?

— Já estou amarrado. Está pronto para levar uns tiros?

— Claro.

— Katherine, nosso computador diz que estamos a 6420 metros do rio, a cento e dezesseis graus. Pode confirmar? Não quero ir mais longe do que deveria, caso não sejamos bem-vindos aqui.

[*Vincent, os nerds estão todos assentindo por aqui.*]

Certo. Isso deve dar, considerando um passo a mais ou a menos. Pronto, Alex?

— Se você diz.

— Ponte da Amizade, lá vamos nós…

— Ai, meu Deus!

[*O que foi? "Ai, meu Deus" o quê?*]

— Relaxa, Katherine. É a ponte. Está toda iluminada, e as luzes se refletem na água. É bem bonita.

[*Caramba, rapazes. Quase me mataram de susto. E os tanques?*]

Não dá para ver nada, com as luzes da cidade. Está tudo escuro no lado coreano. Mas eles podem nos ver.

[*Estão atirando?*]

Você acha que eu comentaria a beleza da ponte iluminada, mas me esqueceria de comentar que o exército norte-coreano está atirando em nós? Acho que está tudo bem. Ou isso, ou eles…

— Ai, meu Deus!

[*O que foi agora? Outra coisa bonita?*]

— Dá para dizer que sim. Há um robô gigante, cheio de luzes verdes e brilhantes, na margem coreana do rio.

[*Jápeto está aqui? Na Coreia do Norte?*]

Sinto dizer que sim. Devemos ir embora?

[*Mantenham a posição.*]

Merda, ele está vindo.

— O que eles querem?

— Não sei. Acho que acabaram de acenar para nós.

<*Oi, pai!*>

Cacete.

— Aquilo é…

— Sim. É.

ARQUIVO Nº 2196

REGISTRO DE MISSÃO — SUBTENENTE EVA REYES E TENENTE BARBARA BALL, DO CORPO DE FUZILEIROS NAVAIS DOS ESTADOS UNIDOS DA AMÉRICA, DIVISÃO MECHA

Local: A bordo de Jápeto, Seul, Coreia do Sul

— Posso chamar você de Eva?

— Do que mais você chamaria?

— Você foi nomeada subtenente do Corpo de Fuzileiros Navais dos Estados Unidos. Posso chamá-la de senhora, até de senhora subtenente, se preferir.

— Pode ser Eva mesmo.

— Que bom. Sou a Barbara.

— Eles costumam trocar seu copiloto assim, de última hora?

— Não. Nunca tinha acontecido antes.

— Há sempre uma primeira vez para tudo, acho.

— Segunda vez, na verdade. As duas hoje. Geralmente eu saio com o capitão Hough. Para ser honesta, ele é bem melhor que eu com as pernas. Eu fico com os braços. Então, me disseram que eu sairia com o Benson, e agora você. Não sei o que deu no pessoal hoje.

— Eu sei por que o capitão Hough não está aqui. Ele quebrou o braço.

— Como você sabe?

— Porque fui eu que quebrei.

— O quê?

— Ele me tocou.

— Bodie agarrou você?

— Ele passou o braço ao redor do meu ombro. Pedi para tirar, ele não tirou.

— Haha! Sinto muito, isso não tem graça nenhuma. Não acredito que você quebrou o braço do Bodie! Ele deve estar furioso. Estava morrendo de vontade de entrar em uma missão de combate.

— Ele é um babaca.

— Eva, acho que você e eu vamos nos dar muito bem. Sabe por que desistiram do Benson?

— Acho que eles querem me *testar*, talvez?

— Por quê? Como? Estamos aqui só para darmos um susto nos chineses. Eles não vão cruzar para a Coreia do Norte enquanto estivermos aqui.

— Talvez cruzem, sim. Têmis está com eles.

— Merda.

— Põe merda nisso. Meu pai está lá dentro.

— ...

— Pode dizer. O "traidor", certo?

— Não. Tenho certeza de que ele tem as razões para isso... Eles esperam que a gente lute?

— Ou isso, ou acham que meu pai vai recuar.

— Isso é doideira.

— Pode dizer de novo.

— E... tudo bem para você?

— Parece que não tenho muita escolha.

— Sinto muito. De verdade. Sinto muito mesmo. Isso é uma loucura.

[*Jápeto, aqui é a Central. Mudança de planos.*]

Entendido, Central. Vai nos contar qual é o novo plano?

[*Têmis está no rio Yalu, sozinha.*]

Onde estão os chineses?

[*A cerca de oito horas de distância. Sua missão é tirar Têmis daqui antes que as tropas cheguem.*]

E como você sugere que façamos isso? Pedindo com educação?

[*Vamos dar a vocês liberdade de operação, dessa vez.*]

Quanta liberdade? Temos autorização para entrar em confronto direto?

[*Afirmativo.*]

... Entendido... Central, temos a tripulação certa para essa situação?

[*Jápeto, você recebeu suas ordens. Vire para trezentos e vinte graus, sete minutos.*]

Você está preparada para isso, Eva?

— Acha que vão me deixar sair daqui, se eu não estiver?

— Provavelmente não.

— Então vamos resolver logo isso.

— Central, estamos nos dirigindo para três, dois, zero, ponto sete. E alterando. Aguardando distância. Vamos dar apenas um salto?

[*Alguma região da Coreia do Norte que você queira visitar no caminho?*]

Negativo, Central. Um salto então. Parece um pouco distante demais, se pretendemos pousar em um rio.

[*Suas preocupações foram devidamente registradas, Jápeto. Unidade de tamanho 64. Distância três-cinco-três. Na base 8, é cem redondo para a unidade, cinco--quatro-um para a distância.*]

Entendido, Central. Um-zero-zero. Cinco-quatro-um. Preparado para o salto.

[*Jápeto, liberado para saltar.*]

Apertando o botão agora.

...

— É... Barbara, acho que não estamos no lugar certo.

— Estou vendo, Eva. Central, aqui é Jápeto. Estamos a um pouco mais de um quilômetro da margem do rio, no lado coreano. Estamos sobre alguns tanques. Repito: estamos *sobre* os tanques. E tem outros ao redor. Parece um regimento inteiro. Vejo tropas a leste. Está escuro aqui fora, mas parece bastante gente. Cinco, dez mil, talvez.

[*Você está vendo Têmis?*]

Afirmativo. Ela está no rio, bem na nossa frente. Estamos indo até lá.

— Oi, pai!

— Você acabou de acenar para eles?

— Sim.

[*Jápeto, você deve se teletransportar para o meio do rio, para longe desses tanques.*]

Entendido, Central. Apertand... Eita! Eles estão atirando em nós!

[*Teletransporte-se para longe daí, Jápeto. Vá para o rio.*]

Não posso me teletransportar enquanto os escudos estiverem ativados. Eles estão brincando de tiro ao alvo com a gente!

— Barbara, me dê uma arma!

— É para já, Eva.

— Como essa coisa funciona? Na última vez em que estive dentro de um robô desses, ele tinha uma espada, não uma... bola de luz.

— É só apontar e eu atiro.

— Eles estão por toda parte! Atira logo!

— Míssil vindo em nossa direção, a bombordo! Preparar para impacto!

— Eu ficaria mais feliz se tivesse um escudo nas mãos. *Yokits!* Essa doeu!

— Merda. Outros dois lança-mísseis a estibordo. Quando será que aqueles tanques vão parar de atirar?

— Esqueça os tanques, vamos nos livrar dos mísseis primeiro. Fogo!

[*Jápeto, identificamos meia dúzia de caças MiG se aproximando de vocês. Repito: seis MiGs. Tempo estimado de um minuto.*]

— Entendido, Central. Pode parar com as boas notícias, agora. Estamos supercontent... AHHH! CACETE! De onde veio isso?

— Atrás da gente, dois desses caminhões com os foguetes na carroceria!

— Que se dane! Mudando para o feixe mais largo. Vamos dar uma girada e acabar com todos eles.

— Há dez mil homens lá fora, Barbara. Precisamos mesmo matar todos?

— Sinto muito, Eva, mas é isso que dá eles ficarem assim tão perto daquele babaca dos mísseis. Mas o que... Central, Têmis acaba de aparecer bem na nossa frente. Ela está atacando!

— Não! Não está! Ela está atirando nos tanques!

— Por que seu pai está nos ajudando?

— Ele não está nos ajudando. Vincent está tentando nos impedir de sobrecarregar os escudos, matando todo mundo. Ele está tentando salvar os coreanos.

— …

— Confie em mim, Barbara! Ele não vai nos machucar.

— Tudo bem, vou entrar nessa. Feixe estreito. Apontar para os lança-mísseis.

— Fogo! Fogo!

— Agora a estibordo.

— Entendi! Fogo!

— Atrás de…

— Eu sei! Ali! Que tal essa, hein?

— Acho que foram todos, não?

— Ali embaixo. Ainda há um tanque perto do nosso pé direito.

— Não mais. Central, os hostis foram neutralizados. Os caras a pé estão correndo para longe.

[*Têmis ainda está aí?*]

Afirmativo. Só estamos os dois aqui e…

— Barbara!

— E UM MONTE DE CAÇAS MIG! Merda, eles estão atirando. Essa vai doer! Preparar para impacto! Preparar! Preparar!

— *Yokits!*

ARQUIVO Nº 2195 (CONTINUAÇÃO)

REGISTRO DE MISSÃO — VINCENT COUTURE E SARGENTO ALEXANDER VASILIEV

Local: A bordo de Têmis, Sinuiju, Coreia do Norte

— Veja! Os coreanos estão atirando em Jápeto!

— Sim, Alex. Estou vendo.

— Isso é bom, não?

— Não, Alex, não é. Minha filha está lá dentro.

— Pelo menos agora você sabe que ela está viva. Jápeto pode ficar com medo e ir embora.

— Duvido. Não estão correndo nenhum risco de verdade. Só vão acabar matando um monte de coreanos, à toa.

— Quantos tanques você acha que tem do outro lado?

— Katherine mencionou um regimento inteiro. Você sabe quant... Uau! Aquilo não foi um tanque. Eles estão atirando mísseis em Jápeto!

— Talvez agora eles decidam ir embora.

— ...

— Vincent?

— Não. Não vão embora. Não sei nem se eles *podem* fazer isso, enquanto estiverem sendo atingidos. O que vai acontecer é que os escudos vão entrar em sobrecarga e vão acabar exterminando tudo ao redor. Nós vamos até lá.

— O quê?

— Vamos nos teletransportar até lá. Talvez possamos impedir.

— Vincent, há cinco minutos você disse que daria o fora se os coreanos nos atacassem. Agora quer atacar os coreanos.

[*Vincent, aqui é Katherine. Estamos captando todo tipo de movimentação no lado coreano. O que está acontecendo?*]

— Os coreanos estão atirando.

[*Atirando em vocês?*]

Não, em Jápeto.

[*Isso é bom! Talvez eles decidam ir embora.*]

Não! Isso é... Ah, que se dane! Katherine, vou até lá.

[*O quê? Não!*]

Os chineses não podem atravessar a ponte enquanto Jápeto estiver por perto. Não vai existir nem ponte, se os escudos do robô entrarem em sobrecarga. Alex, prepare-se para usar a espada. E... Agora!

[*Vamos atacar Jápeto?*]

Alex, a espada está com o comprimento máximo. Acabe com os tanques aos nossos pés, depois mire nos que estiverem mais distantes de Jápeto. Não quero que Eva e quem quer que esteja com ela lá dentro pensem que estamos atirando no robô.

[*E não estamos atirando no robô?*]

Precisamos impedir que eles entrem em sobrecarga, Katherine. A ponte, lembra?

[*Vincent, os coreanos acabaram de liberar caças MiG. Eles chegarão em breve. Muito em breve. Já falei que não estou gostando nada disso?*]

Alex? Como estão as coisas aí?

— O. Último. Tanque. É como se eu estivesse esmagando um bando de moscas. Estou mirando, agora. Pode atirar. Fogo! De novo! De novo! Continue atirando, eu digo quando... Ah, acabamos de fazer um buracão. Eu digo quando parar... Fogo!

— Isto aqui não é *Star Wars*, Alex. Meu dedo está firme no botão. A arma atira quando tem que atirar.

— Certo, pode parar. PARA!

— Pronto. Acho que já foram todos. E os caças MiG?

[*Vincent, eles estão bem em cima de vocês!*]

Estou vendo.

— Me dê o escudo, Vincent.

— Eu...

— Vincent, o escudo!

— Não está ligando. Acho que esgotamos a energia. Estão atirando. Vire de costas.

— Os tiros estão vindo dos dois lados!

— Não sei, Alex. Escolhe um dos... AHHH! AAAHHH!

...

Alex, tudo bem?

[*O que está acontecendo, Vincent?*]

Alex? ALEX!

[*Vincent?*]

Acho que Alex desmaiou.

[*Cacete. Pode lutar contra Jápeto sem ele?*]

Lutar contra Já... Você quer dizer dar uma surra no outro robô? Posso dar uma surra nele, sim. Ah, espera. Não posso, não. Têmis está sem energia.

[*Pode dar o fora daí?*]

Que parte de "sem energia" você não entendeu? O "sem" ou o "energia"?

[*Sabe que eu posso matar você só apertando um botãozinho, não é?*]

Sim, e aí Têmis ficaria nas mãos dos norte-coreanos. E, então, talvez os chineses possam recuperá-la para você. Acha que eles vão devolver depois?

[*Eu odeio você, Vincent. Só quero que saiba disso.*]

Não se preocupe, Katherine. Têmis deve ter absorvido alguma energia quando foi atingida pelos mísseis. Vai estar de volta à boa e velha forma rapidinho.

[*Jápeto está sem energia? Estou perguntando porque esse "rapidinho" pode ser tempo demais, caso ele decida matar vocês.*]

Acho que estamos prestes a descobrir. Aliás, acredito que ainda não tenha agradecido a você por ter me contado que minha filha estava viva e bem.

[*Esqueci de comentar? Ando tão ocupada ultimamente. Sabe como é.*]

Estou mudando a frequência agora.

[*Não, não mu...*]

Oi, Eva! Vocês estão bem por aí?

<*Tudo certo, pai. E com vocês?*>

Ah, aquele último míssil machucou um pouco, mas estamos bem. De boa.

<*Você não veio até aqui só para me encontrar, veio?*>

Bom, considerando que até um minuto atrás eu não fazia a menor ideia de que você ainda estava viva, eu diria que não. Desculpe. Mas eu teria vindo, se soubesse. Se você tivesse me chamado.

<*Nem começa, Vincent. Você sabe por que eu fui embora.*>

Sinto muito, Eva. Sinto pelo que aconteceu com Ekim. Se houvesse *qualquer coisa* que eu pudesse ter feito para…

<*Mas tinha, sim! Você poderia ter deixado Ekim em paz, sem apontar uma arma para a cabeça dele! Poderia ter deixado nós dois em paz.*>

Não, Eva, eu não poderia. Sinto muito que Ekim tenha morrido, mas eu faria as mesmas escolhas mais uma vez, se necessário. Faria tudo de novo.

<*Vai à merda, Vincent!*>

Eu tinha que tirar você de lá!

<*POR QUÊ? Por quê? Eu era feliz. Acha que sou feliz aqui?*>

Eles iam matar você, Eva.

<*Você não tem certeza disso!*>

Ah, Eva, pelo amor de Deus. Eu tenho, sim, certeza. Há… *tanta coisa* que você não sabe. Eles iam prender você pelo que aconteceu em Eskyaks. Eles iam matar você.

ARQUIVO Nº EE463 — ARQUIVO PESSOAL DE ESAT EKT

REGISTRO PESSOAL — DRA. ROSE FRANKLIN E VINCENT COUTURE

Local: Residência designada, região de Etyakt

— Onde Eva está, Vincent?

— Eu ia perguntar a mesma coisa a você. Achei que ela pudesse ter ido para a sua casa.

— Ela voltou para casa ontem à noite?

— Voltou. Foi cedo para a cama. Não brigamos, nem nada.

— Tem alguma coisa errada, Vincent. A foto dela está em todas as paredes do mercado.

— O quê? Que foto? O que você viu?

— Fui comprar alguns *yat* para o café da manhã. Estava na metade do caminho, quando percebi que todos olhavam para mim, mais do que o normal. Quando cheguei ao mercado, uma mulher cuspiu na minha cara, outra me deu um tapinha no ombro. As pessoas queriam apertar a minha mão. O velho vendedor de *yat* me deu um punhado e não me deixou pagar. Ele nunca tinha feito isso. Foi então que eu vi. Na parede maior, onde costumam exibir os jogos de *esketots*. Ela estava em todas as vielas nos fundos do mercado. Aquela foto, não sei onde foi tirada. Nela, Eva está olhando para o chão, com o vento jogando seu cabelo no rosto. É uma foto... bonita.

— O que ela está fazendo?

— É só o rosto dela. Aquela parede deve ter uns trinta metros de altura. É apenas o rosto dela na imagem, com a palavra "*Esant*" escrita embaixo.

— Esant?

— Isso. Não sei o que significa.

— É uma faca. Uma adaga. A... Esqueci o nome dela. Aquela... vidente que fica na tenda azul. Ela tem uma dessa. É um objeto ancestral. Acho que eles usavam em cerimônias, há muito tempo.

— Por que eles chamariam Eva assim?

— Não faço ideia. As pessoas a chamam de várias maneiras. Eva é um nome difícil de se pronunciar, e as pessoas não querem dizer Evat, que seria um nome masculino. Os amigos dela a chamam de *Yev*. Talvez...

— Talvez o quê?

— Talvez nada. As vogais são as mesmas, só isso. Você perguntou? Alguém falou alguma coisa?

— Não. Não falei com ninguém. Não sabia o que estava acontecendo, então só voltei correndo para cá.

— Será que foi Ekim, fazendo alguma demonstração grandiosa? Você sabe, como esses pedidos de casamento no telão dos estádios de beisebol?

— Não sei, Vincent. Ele não me parece do tipo que faz "demonstrações grandiosas".

— Pode ser, quem sabe? Ele não é tão tímido quando não está com Eva. Mas acho que Ekim sabe que ela o mataria se ele fizesse muito alarde.

— Acho que isso pode ser considerado muito alarde, não?

— Com certeza, ela ficaria furiosa. De qualquer forma, acho que ele não faria isso sem perguntar a ela primeiro. Ekim pediu permissão até para dar aquele colar a Eva. Ele conseguiria acesso àquelas paredes? São controladas pelo governo, não?

— Sim, são.

— Talvez ele conheça alguém… Alguém que pudesse hackear o sistema, alguém no governo regional?

— Vincent, acho que não faz nem um pouco o estilo de Ekim. Acho que…

— O quê, Rose? Acha o quê?

— Acho que tem alguém pressionando você.

— A imperatriz?

— Quem mais poderia ser? Pense comigo. É perfeito. Digamos que a gente aceite entrar no jogo, entregando os nomes à imperatriz. Ela vem de uma vez só e prende todo mundo. Agora, digamos que a gente não tope fazer o que a imperatriz quer. Ela fará isso de qualquer jeito, mas agora com uma boa desculpa para se livrar de nós a qualquer custo. Eva é um verdadeiro símbolo do que essas pessoas querem com as manifestações. Se a transformam em uma terrorista, em pouco tempo todos aqueles que pedem mais *comida* serão vistos como suspeitos.

— …

— Vincent?

— …

— Vincent, diga alguma coisa!

— Temos que entregá-los. Precisamos dar o que a imperatriz quer.

— …

— Precisamos encontrar Eva, e temos que entregar todo mundo.

— Eles vão matá-los, Vincent.

— Vão matar Eva.

— Tem certeza?

— O que for preciso, Rose. Foi o que você mesma disse.

— Eu sei o que disse. Só...

— Precisamos agir rápido. Os amigos de Eva saberão que ela corre perigo. Eles vão mantê-la em algum esconderijo. Temos que encontrá-la, antes das forças de segurança.

— Nós nem sabemos se as forças de segurança estão atrás dela, Vincent.

— Ah, sabemos, sim. Elas estão aqui.

ARQUIVO Nº EE464 — ARQUIVO PESSOAL DE ESAT EKT

ENTREVISTA ENTRE VINCENT COUTURE E OPT ENATAST

Local: Residência designada, região de Etyakt

— Enatast! O que está fazendo aqui? Por que esses seguranças estão com você?

— Vincent, você e eu temos feito muitas coisas juntos. Não sei se seu pessoa forma reuações com facilidade. Você é o único terráqueo eu conheço bom…

— Bem. Ah, certo, você ainda confunde as duas palavras… E continua sem falar os “ls”.

— Espero que não seja mau que eu diga que você é meu amigo.

— Obrigado, Enatast. Também considero você meu amigo.

— Então entende o que vou dizer, eu digo como representante de Etyakt, não como amigo.

— O que está acontecendo, Enatast?

— Onde está Eva?

— Não sei. Diga por que você veio aqui.

— Eua é procurada por atos de terrorismo.

— Os atentados a bomba em Osk?

— Houve mais atentados em quatro regiões. Eva estava perto de um em Eskyaks.

— Deve haver algum engano, Enatast. Eva não… Ela nunca nem saiu desta cidade, que dirá da região!

— Tenho as imagens, Vincent. Eva estava uá.

— Não faz o menor sentido. Eva não consegue nem fazer sopa. Acha que ela saberia construir uma bomba? Onde ela conseguiria isso? Por quê?

— Hoje de manhã, cada região recebeu uma mensagem de um grupo autodenominado *Eposk Yetskots: a Mão de Yetskots*. Eues dizem que couocaram a bomba. Eues exigiram coisas. Mais representa… tividade para os mestiços.

— E o que isso tem a ver com a minha filha? Por que o rosto dela está em todos os muros e paredes da cidade?

— Nós não mandamos aqueua imagem. Foi a *Mão de Yetskots*.

— Esant? A adaga?

— Imagino que eues queiram torná-ua um símbouo.

— Um símbolo de quê? Ela… Estamos sozinhos aqui. Somos ela, eu e Rose.

— O que aconteceu com a Terra foi ruim, Vincent. Muitos, muitos terráqueos mortos sem reuação nenhuma com os Ekt. Isso assustou os que não têm ancestrais Ekt. Eues se uniram. Estiveram divididos por muito, muito tempo. Auguns vieram de puanetas em guerra. Todos se identificam com a sua Terra. Vocês são vítimas de uma grande injustiça dos Ekt e, na mente dessas pessoas, vocês desejam a mesma coisa que euas. Eva é jovem e… *epust*, e é terráquea. É a cara perfeita para uma revouução.

— *Eket eyet akt*?

— Não sabemos quem eues são, não temos certeza. Sabemos que o movimento atua há muitos meses, em muitas regiões. Sua filha vem se encontrando com suspeitos de participarem do movimento.

— Ela trabalha distribuindo sopa, Enatast! Conhece um monte de gente descontente com a situação geral. Até eu conheço essas pessoas! Elas fazem protestos, manifestações. Mas não saem explodindo prédios!

— Eues são organizados, e estão em toda parte. Há auguns em *Osk* que concordam com o movimento. Mesmo dentro da Guarda, me disseram. Eues possuem os meios necessários para cometerem crimes assim.

— Tenho certeza de que há uma explicação para isso tudo, Enatast. Vamos encontrá-la. Vamos todos procurá-la, para que Eva nos conte o que está acontecendo.

— Sinto muito, Vincent. Sinto muito mesmo. As forças de segurança estão procurando em toda parte. Eues vão encontrar Eva.

— O que vai acontecer com ela?

— Não sei, Vincent. Estou sendo honesto quando digo que não sei.

— Eu preciso enc...

— Não diga a mim, Vincent. Não me diga nada que não queira que as forças de segurança fiquem sabendo.

— Compreendo. Obrigado.

— Boa sorte, Vincent.

ARQUIVO Nº 2196 (CONTINUAÇÃO)

REGISTRO DE MISSÃO — SUBTENENTE EVA REYES E TENENTE BARBARA BALL, DO CORPO DE FUZILEIROS NAVAIS DOS ESTADOS UNIDOS DA AMÉRICA, DIVISÃO MECHA

Local: A bordo de Jápeto, Seul, Coreia do Sul

— Eva, isso é... esquisito. Não prefere que eu desligue o sistema de comunicação?

— Não, tudo bem. Não tenho nada a esconder.

O que você está dizendo, Vincent? Que eu poderia ter sido presa por algo que não fiz, que poderia ter sido julgada e condenada por isso, talvez, até executada. Tem bastante "talvez" nessa história, não acha? Você não sabe se nada disso ia acontecer. Nunca passou pela sua cabeça, sei lá, simplesmente me perguntar? Você podia ter conversado comigo, sabia?

[*Jápeto, aqui é a Central. Na escuta?*]

Um segundo, Vincent.

[*Jápeto, aqui é a Central. Na escuta?*]

Barbara, você não vai responder?

— Na escuta, Central. Tenente Ball aqui.

[*Nós ainda estamos vendo Têmis nas imagens de satélite.*]

Isso mesmo, Central. Nós estamos... batendo um papo.

[*Jápeto, suas ordens são de tirar Têmis daí, custe o que custar. Isso está claro?*]

— Claro como a água, Central. Mas vocês nos deram certa liberdade de operação aqui, lembra? Por enquanto, estamos batendo um papo. Avisamos quando terminarmos. Entendido?

...

Entendido, Central?

[*Entendido, Jápeto. Vamos tentar do seu jeito.*]

Todo seu, Eva.

— Estou surpresa que eles não tenham nos dado ordens de atacar.

— Acho que estão com medo de que a gente perca. *Eu* estou, pelo menos.

— Ah, não perderíamos, não nesse momento. Acho que Têmis não consegue se mover.

— O quê?

— Acho que ela gastou toda a energia. Se eu estiver certa, aquele robô está mais morto que peru no Natal.

— Odeio tocar nesse assunto, ainda mais considerando que seu pai está lá dentro e tal, mas será que não deveríamos acabar com a raça deles, enquanto ainda podemos?

— Provavelmente é o que deveríamos fazer, sim. Eu não me importaria em dar um belo soco na cara dele, agora.

— Então por que não?

— Porque não consigo mexer meus braços. Jápeto está tão morto quanto eles.

— Quanto tempo até podermos nos mexer de novo?

— Cinco, talvez dez minutos, se tivermos sorte.

<Eva, você está aí?>

Sim, "pai". Estou aqui. Estou na *yokits* da Coreia do Norte com um chip explosivo no cérebro, levando tiro de caças MiG 29.

<Um chip no cérebro? O que eles fizeram com você?>

Eles podem explodir nosso cérebro de qualquer lugar do planeta. Não me diga que deixaram você pilotar Têmis sem nenhum tipo de mecanismo de segurança.

<Gás. Um tipo de neurotoxina do mal.>

Que beleza. Fico muito feliz que você tenha me trazido de volta para cá, porque, opa, eu poderia estar correndo perigo em Esat Ekt.

<Sinto muito, Eva. Você sabe que não era isso que eu tinha planejado. Pensei que... Eu queria proporcionar a você o mais próximo de uma vida normal. Pensei que estávamos voltando para o mesmo mundo de antes.>

Por que raios eu iria querer isso, Vincent? Me diz! Como você pôde pensar, por um segundo que fosse, que eu queria o mundo de antes? Eu me lembro da vida que levava aqui. Eu era uma aberração, uma piada. Todos que eu amava estão mortos. Minhas "boas" memórias da Terra são com você, dentro de Têmis. Consegue enxergar como isso é doentio? As pessoas estavam morrendo, por toda parte. Foram milhões de vítimas. E eu estava criando vínculos com o meu pai. Era para isso que você queria me trazer de volta?

<Eu não tive escolha, Eva. Não havia mais tempo. Eles estavam atrás de você. Eskyaks, a Guarda Imperial, eles iam encontrar e iam matar você.>

Isso é mentira, Vincent! Você só achou que sabia mais das coisas que eu. Mas tem razão, você não tinha escolha. A escolha era minha. *Minha* vida. *Minha* escolha. Você achou que sabia mais que eu, acabou fazendo a escolha no meu lugar. Não tenho mais dez anos, Vincent. Eu tenho a *yokits* de dezenove anos! E você continua tomando decisões por mim, como se eu fosse aquela garotinha que Kara encontrou em Porto Rico. Não finge que você não queria isso. Foi você! Eskyaks não me encontrou. A imperatriz não me encontrou. Foi *você*. *Você* me caçou até me achar.

Barbara... Prepare-se.

ARQUIVO Nº EE681 — ARQUIVO PESSOAL DE ESAT EKT
ENTRADA DE DIÁRIO — VINCENT COUTURE

Eu vejo o rosto dela em toda parte. Gostaria que fosse apenas minha imaginação, mas realmente estamparam o rosto da minha filha em todas as ruas. Ela está nos panfletos que vejo espalhados pelo chão. Picharam o nome, que *escolheram* para ela, em tudo o que tivesse a mais remota relação com o Conselho. Um mecanismo de propaganda inteiro foi montado ao redor de Eva. E o pior é que nada disso é verdade. Até onde eu saiba, é tudo invenção da cabeça da imperatriz.

A boa notícia é que eu descobri onde ela está. Bom, não exatamente. Descobri onde Ekim está, e ele vai me levar até Eva. A imperatriz mandou um bando de guardas imperiais para me ajudar. Eu não queria nenhum deles por perto, mas acabaram sendo úteis. Eu não tenho nada para oferecer às pessoas em troca, caso necessário. Já eles têm… tudo, inclusive disposição para torcer um braço aqui e outro ali, se acharem que isso pode ajudar. Eu não me importo. Só preciso encontrar Eva. Então, entregarei à imperatriz o que ela quer, e daremos o fora daqui. O trato é esse. Ela prometeu destravar um dos robôs, e pedimos Têmis. E, então, só precisaremos de um piloto para ir embora. Mas já pensei nisso também.

Eu me sinto um babaca, usando o namorado da minha filha para encontrá-la. Ele é um bom garoto. Mas ela não me deixou escolha. Eva é rápida. Eugene deve ter ensinado mais que algumas manobras de combate a ela. Ela é muito boa em cobrir seus rastros. E isso não é nada fácil, nós três chamamos bastante atenção por aqui. Acho que as pessoas querem ajudá-la. Não que todo mundo acredite na causa, algo assim. Eles querem ajudar *Eva*. Acabam não falando nada, porque gostam dela, e isso é mais uma coisa que Eva não herdou de mim. Ekim, bom, ele a venera. Não perderia Eva de vista por nada. Se ele está aqui, minha filha também deve estar longe. Ele vai nos levar até lá. O garoto ficaria arrasado se soubesse que está traindo Eva. Coitado.

E a questão é essa, no entanto. Os dois são apenas crianças. Ekim tem vinte e oito anos. Isso equivale a, sei lá, dezesseis anos para essa gente. E Eva, bom, é todinha a mãe. Não sei se ela entende no que acabou se metendo. Não se trata de um protesto estudantil. Isto aqui está à beira de uma guerra civil de verdade. Os atentados a bomba, pelos quais Eva está sendo acusada, mataram pessoas inocentes, incluindo alguns membros das forças de segurança. Esses caras vão meter bala nela, se a encontrarem primeiro. As pessoas estão assustadas, especialmente em *Osk*. Se Eva for capturada, e se houver votação para decidir seu destino, eles vão executá-la. Duvido que o Conselho resolva se desviar de seu caminho apenas para salvar a garota símbolo da insurreição.

Odeio a rebelião, a verdadeira, esteja lá quem for por trás dela. Com todo esse discurso de respeito à justiça e à igualdade, eles têm tanta sede de poder quanto qualquer outro nesse conflito. Querem um lugar na mesa dos adultos. Não desejam mudar o sistema, querem controlá-lo. Estamos sendo usados desde o nosso primeiro dia aqui, da mesma forma que estamos sendo usados pela imperatriz, agora. Somos o rosto perfeito para o que eles querem defender. Não oferecemos ameaça alguma. Parecemos com eles. É bem mais fácil criar empatia conosco que com reptilianos ou amebas sencientes.

Se essas pessoas existirem de verdade, são terroristas. Eu odeio quem apela para a violência. Uma revolução é construída com ideias. Se a população não compra as ideias de alguém, significa ou que o povo não está pronto para a revolução, ou que esse líder está errado. As pessoas têm certa tendência a enxergar toda luta contra o sistema como uma forma de progresso. Como se todos que vieram antes fossem incapazes de fazer algo certo. Agora, quem usa bombas em vez de palavras está apostando que conseguirá o que quer não pela razão, mas pelo medo. E isso nunca é um bom sinal.

ARQUIVO Nº 2195 (CONTINUAÇÃO)

REGISTRO DE MISSÃO — VINCENT COUTURE E SARGENTO ALEXANDER VASILIEV

Local: A bordo de Têmis, Sinuiju, Coreia do Norte

[*Vincent, você está aí?*]

— Agora não, Katherine. Ah, graças a Deus, Alex está acordando. Ei, olá! Bom ter você de volta com a gente!

— Onde estamos?

— No mesmo lugar de cinco minutos atrás.

— Minha cabeça está doendo. Onde estão os coreanos?

— Eles se foram, por enquanto. Estamos só nós e Jápeto.

— Estamos lutando com ele?

— Não, Alex, não estamos lutando. Não podemos nos mexer. Eles também não podem.

— Como você sabe?

— Não se moveram um centímetro sequer até agora. Nem se ajeitaram de posição. Não mexeram o braço nem um pouquinho. Ninguém é capaz de ficar parado assim por cinco minutos. Sei que minha filha não é. Isso não vai durar muito, no entanto. É melhor você se preparar.

— Me preparar para quê?

— Eva está furiosa. E está de prontidão. Fica de olho nos dedos dela.

— O quê?

— Os dedos dela. De Jápeto, tanto faz. Ela não vai fazer nenhum movimento brusco, não vai querer perder o elemento surpresa. Provavelmente vai tentar mover o mindinho, tamborilar os dedos na perna, algo bem sutil. Quando conseguir...

— Ela vai nos atacar? Está tão furiosa assim com você?

— Ela não sabe nem a metade da história.

— Foi ruim assim?

— Não sei o que dizer a você, Alex. Já desejou alguma coisa na vida, desejou *de verdade*? *Aquela* coisa passa a significar tudo para você, e nada mais interessa. Você daria... tudo, sua vida, a vida de outras pessoas. Não importa. Você trabalha naquilo, dia e noite, e em pouco tempo não enxerga mais nada na sua frente. Não enxerga mais as pessoas ao redor. Não escuta mais ninguém. Então, um dia, de repente, você consegue. Finalmente acontece. Você fica feliz. Vem aquela sensação de conquista. E, aí, você começa a questionar tudo aquilo que perdeu ao longo do caminho, enquanto estava atrás daquela única coisa. Será que a vitória teria o mesmo valor, caso você tivesse prestado atenção ao que estava ao redor o tempo todo?

[*Vincent, se você não me responder neste exato momento, vou encher a câmara de Têmis com o gás* VX *e depois ficar ouvindo você se contorcer e engasgar por um minuto ou dois, enquanto termino meu almoço. Eu juro, vou colocar você no viva-voz, só para segurar meu knish com as duas mãos.*]

Relaxa, Katherine. Nós estamos... Espera. É isso que incomoda você? Ter que segurar o telefone? Tenho certeza de que pode acionar o viva-voz sem precisar nos matar. Deve ter um botão só para isso. Um para contorcer e engasgar, outro "viva-voz". Na dúvida, melhor não apertar nada.

[*Vincent, eu tenho um milhão de chineses se coçando para atirar em alguma coisa.*]

Eu não chegaria nem perto da gente, se fosse os chineses. A situação está prestes a ficar bem feia por aqui.

[*Você vai lutar com Jápeto?*]

Está mais para Jápeto vindo lutar com a gente. Assim que eles terminarem de se recarregar, tenho quase certeza de que virão com tudo para cima de nós. Você parece preocupada. Achei que fosse o que queria.

[*Vocês vão ganhar, certo?*]

Bom, um de nós vai.

[*É melhor que sejam vocês. Eu quero Jápeto.*]

Agora você está delirando. Eles vão se teletransportar para longe daqui se sentirem que podem perder essa luta. E nós faremos exatamente a mesma coisa. Ninguém vai "ganhar", se é isso que você chama de vitória. Nenhum de nós vai sair com um robô novo, Katherine.

[*Não custa nada sonhar, Vincent.*]

Não custa nada sonhar, nem comer um knish com as duas mãos.

[*Eu estava falando sério sobre o gás VX, você sabe disso.*]

Não, não estava. Isso é o que você pensa.

[*Ah, meu Deus. Estou sentindo que lá vem um* mansplaining *daqueles.*]

Na verdade, não. Eu usaria o mesmo tom condescendente se seu nome fosse... Qual a versão masculina de "Katherine"? Não, é sério! Posso ser condescendente com qualquer um. Vamos lá, Katherine. Você acabou de me ameaçar de morte! Você só não pensou direito nas consequências... Nem os americanos, aliás. Eu disse que você não vai sair com um segundo robô dessa história. Por quê? Porque eles vão dar o fora antes que você possa colocar suas mãos nele. Agora, eles só podem fazer isso se estiverem vivos. E é por isso que essa loucura que os americanos estão usando como garantia é completamente inútil. Não podem matar os próprios pilotos, porque, se fizerem isso, você vai ficar com Jápeto. Por essa mesma razão, você não vai disparar o gás. Isso significaria entregar Têmis de mão beijada. Você não fará isso, já que é uma pessoa inteligente, incrivelmente esperta e sábia. Eu já falei que você é esperta?

[*Teremos uma bela conversa quando você voltar para cá.*]

Preciso ir agora. Minha filha está prestes a me dar um soco na cara.

[*Não quero apressar as coisas por aí, mas Pyongyang não vai ficar parada o dia todo, mesmo que você decida ficar.*]

Alex, você está pronto?

— Não.

— Ótimo. Nunca é bom ter autoconfiança demais.

— Então eu estou tranquilo.

— Somos dois.

— Você já não deu porrada naquele robô, antes?

— Não, era outro. Um que quase acabou com a minha raça e com a de Eva. Foi por pouco. Rose impediu que ele nos matasse.

— Isso não ajudou muito.

— Bom, Eva também não deu conta, na época.

— Quantos anos ela tinha?

— Dez, mas essa não é a questão.

— E qual é então?

— Eu…

— Espere! Acho que vi o dedo dela se mexendo.

— Ela vai partir para cima da gente a qualquer momento. Eu só gostaria de saber como. Eugene… O general Govender ensinou táticas militares a ela.

— E ela era boa?

— Aparentemente, sim. Ele disse que ela tinha uma manobra preferida… Qual era, mesmo? Blitzkrieg? Não, não era essa. Manobras de flanco!

— O que é…

— Ah, merda!

— Para onde eles foram?

ARQUIVO Nº 2196 (CONTINUAÇÃO)

REGISTRO DE MISSÃO — SUBTENENTE EVA REYES E TENENTE BARBARA BALL, DO CORPO DE FUZILEIROS NAVAIS DOS ESTADOS UNIDOS DA AMÉRICA, DIVISÃO MECHA

Local: A bordo de Jápeto, Seul, Coreia do Sul

— Preparar para o quê, Eva?

— Pode nos colocar bem atrás deles? A, digamos, dez, quinze metros?

— Sim, acho que consigo. Só me diz quando.

— Pode deixar preparado de uma vez e apertar o botão quando eu disser?

— Posso. Eva, preciso confessar que estou um pouco nervosa com isso tudo.

— Ajuda se eu disser que estou me borrando de medo também?

— Você já lutou contra um desses robôs. Eu, não.

— Pois é. Eu estava dentro de Têmis, lutando contra... este cara aqui, na verdade. Eu era apenas uma criança.

— E como foi?

— Não foi nada bom, se é o que você quer saber. Eu não me lembro de muita coisa. Eu estava tentando segurar o robô, Jápeto, mas não tinha tanta força.

Eu me senti tão pequena, eu *era* tão pequena. Fiquei apavorada, tremendo. Eu tinha certeza absoluta de que ia morrer.

— Seu pai salvou você?

— Não, não exatamente. Ele...

— O quê?

— Ele estava bem aí onde você está agora. Saiu da estação dele, veio até a minha e me abraçou. Ele me abraçou para que eu não soltasse, mas principalmente para que eu me sentisse segura. Um último grande abraço. Ele também achou que fôssemos morrer, mas queria que eu me sentisse segura.

— E você se sentiu?

— Sim, me senti. Eu sempre me sentia mais segura quando ele estava por perto.

— Eva, eu...

— Isso foi há muito tempo. Muita coisa aconteceu de lá para cá. Ele...

— Eva, não estou julgando você. Família é uma coisa bem louca. Não me importo nem um pouco com o tipo de problema que você e seu pai precisam resolver um com o outro, mas acho, acho *de verdade*, que aqui não é o melhor lugar para isso. Acho que você não deveria estar aqui. Acho que você está colocando essa missão em perigo, que está *me* colocando em perigo. Acho que eu sou a mais prejudicada aqui. Isso sem falar que pode estar dando início a uma guerra.

— E qual é, então, a missão? Eles me disseram que era "impedir que Têmis dê suporte ao Exército Popular de Libertação da China". Não sou fluente nessa linguagem militar, mas presumi que eles quisessem que eu colocasse aquele robô para correr daqui. Estou errada?

— Não, você não está errada. É por isso que estamos aqui.

— Então, Barbara, e com todo o respeito ao idiota que costumava pilotar esse robô com você, suas chances aqui são bem melhores comigo que com qualquer outra pessoa. Agora, sobre dar início a uma guerra, eu não vim aqui em busca de problemas. Para ser honesta, não queria nem estar aqui. Eu só topei porque poderia usar Jápeto para voltar para casa.

— Que casa?

— A minha casa! Onde cresci. De qualquer maneira, depois de dois segundos olhando aquele painel ali eu já me dei conta de que jamais saberia como funciona. Então, não, não estou aqui para começar uma guerra. Estou aqui porque estou presa na Terra, e porque a China está prestes a invadir a Coreia. É *isso* que vai dar início a uma guerra. Agora, que tal você parar de encher minha paciência um pouco e me ajudar a encontrar uma forma de sair dessa com vida?

— Entendido. É só dizer quando.

— Bom, ainda não podemos nos mover.

— ... Como era lá?

— Lá onde?

— Lá, em outro planeta.

— Bom, eu tinha dez anos quando chegamos. Para ser honesta, não me lembro de muita coisa antes disso. Lá era... normal. Eu fazia... as mesmas coisas que você, imagino. Acordava todo dia, tomava café da manhã. Ficava com os meus amigos, dava uma volta, essas coisas. Eu trabalhava, tinha um emprego. Você já ficou um tempo em um país estrangeiro? Não de férias, digo. Tipo, de verdade.

— Venho de uma família de militares. Meu pai era do Exército. Ele foi enviado para a Turquia, ficamos lá por um ano. Mas eu era bem nova. Cinco anos, talvez? Passava a maior parte do tempo dentro da base.

— Brincando com outras crianças da sua idade.

— Isso. Tinha bastante criança lá.

— Era assim. A vista era diferente. As pessoas não se pareciam comigo. Comida diferente. Mas era bem por aí. Pode até mudar o cenário, mas nossa vida é basicamente a mesma, onde quer que a gente esteja. Não somos tão originais assim. De qualquer maneira, minha experiência foi essa. Aquilo lá era o meu normal. Agora, isso. *Aqui*. Isso é que é o estranho.

— Por que eu acho isso meio depri...

— Consigo mexer os dedos! Teletransporta a gente para trás deles, e aí dá a volta o mais rápido que conseguir.

— E lá. Vamos. Nós.

— AGORA! Vira! Para o lado! Dá um chute nas costas deles!

— Ai! Essa deve ter doído. E agora?

— Eles estão se debatendo. Vai levar um segundo até perceberem que caíram de cara no chão. Então, vão se ajoelhar e tentar ficar de pé de novo. Estaremos fora do campo de visão deles esse tempo todo.

— Eles poderão nos ver, se rolarem no chão.

— Eles não podem ficar de pé se estiverem deitados de costas. Não vão rolar no chão. Mas faremos isso por eles. Ali! Estão se mexendo. Chegue mais perto para que eu possa agarrá-los. Prepare-se para empurrar com o pé direito, eu vou virar Têmis até que ela fique de costas para baixo.

— Certo. Vamos montar nela.

— Empurra! Rápido! Pisa nos braços e se agacha, para que eu possa socar a cara dela.

— Temos um canhão de luz, Eva. Podemos atirar neles, e pronto.

— Dane-se o canhão. Eles estão grudados no chão. Agora, dobra as pernas!

[*Ah, merda! ... Eva, não faça isso!*]

Você parou quando eu pedi que não arrastasse Ekim para o meio disso? Agora toma essa, seu babaca de *yokits*! AH! Gostou?

[*AAAHHH! Pare! Merda! AAAHHH!... Alex?... Você quebrou o braço dele, Eva, para com isso!*]

Que pena. Ele é que não deveria ter vindo com você, se não quisesse se machucar. AH! AH!

...

Ah, merda!

— Uau! Eles sumiram! Para onde foram?

— Eles se teletransportaram daqui, Barbara.

— Deitados de costas no chão?

— TIRE A GENTE DAQUI, AGORA!

ARQUIVO Nº EE684 — ARQUIVO PESSOAL DE ESAT EKT

REGISTRO PESSOAL — EVA REYES

Local: Em algum lugar da região de Etyakt

AAAHHH! Eles atiraram em mim! Aqueles cretinos vermelhos atiraram em mim!

[*Ayt erktsot!*]

É claro que eu me machuquei. Acabei de dizer que eles atiraram em mim! Meu braço está todo dormente. Foi algum tipo de arma imobilizadora. Não consigo sentir nada. Pelo menos agora sabemos que eles não estão tentando nos matar. Continue correndo, Ityets! Aqui! Por aquela viela!

Vai! Vai! Estou bem atrás de você. Merda, esses caras são rápidos. Por que você não consegue correr depressa assim?

[*Eyipots oyyetsek Vincent.*]

É, eu também o vi. Vire aqui! Aonde você está indo?

[*Ast eyyekt ops ant…*]

Não me interessa para onde estamos indo! Só cala a boca e corre! Eles estão nos alcançando, e rápido!

Estão atirando de novo! Abaixe-se! Aqui! Aqui! Vamos tentar essa porta. Isso! Fecha! Fecha! Consegue desativá-la?

[*At. At.*]

Vai! Vai!

Espere! Pare!

[*Eps eyakak.*]

Eu *já* me decidi! Não há outra porta aqui, Ityets. Estamos sem saída! Quanto tempo você acha que essa porta vai conseguir segurá-los?

[*Ast...*]

Foi o que eu pensei... Acho que... Acho que é o fim, meu amigo!

Sério? Você vai ficar aí sentado no chão?

[*At.*]

Certo, então. Vou terminar esse registro e esconder o gravador. Acho que vão ficar tão felizes em capturar nós dois que nem vão perder muito tempo vasculhando o lugar.

Meu nome é Eva Reyes. Tenho dezenove anos, e sou a pessoa mais procurada deste planeta.

Estou aqui com Etat Ityets, um dos autoproclamados líderes da *Mão de Yetskots*. Quem inventa esse tipo de nome, aliás? Ele é o responsável pela cozinha de um centro de distribuição de sopa! Está meditando, agora. Eu deveria tentar fazer a mesma coisa, mas estou ocupada demais morrendo de medo de pegarem a gente. Já consigo até ver as manchetes. A Adaga, presa. Pois é, essa sou eu: Esant, "a Adaga"... Tã-tã-tããã. Sou um símbolo para eles, aparentemente. O rosto da insurreição. Sou a *yokits* da Katniss Everdeen. Sou "o Tordo". Ei, talvez eu possa mudar de nome. Odeio aquela faca idiota.

Opa, Ityets! *Ast eyet ets Tordo akt.*

[*Akt eyet tordo?*]

É um tipo de... Como explicar o que é um pássaro? Deixa pra lá. Acho que vou continuar sendo a Adaga. Uma revolução precisa de um rosto, afinal de contas. O único problema é que não tem revolução nenhuma. Não existe essa *Mão de Yetskots*. Nem insurreição. Não que a gente saiba, pelo menos. Nós fizemos reuniões. Distribuímos panfletos. Não temos arma alguma, a não ser que eles estejam contando as facas de cozinha, e certamente não saímos por aí explodindo prédios. Vaporizaram uma escola em Eskyaks na semana passada. Uma escola! Não havia nenhuma criança dentro, mas morreram pessoas na explosão. Fomos até lá oferecer ajuda. É uma região bem pobre. Perda de tempo. Não havia como ajudar. Não havia mais nada. Agora, estão nos culpando pelo que aconteceu. Bom, "nos culpando", não; me culpando, a mim e a essa organização que nem existe.

A cozinha do centro de distribuição de sopa está fechada, repleta de seguranças. Meu palpite é que estão revistando o lugar em busca de alguma prova. Tenho certeza de que encontrarão alguma coisa. Se estão dispostos a destruir uma escola inteira só para colocarem a culpa na gente, não vejo por que não iriam um pouco mais adiante plantando algumas evidências.

Agora, a Guarda Imperial está socando a porta. Meu pai está junto. Ele tem me perseguido, me caçado, por quase uma semana. Nós já fomos tão unidos um dia. Há pouco tempo, ele teria enfrentado um exército inteiro só para me proteger. É isso que os pais fazem, certo? Agora... Bom, agora foi ele quem trouxe o exército.

Eu me pergunto por que foi a Guarda Imperial que veio, e não as forças de segurança locais. A imperatriz não tem poder algum nas regiões. Não deveria ter, pelo menos. Acho que isso não importa, no fundo. Estamos ferrados de qualquer maneira. Ityets desativou a porta. Agora não passa de uma parede de metal, mas eles vão conseguir passar, mais cedo ou mais tarde.

Por que querem colocar a responsabilidade disso tudo em mim? Sou provavelmente a pessoa menos importante daqui. Não conheço ninguém. Tenho, tipo, cinco amigos. Não tenho sequer direito a voto. Por que meu pai está do lado deles? Isso não faz o menor sentido. Nada disso faz.

O que você acha que eles farão conosco? Acha que vão nos matar?

[*Ops! Vincent, eyet ops ekuktyek atast!*]

Já não tenho mais tanta certeza, Ityets. Também não achava que ele seria capaz de nos caçar desse jeito. O que você está fazendo?

[*Ast eyoptet.*]

Você pode ouvi-los? O que estão dizendo?

[*Eps eyonats itont ikt.*]

"Saiam de perto da porta"? *Yokits*, Ityets! Para trás! Para trás!

ARQUIVO Nº 2195 (CONTINUAÇÃO)

REGISTRO DE MISSÃO — VINCENT COUTURE E SARGENTO ALEXANDER VASILIEV

Local: A bordo de Têmis, Sinuiju, Coreia do Norte

— Que merda é essa que acabou de acontecer?

— Eles nos deram um tiro nas costas, ou um chute. Não sei.

— Consegue vê-las?

— Não. Empurra, Alex, precisamos ficar de pé!

— Estou empurrando! Que diabos eles estão fazendo?

— Estão rolando a gente! Pega a perna daquele robô e joga ele no chão! Alex! Pega a perna dele, antes que ele nos prenda aqui!

Ah, merda!

— Não consigo mexer os braços!

— Eva, não faça isso!

[*Você parou quando eu pedi que não arrastasse Ekim para o meio disso? Agora toma essa, seu babaca de yokits! AH! Gostou?*]

— AAAHHH! O que eu faço?

— Não faço a menor... AAAHHH! Pare, Eva! AAAHHH!

— MEU BRAÇO!

— Alex?

— Acho que desloquei o ombro.

— Você quebrou o braço dele, Eva, para com isso!

[*Que pena. Ele é que não deveria ter vindo com você, se não quisesse se machucar.*]

AAAHHH! Dane-se! Vou teletransportar a gente para fora daqui!

— Estamos de costas, Vincent! Para onde nós vamos... AAAHHH!

— PARA CIMA, ALEX! VAMOS PARA CIMA!

...

— Onde nós estamos?

— Uns cento e cinquenta metros acima do chão.

— Você é doido!

— Talvez. Estamos caindo. Segure-se, essa vai deixar marca!

— AI, CACETEEE!!!

ARQUIVO Nº 2196 (CONTINUAÇÃO)

REGISTRO DE MISSÃO — SUBTENENTE EVA REYES E TENENTE BARBARA BALL, DO CORPO DE FUZILEIROS NAVAIS DOS ESTADOS UNIDOS DA AMÉRICA, DIVISÃO MECHA

Local: A bordo de Jápeto, Seul, Coreia do Sul

— ANDA, BARBARA! ELES ESTÃO BEM EM CIMA DA GENTE!

— Acima... AAAHHH!

— ...

— Eva, preciso de ajuda.

— Ai...

— Eva?

— Meu... Quebrei o braço esquerdo.

— Eva, preciso de ajuda. Eu...

— Estou aqui, Barbara.

— Não sei o que aconteceu. Minhas pernas...

— Eles caíram em cima da gente, Barbara. Eles se teletransportaram para cima, na direção da *yokits* do céu. Você está bem?

— Não consigo mexer as pernas.

— Saia da sua estação, Barbara. Vou descer até aí e teletransportar a gente para longe.

— Não consigo sair. Essa máquina em que estou. Acho que quebrou e esmagou as minhas pernas dentro. Não consigo mais senti-las. Não sinto nada da cintura para baixo.

— Vou ajudar você!

— Não, fique aí. Você vai acabar piorando as coisas. Eles vão precisar destruir esse negócio para me tirar daqui.

— Seu rosto está sangrando.

— Ah… Devo ter quebrado o nariz no painel. Onde está Têmis?

— Está deitada de costas, bem do nosso lado.

— O que você está fazendo, Eva?

— Estou nos arrastando para cima dela.

— Eu não vou conseguir me levantar, Eva. Acabou.

— Acione a arma para mim.

— Eva. Não.

— Tudo bem. Vou bater com a mão. Não vou desistir, Barbara.

— Meu Deus, Eva.

[*Eva, você está aí?*]

— Vai se danar, pai.

[*Eva, você precisa parar! Precisa parar com isso!*]

Não vou parar! Não vou fazer o que você quer!

<*Jápeto, aqui é a Central. Qual é a situação?*>

Chega de escutar você.

<*Jápeto, na escuta? Câmbio.*>

Durante a minha vida inteira, você tentou me dizer o que fazer. *Yokits*, isso dói! Bom, já chega, pai. Chega de arruinar a minha vida. Você é…

<*Jápeto, na escu…*>

O QUE FOI, Central? O que você quer?

<*Qual é a sua situação atual, Jápeto?*>

Boa pergunta, Central. Qual *é* a situação? Aquele mecanismo que vocês inventaram esmagou as pernas da tenente. Não podemos andar. Tenho só um braço bom.

<*Jápeto, você consegue recuar?*>

Recuar? Não estou escutando direito, Central. O sinal está ruim. Bem ruim.

[*Eva, meu copiloto está inconsciente, talvez morto. Eu sairia daqui, se pudesse, mas você precisa parar.*]

Você roubou a *yokits* da minha vida, Vincent!

ARQUIVO Nº 2195 (CONTINUAÇÃO)

REGISTRO DE MISSÃO — VINCENT COUTURE E SARGENTO ALEXANDER VASILIEV

Local: A bordo de Têmis, Sinuiju, Coreia do Norte

— Eva, meu copiloto está inconsciente, talvez morto. Eu sairia daqui, se pudesse, mas você precisa parar.

[*Você roubou a* yokits *da minha vida, Vincent!*]

Eva, eu sinto muito.

[*Você roubou a minha vida só para voltar a este lugar! Para voltar a esse... esgoto!*]

Ah, meu Deus, Eva. Você não sabe o que eu fiz, o que nós tivemos que fazer para trazer você de volta para cá. Não faz ideia.

[*"Nós" quem? O que você fez?*]

Rose e eu, depois que Eugene faleceu, juramos um ao outro que traríamos você para casa em segurança. Achamos que seria possível fazer isso, encontrar uma forma de voltar, mas não conseguimos. Não dava. Nós... desistimos de tudo, Eva. Desistimos de todos.

[*O que isso significa? O que vocês fizeram, Vincent?! O QUE VOCÊS FIZERAM?!*]

A imperatriz, ela nos ofereceu uma forma de voltarmos para casa. Mas ela... Ela queria assumir o controle e precisava prender pessoas.

[*Ah, não! Não! Não! Não!*]

Eu fiz isso, Eva. Dei a ela todos os nomes, de todos os seus amigos.

[*SEU FILHO DA PUTA!*]

AAAHHH! Eu fiz isso, Eva! Matei todos eles. Dei o nome de Esok. Ela está morta por minha causa.

[*EU VOU MATAR VOCÊ!!!*]

MATA! Mata, Eva! Se é isso o que você quer, vá em frente! Continua me socando! AAAAHHH!!!!

...

[*Eles não fizeram nada, seu babaca de* yokits*! Eles não tinham culpa! Nós não fizemos nada de errado! Não existia* Mão de Yetskots!]

Eu sei!

[*O quê?*]

Nós sabíamos, Eva. Sabíamos desde o início que era uma farsa. Soubemos no momento em que a imperatriz nos contou sobre a Mão, no momento em que ela disse que queria agir de maneira rápida e decisiva, que queria bancar a heroína.

[*E mesmo assim você entregou os nomes de todos os meus amigos! ODEEEEIO VOCÊÊÊ!*]

AAAHHH! Acha que a imperatriz queria saber se você e seus amigos eram ou não culpados? FALA SÉRIO! Você pode bater mais forte que isso! Ela ia pegar cada um deles. Tinha todos os nomes! A imperatriz ia matar você! Eu fiz isso, Eva. Desisti de tudo. Desisti de quem eu era. Entreguei todo mundo que eu amava. Traí um maldito planeta inteiro só para salvar você, Eva.

[*Eu odeio você…*]

Eu sei que você odeia, Eva. Se quer me matar, vai em frente! Acha que me importo se vou sair vivo ou morto daqui? Não tenho mais nada. Perdi você! Eu estava disposto a perder você, para mantê-la viva. Eu estava disposto a perder tudo. E perdi. Mas você está *viva*. Você está viva, Eva. Eu não estou nem aí para o que possa me acontecer, agora.

…

Vamos, Eva! Termina logo com isso!

ARQUIVO Nº EE463 — ARQUIVO PESSOAL DE ESAT EKT

REGISTRO PESSOAL — DRA. ROSE FRANKLIN E VINCENT COUTURE

Local: Residência designada, região de Etyakt

— Eu fiz, Rose. Está feito.

— Onde está Eva?

— Na casa de Eugene. Não quis trazê-la de volta para a nossa.

— E a Guarda Imperial?

— Eles saíram com Ityets logo depois que o encontramos.

— Eu esperava que fossem nos escoltar até Têmis. Imagino que teremos que chegar até lá sem a ajuda deles. Precisamos ir, e agora.

— Agora?

— Sim, agora. Enatast acabou de sair. Os insurgentes, pelo que disseram, assumiram o controle de... *centenas* de robôs. Estão marchando para *Osk* neste exato momento. E outras centenas estão se preparando para recebê-los por lá.

— Como eles conseguiram isso? Controlar os robôs?

— Acho que não conseguiram.

— Não faz sentido, Rose. A imperatriz pode plantar alguns cartazes, explodir um prédio ou outro, mas não consigo imaginar a Guarda Imperial lutando contra si mesma só para fazer cena.

— Não sei, Vincent. Só sei que precisamos sair daqui antes que estoure uma guerra civil de grandes proporções.

— Certo, vou buscar Eva. E, aí, pegamos Ekim e saímos daqui. Sei onde ele está.

— Você acha que ele fará isso?

— Ele não tem escolha. Não posso sair voando pelo espaço com Têmis sozinho, e não saberia para onde ir mesmo se pudesse. Não vamos a lugar algum sem Ekim.

— Então é isso, Vincent. Está mesmo acontecendo. E tudo bem para você?

— Não me arrependo de nada, se é o que você está perguntando. Tudo bem para *você*?

— Estou com medo. Para ser sincera, estou quase repensando. Não tenho certeza de que estamos fazendo a coisa certa. Talvez pudéssemos ter impedido tudo isso.

— Quer saber, Rose? Nós não começamos essa situação. Não poderíamos ter impedido, e nem começamos nada. Isso vai ter que bastar. Tenho certeza de que Ekim nos perdoará por resolvermos não interferir.

— Ha-ha! Eu devo estar bem nervosa. Porque não teve graça nenhuma. O que é *isso*?

— Uma arma. Um dos guardas me deu.

ARQUIVO Nº 2195 (CONTINUAÇÃO)

REGISTRO DE MISSÃO — VINCENT COUTURE E SARGENTO ALEXANDER VASILIEV

Local: A bordo de Têmis, Sinuiju, Coreia do Norte

— Acaba logo com isso, Eva! Pode continuar batendo, se você me odeia tanto assim.

...

[*Chega, pai. Não posso mais bater em você.*]

Eva, eu te amo. Você não faz ideia do quanto eu...

[*Eu disse que não posso mais bater, mas continuo odiando.*]

Eu sei, Eva.

[*Eu literalmente não posso mais bater em você. Não consigo mais levantar o meu braço.*]

Já é um começo, Eva. É um começo. Você consegue ficar em pé?

[*Não. As pernas da minha copiloto já eram.*]

O meu está inconsciente. Isso significa que essa luta entre nós acabou?

[*Pai, eu... Sim, essa luta entre nós acabou.*]

Isso é bom.

[*Estamos com problemas. Eu estou com problemas. Há...*]

<*Vincent, que merda está acontecendo aí?*>

Um minuto, Eva. Preciso falar com Moscou.

Estamos deitados de costas no chão, Katherine. Jápeto está em cima de Têmis. Acho que isso resume bem a situação.

<*Isso nós estamos vendo, Vincent.*>

Então, por que perguntou?

<*Caramba, Vincent, não sei. Ah, sim! Lembrei. Tem um milhão de chineses atravessando a ponte neste instante, e o exército norte-coreano está marchando aí onde você está, com algumas centenas de tanques. O que mais? Ah, os chineses não estão me respondendo mais, então... Se você não estiver muito ocupado, eu gostaria de saber... que merda está acontecendo aí!*>

Bom, como eu disse, estamos deitados de costas no chão.

<*Será que você poderia, talvez, não estar deitado de costas no chão?*>

Talvez, se Alex acordasse um dia. Ele parece bem detonado.

<*Acorde ele!*>

Eu não sei nem se ele está vivo, Katherine.

<*Bom, é melhor você arrumar um jeito de levantar daí sozinho, então, porque se os chineses, ou os coreanos, que seja, chegarem até aí antes disso, eles vão assumir o controle de Jápeto, matar a sua filha e, depois, fazer a mesma coisa com Têmis e atirar em você. Aí, eles vão atirar uns nos outros. Blá-blá-blá, o tempo passa, eles terão dois robôs nas mãos e em breve nossas crianças estarão cantando o hino nacional da China, olhando a bandeira vermelha subir no mastro toda segunda-feira de manhã.*>

Muito gentil da sua parte se importar comigo, eu...

<Ah, esqueci. Caso eles não atirem em você, eu mesma vou ter que matá-lo. E você sabe o quanto eu odiaria ter que fazer isso. Seria algo bem desagradável.>

Coitadinha.

<É, coitadinha de mim mesmo. Você vai botar as tripas para fora por um minuto ou dois, mas depois estará morto. Eu é que vou ter que viver com essa culpa, ah, Vincent, a culpa! Fora a papelada. Vai ter tanta, mas tanta papelada, Vincent. Você nem imagina. Além disso, eu teria perdido nosso único robô já na primeira missão, e o meu chefe não vai gostar nada disso. Estou dizendo. Coisas ruins vão acontecer comigo. Coisas bem ruins. Como eu disse, você precisa...>

Não consigo ficar de pé, Katherine. Você precisa de um plano novo.

<Eu? É você que está deitado no chão na Coreia do Norte. Consegue segurá-los?>

Segurá-los? Quer dizer matar todos eles?

<Não! Quero dizer segurá-los. Não vamos começar uma guerra contra a China só por diversão, especialmente se no final eles forem ficar com os robôs, de qualquer maneira.>

Não ajuda muito. Não posso mirar daqui sem o Alex. Até poderia gerar uma explosão ao nosso redor, mas seria algo bem indiscriminado. Deixe eu ver se Jápeto pode fazer alguma coisa.

<Jápeto? Eu sei que a sua filha está lá dentro, mas eles são, tipo, o inimigo, sabia?>

Bom, duvido que estejam muito animados com o que poderia acontecer caso fossem capturados, e tampouco acho que os Estados Unidos ficariam felizes se perdessem o robô. Neste momento, eu diria que somos aliados. Você disse que Beijing não responde mais. Tente falar com Washington. Certamente eles topam encher esse lugar de bombas para você, se tiverem algum plano pelas redondezas. Aliás, por que você mesma não faz isso? Avise os chineses antes, eles se retiram e todos saímos para jantar depois. Estou morrendo de fome.

<Por que você acha que os chineses não estão me respondendo? Além do mais, não daria certo. Não dá para bombardear esse lugar para sempre, e eles sabem que não podemos enviar tropas terrestres até aí. Eles iriam esperar até que tudo

terminasse para, então, colocar as mãos nos robôs. Você precisa encontrar uma maneira de sair daí, Vincent. É a sua única chance de sobreviver.>

Estou desapontado com você, Katherine. Estou com a sensação de ter escolhido o país errado para me chantagear.

<*Uii. Essa feriu meus sentimentos.*>

Preciso ir. Já estou vendo o exército chinês.

Eva?

[*Por que demorou tanto?*]

Ah, só Moscou me dizendo que os chineses estão chegando, bem como os coreanos, e que vão nos matar assim que um deles alcançar Têmis. E o seu dia, como vai?

[*Acabaram de me dizer a mesma coisa. Os Estados Unidos. Eles vão explodir a minha cabeça, pai. Você pode tirar a gente dessa?*]

Vou tentar detonar uma pequena explosão ao nosso redor, sem matar todo mundo. Talvez assim eles mantenham distância.

[*Você está com medo do exército chinês?*]

Não vou matar um milhão de pessoas só para salvar nós dois, Eva. Sinto muito.

[*Eu entendo. Mas posso sobreviver sabendo que uma dúzia acabou morrendo só para a minha cabeça não explodir.* Yokits! *Os norte-coreanos estão se aproximando também. Acho que não poderemos salvar todo mundo, pai.*]

Não, e nós dois voamos pelos ares se começarem a atirar em nós. Precisamos tirar os coreanos daqui. O seu robô ainda consegue atirar? Aqueles raios de luz grandões viriam bem a calhar agora.

[*Minha copiloto desmaiou. Vou sair da estação e ver se consigo acordá-la.*]

Tudo bem. Vou detonar uma explosão pequena. Talvez já baste para assustá-los.

[*Uau!*]

O que foi?

[*Nossa perna já era. Você acabou com a nossa perna.*]

Eu compro uma nova para você. Aquela coisa era feia demais mesmo.

[*Ela não vai acordar, pai. Tem uma poça de sangue enorme debaixo das pernas dela. Ela precisa de ajuda.*]

Não há nada que você possa fazer por ela, Eva. Não agora, pelo menos. Olhe o painel. Encontre o botão que parece um símbolo de "igual" com um ponto em cima.

[*Não tem nenhum assim. Eles estão chegando, pai. Os coreanos estão chegando.*]

Vou detonar outra explosão. Pronto. Eles pararam?

[*Acho que não. Não.*]

Você precisa encontrar aquele botão, Eva. Têmis não teve muito tempo para recarregar. Ela vai ficar sem energia de novo bem rápido. Você vai precisar assumir depois disso.

[*Não tem nenhum símbolo de "igual"!*]

Olha mais perto, Eva. Deve estar à direita.

[*Não tem! Não tem nada, pai!*]

Tem que ter!

[*O painel é diferente! Tem aqui os números que você me mostrou, mas não a* yokits *de um símbolo de "igual"! Com ou sem ponto.*]

<*Vincent, temos imagens dos chineses e dos coreanos se aproximando de onde vocês estão.*>

Sim, Katherine, estamos vendo também.

<*Eles estão atirando uns nos outros?*>

Não, não estão. Posso estar errado, mas eu diria que você acabou de perder um amigo. Parece que os coreanos estão indo atrás de Jápeto. Estão trazendo um monte de caminhões. Estou vendo várias bobinas de cabos de aço.

<*Eles querem rebocar Jápeto para fora daí?*>

Meu palpite é que querem tirá-lo de perto de Têmis.

<*Por quê?*>

Para chegarem até nós. Na posição que Têmis está, eles não vão conseguir acessar a escotilha de entrada. Para isso, teriam que virá-la de bruços, mas é impossível com Jápeto em cima.

<*Vincent, você sabe que não posso deixar que eles peguem você.*>

Você quer dizer que eles me peguem vivo, certo? Porque vão me pegar de qualquer jeito. Posso segurá-los um pouco, mas você vai precisar fazer alguma coisa.

<*Não há nada que eu possa fazer, Vincent. Você tem que se virar.*>

[*Pai!*]

Ah, merda. Estou vendo. Estão amarrando os cabos na perna e no braço de Jápeto. Eva, vou detonar mais uma explosão. Ela vai dar conta dos cabos, mas você precisa voltar para a sua estação.

[*Vou tentar.*]

Funcionou! Consegui me livrar de alguns caminhões, talvez uma centena de homens.

[*Acho que ainda não entenderam a mensagem, pai. Eles continuam vindo.*]

Você está amarrada?

[*Quase. Não consigo mexer o braço esquerdo. Meu ombro está detonado.*]

Bom, parece que eles vão atrás do seu braço bom. Veja se dá para balançar o braço e se soltar. Não, espere!

[*Esperar o quê?*]

Espere até que o cabo esteja fixo. Aí você pode levar junto o que estiver conectado a ele. E... Agora! Agora!

[*Isso! Toma essa, seu bando de babacas!*]

Está vendo os chineses?

[*Estão vindo. Alguns já estão nos seus pés. Joguei um tipo de guindaste na direção deles, mas não pareceu abalá-los.* Yokits! *Estamos nos movendo, pai! Eles estão nos arrastando daqui!*]

Pegaram a sua perna.

[*Faz alguma coisa!*]

Já vai. O cabo já era! Eu deveria ter pegado o guindaste naquela última explosão também. Têmis deve estar ficando sem energia. Acho que ela não vai dar conta de muitas outras explosões, não. Ah, merda!

[*Parece que tem alguma coisa errada.*]

Meu capacete acaba de desligar. Não consigo enxergar nada.

[*Você consegue se mexer?*]

O quê? Não! Acabou a energia por aqui. Agora é só você.

[*O que você quer que eu faça? Eu não sei o que… NÃOOOO! Eles estão nos arrastando de novo! AI!*]

O que está acontecendo?

[*Acabamos de cair do peito de Têmis. Estamos no chão. Os chineses estão se aproximando.*]

Eles têm mais cabos?

[*Sim, e escavadeiras também. Estão indo na direção do seu braço esquerdo, acho.*]

Eles querem nos virar de bruços.

[*Soldados estão escalando Jápeto. Eles estão nas nossas costas!*]

Sacode eles daí! Não deixe que cheguem à escotilha!

[*Estou tentando!*]

Mexa-se o mais rápido e forte que puder!

[*Ah, não, pai! Eles vão nos matar se os coreanos entrarem aqui. Por favor, me ajude!*]

<Vincent, aqui é Katherine. A situação não parece nada boa vista daqui. Há alguma coisa que você queira nos contar?>

Não, Katherine. Não tenho nada para contar. Se você tiver que apertar aquele botão, eu... Faça o que tiver que fazer, mas me dê um minuto primeiro. Quero falar com a minha filha. Dá tempo.

[*Eles continuam escalando! Eu não quero morrer, pai.*]

Eu sei, Eva. Estou aqui. Estou aqui com você. Como na última vez, lembra-se?

[*Eu não consigo ver você. Gostaria de ver você.*]

Feche os olhos. Estou bem aqui. Está vendo? Você não está sozinha, Eva.

[*Desculpa, pai.*]

Você não precisa se desculpar por nada. Tenho orgulho de você, Eva. Sempre tive. Tenho orgulho de como nunca deixa ninguém dizer como você deve ser. Nem eu, inclusive. Tenho orgulho de como você se importa com os outros, de como você sempre diz o que lhe vem à cabeça, ou de como não finge ser o que não é. Você é a minha filha, Eva. Tenho orgulho disso.

[*Não! Não faça...*]

O quê?

[*Você não, pai. Eles. Disseram que vão nos matar. Eu não quero morrer. Não assim.*]

Me coloca na conversa. Consegue fazer isso, Eva? Deixa eu falar com eles.

[*Sim... Acho que é assim.*]

Ei! Está me ouvindo? Estou falando com o babaca americano que acabou de dizer à minha filha que ela vai morrer. Ela disse que vocês colocaram alguma coisa dentro da cabeça dela, um tipo de explosivo. Se for verdade, é melhor rezar para esse negócio não estourar, porque, se isso acontecer, você vai estar assinando sua sentença. Eu sei o que vocês estão pensando. Existe uma boa chance de que Moscou faça a mesma coisa comigo também. Há sempre a possibilidade de que os chineses ou os coreanos me matem, mas eu não apostaria nisso. Sabe, eu não sou a pessoa mais fácil de se lidar. Posso ser um cretino às vezes, pergunte à minha filha. A questão é que, se as pessoas me mantêm por perto, não é por conta da minha personalidade cativante, mas porque as minhas pernas dobram para o lado errado, e isso é bem útil para quem tem a Têmis. Então, considerando a remota possibilidade de que eu saia dessa vivo, quero que me escute com muita atenção. Eu não estou nem aí se esse robô estará nas suas mãos ou nas de qualquer outra pessoa daqui a uma hora. Eu vou matar você. Vou descobrir onde você trabalha, seja lá onde for, e onde você mora. Vou matar todo mundo que você já conheceu na vida, sua professora do ensino médio, seus amigos do beisebol. Vou marchar pela avenida Washington e transformar a capital dos Estados Unidos num maldito deserto de areia. Vou acabar com você e com tudo o que você ama. Não. Vai. Mais. Sobrar Estados Unidos quando eu terminar, e não há nada, nada mesmo, que você possa fazer para me impedir. Está me ouvindo? ESTÁ ME OUVINDO, SEU FILHO DA PUTA? RESPONDE!

[*Eles não podem responder, pai. Só escutar.*]

Agora, tenho algumas coisas a dizer a você, caso isso não dê certo. Estamos só nós dois?

[*Sim, pai. Só nós dois.*]

Quero que você se lembre de seus pais em Porto Rico, de como eles amavam você. Quero que se lembre de Kara, de como ela morreu.

[*O quê? O que tem de errado com você? Quer ter certeza de que vou morrer deprimida, é isso?*]

Não! Só quero que você saiba que foi amada por gente pra cacete! Sei que você acha que eu destruí sua vida, que roubei uma parte de você. Sei que me culpa pela morte de Ekim, e tem todo o direito de fazer isso. É culpa minha. Minha. Nada disso é culpa sua. E talvez você esteja certa, Eva. Talvez eu tenha feito a escolha errada em algum momento, causando sofrimento para você. Nesse caso, eu sinto muito. Sinto mais do que você jamais poderá imaginar. Mas não quero que você duvide, nem por um segundo, que tudo o que eu fiz, fiz por amor a você.

[*Pai, tem...*]

Você pode ficar quieta e me ouvir? Você... Você é a melhor coisa que já aconteceu comigo, Eva. Se eu estraguei tudo, é por minha conta, não sua. Quero que saiba que ninguém, em lugar algum, foi mais amada que você. Eu garanto. Não me interessa quem são essas crianças todas que zombavam de você, as pessoas que você idolatrava quando era mais nova, os personagens de filme. Eles não são melhores que você *em nada*. Eu te amo, Eva.

...

[*Posso falar agora?*]

Sim, Eva, pode falar agora. Pode falar até meus ouvidos caírem no chão.

[*Tem outro robô gigante bem ali nos nossos pés.*]

PARTE 5

TERRA DO NUNCA

ARQUIVO Nº 2197
NOTICIÁRIO — MIRANDA PATEL, BBC

Local: Londres, Reino Unido

Londres está mergulhada no caos. Há cerca de vinte minutos, um robô gigante, já familiar à população da cidade, apareceu no Regent's Park, a apenas alguns passos do memorial construído em homenagem às vítimas do primeiro ataque alienígena, ocorrido quase duas décadas atrás. Momentos depois, outros dois robôs se materializaram, lado a lado, na Trafalgar Square. Ainda que os londrinos tenham mantido uma calma surpreendente no encontro anterior com os extraterrestres, dessa vez não tiveram a mesma compostura. O pânico em massa tomou conta. A cidade toda está sendo saqueada. Todas as grandes rodovias estão bloqueadas. Já foram contabilizadas dúzias de mortos: pessoas pisoteadas, na tentativa de deixarem seus escritórios, carros avançando para cima das multidões. Em pronunciamento oficial, o município pediu às pessoas que permaneçam em suas casas e evitem as ruas, mas a lembrança dos milhares de corpos espalhados nas ruas ainda está fresca na mente dos londrinos, e muitos farão qualquer coisa para escapar de...

Acabo de ser informada de que outros desses assassinos gigantes, muitos outros, apareceram... no mundo todo. As notícias continuam chegando, enquanto nós... Parece que estamos testemunhando uma invasão alienígena em larga escala. Nova York, Washington. Temos imagens de Washington neste instante. Há quatro, não, cinco robôs ao redor da Casa Branca.

De volta ao Reino Unido, a população de Londres continua em fuga, ainda que não seja possível saber *para onde* correr. Temos uma lista preliminar das cidades em que os gigantes de metal já foram avistados. E são as seguintes: Aberdeen, Belfast, Birmingham, Bristol, Derby, Doncaster, Edinburgh, Glasgow, Leeds, Liverpool, Manchester, Newcastle-upon-Tyne, North Lanarkshire, Nottingham, Rotherham, Salford, Sheffield, Stockport, Stoke-on-Trent, Swansea e York. Como eu disse, trata-se de uma lista preliminar. Seguimos recebendo notícias de... Essa é uma foto tirada no clube de críquete de Stockton, em Stockton-on-Tees. Como vocês podem ver, parece que não há onde se esconder.

Até agora, não há sinal do gás mortal que matou dezenas de milhões. Os alienígenas ainda não revelaram suas intenções em nosso planeta, mas o enorme número de robôs poderia sugerir que não se trata de uma missão de paz. Qualquer que seja seu objetivo, parece que eles não enfrentariam qualquer tipo de resistência, já que nenhum estado ousou, até agora, desafiar os invasores. Isso não deveria ser nenhuma surpresa, uma vez que, na nossa última tentativa de responder militarmente à presença desses extraterrestres aqui mesmo em Londres, os resultados foram cataclísmicos, para dizer o mínimo. Acredito que concordaria comigo qualquer um que tenha visto a cratera onde um dia esteve a cidade de Madri, especialmente quando digo que...

Estou em choque. Passaram-se apenas alguns minutos, mas os Estados Unidos, e agora o Reino Unido, já sinalizaram sua rendição incondicional aos alienígenas. Ainda não se sabe se a mensagem dos dois países foi ouvida ou compreendida pelos invasores, mas... Mais notícias de rendição. A China... Não temos as imagens neste momento, mas aparentemente há mais de *duzentos* robôs apenas em território chinês. A China acaba de se juntar à crescente lista de países dispostos a baixar armas. Devemos escutar um pronunciamento do gabinete de Sua Majestade Real em breve. Suspeito que a capitulação dos americanos tenha disparado um efeito dominó em outras nações.

Estamos vendo... Essa é uma imagem do Centro de Londres visto de cima, e podemos notar fumaça em diversos pontos. Há incêndios irrompendo por toda a cidade. Insisto que todos devem *permanecer em casa*, até que as ruas estejam seguras novamente.

Eu… Esse é um momento histórico. Enquanto falamos aqui, a Organização das Nações Unidas está transmitindo, em todas as frequências disponíveis, a rendição incondicional da raça humana. Nosso destino, o seu destino, está agora nas mãos de extraterrestres.

Estamos recebendo transmissões ao vivo da Rússia, e de vários outros países. Vamos retransmitir essas mensagens em breve, mas eu… Vamos todos esperar um pouco, até que possamos assimilar todos esses eventos que acabaram de acontecer. Eu, por exemplo…

Acabamos de receber a informação de que os invasores alienígenas emitiram um comunicado em resposta, não à ONU, mas a todas as nações. Devemos receber a mensagem em um instante. Eu repito: os alienígenas emitiram um… Ah! Vamos transmitir a mensagem agora. Esta é a primeira forma de comunicação que estabelecemos com uma raça alienígena.

[*Cidadãos da Terra. Eu me chamo Opt Enatast e desejo falar com Rose Frankuin.*]

ARQUIVO Nº 2198

ENTREVISTA ENTRE A DRA. ROSE FRANKLIN E OPT ENATAST, REPRESENTANTE DE ESAT EKT

Local: Quartel-General da ONU, Nova York, estado de Nova York, EUA

— Saudações, Rose Frankuin. Bom ver você novamente. O Otok Akitast manda lembranças.

— Obrigada. Você precisava mesmo ter mencionado meu nome?

— Eu não sabia como encontrar você.

— Imagino. Você disse que o Conselho me manda lembranças?

— Sim.

— Pensei que a imperatriz...

— A imperatriz tentou tomar o poder. Ela criou um grupo terrorista fício...

— Fictício.

— Desculpe, Rose Frankuin. Um grupo fic...

— Fictício.

— Um grupo terrorista fic… tício.

— Quando saímos havia centenas de robôs marchando na região de Osk.

— Muitas centenas. Guardas Imperiais fingindo lutar com outros Guardas Imperiais. Eles se renderam em pouco tempo. A imperatriz mandou prender centenas, para que fossem… punidos.

— Demos alguns desses nomes à imperatriz. Ela nos pediu.

— E eua prometeu mandar vocês para casa. Eu sei.

— Como?

— Vincent me mandou os nomes no dia em que vocês foram embora. Eue me pediu que protegesse uma mulher chamada Esok.

— Então *você* impediu os planos da imperatriz?

— O Conselho. Eu só contei a eues o que sabia. A imperatriz foi presa e executada. Sua irmã mais nova é a nova imperatriz de Esat Ekt.

— Isso… é…

— Você tinha esperanças de que a imperatriz obteria sucesso.

— Não. Eu… Eu não queria que aquelas pessoas fossem assassinadas por um crime que não cometeram, mas os habitantes da nossa região, os ilegais, quem sabe a vida deles seria melhor se…

— Quem sabe não *será* melhor? Não perfeita, mas melhor. Como é a pauavra? Concessões. Foram necessárias concessões para tranquiuizar a popuuação.

— Que tipo de concessões?

— Mais comida. Duas cadeiras no Otok Akitast, no Conselho.

— Duas? Mas o que dá para fazer com duas cadeiras? O voto deles não vai nem fazer diferença.

— Sim. Mas a voz deues será ouvida. Todos os dias. Os demais membros do Conselho serão obrigados a olhar para eues sempre que eues votarem. Vai uevar tempo, mas a mudança virá.

— Espero que sim. Não temos muito tempo, Enatast. Eles... O nosso povo espera que você faça um pronunciamento.

— Não sei o que dizer, Rose Frankuin.

— Eu sei. Preparei uma coisa para você. Pode ler isso?

— Se os sons não forem muito difíceis.

— Tente agora. Eu procurei não usar muitas palavras com "ls".

— Meu nome é Opt Enatast. Eu vim do planeta Esat Ekt, onde nas... nach

— Nasceu.

— É uma pauavra difícil.

— Troca por "surgiu".

— Onde surgiu o robô Têmis. Sei que muitos idiomas são fauados em seu mundo e peço desc... uupas por fauar o único que eu aprendi.

Começo mencionando o que já deve ser óbvio, agora. Há X de nossos robôs em seu puaneta.

— Não diga "x". Não sei quantos robôs estão na Terra.

— Dois mil e quarenta e oito.

— Uau. Diga isso em vez de "x". Continue lendo.

— Esses robôs receberam a ordem de não atacar, isso é verdade, Rose Frakuin... Porém, vão se defender, caso virem auvo, isso também é verdade. Peço que seus governos ajam com cauteua, uma vez que vocês não têm conhecimento, tecnouogia nem pod... poder de fogo para nos derrotar. Não causem ainda mais mortes entre seu povo. Isso seria inútiu. Aceitamos sua rendição. Estamos no controue, e os termos de nossa futura reuação serão determinados por nós... Rose Frankuin?

— Sim.

— Não posso dizer isso. Não é verdade. Não queremos que a Terra se renda. Por que vocês se submeteriam a nós? Só estamos aqui para...

— Eu sei, eu sei. Mas esse é o trato. Estou pedindo que diga certas coisas que não farão sentido para você. Vai ter que confiar em mim: isso precisa ser dito.

— Eu recebi instruções do Conselho, eu...

— Eles mandaram vocês matarem o mundo inteiro?

— NÃO! Nós...

— Então significa que vocês aceitam nossa rendição. Se alguém se rende a você, ou você aceita ou continua lutando até que esse alguém esteja morto.

— Entendo. Então, aceitamos.

— Continue lendo.

— Esta é nossa terceira visita à Terra. Na primeira vez, há milhares de anos, nossa vinda mudou vocês. Sem saber disso, nós os visitamos mais uma vez, causando a morte de muitos... muitos terráqueos. Tenho esperanças de que nossa terceira visita traga consequências mais positivas. Não somos inimigos de vocês. Não somos conquistadores. Iremos embora em breve, e não temos nenhum desejo de retornar ao seu puaneta. Estamos em... débito com o povo da Terra, considerando o sofrimento por que passaram. Agora, nos pediram que pagássemos essa dívida. Não podemos ressuscitar os mortos, nem reparar o dano que causamos. Tenho certeza de que muitos de vocês continuarão a nos temer e odiar, depois que formos embora. Aceitamos o seu ju... juugamento. No entanto, se esse medo persiste, que eue peuo menos não traga mais sofrimento. Nós garantiremos isso. É nossa forma de reparar o erro. Vocês podem enxergar isso como uma dádiva ou uma desgraça.

O que significa "desgraça"?

— Uma coisa ruim.

— Ah. Você disse que seria bom se viéssemos aqui.

— Eu sei, mas algumas pessoas ficarão com medo. Continue.

— Não aumejamos controuar seu puaneta, seu uivre-arbítrio, sua evouução...

— Melhor pular essa frase, não?

— Sim, sim. Vocês são mestres do próprio destino. Cabe a vocês se a humanidade vai prosp... prosperar ou desaparecer. Nosso objetivo é garantir que vocês cumpram esse destino juntos, como uma única raça: a raça humana. Sejam quais forem suas disputas ou seus confuitos, vocês precisam encontrar uma maneira de acabar com eues. *Vocês* precisam. E devem fazer isso assegurando direitos iguais a todas as pessoas, as mesmas garantias, independentemente de sua origem, fé ou quaisquer outras circunstâncias. Vocês devem agir como um só povo. Fui informado de que existe uma Organização das Nações Unidas, cujo propósito é justamente esse. Eu não fui informado de nada. O que é essa Organização das Nações Unidas?

— É onde estamos agora. Parece... um pouco com o Conselho de Akitast.

— Que bom... Entendo que essa organização funciona de acordo com um certo conjunto de regras, e vocês deverão seguir isso de acordo com o que juugarem mais correto. Entraremos em contato com vocês de tempos em tempos para perguntar sobre seu progresso. Poderemos enviar um representante, a fim de acompanhar seu modo de governar. A qualquer momento, se acreditarmos que um grupo qualquer de humanos, por menor que eue seja, esteja sendo privado de seus direitos, de comida ou de cuidados, aprisionado sem causa justa, condenado ao sofrimento de uma doença que vocês tenham a capacidade de curar, nós regressaremos.

Rose Frankuin. Nós não vamos voutar. Concordamos em vir até aqui por causa daquiuo que você nos prometeu.

— Eu sei, mas você precisa dizer isso.

— Não posso dizer o que não é verdade.

— Enatast, se você quer mesmo ajudar, precisa fingir.

— ...

— Pode garantir, com certeza absouuta, que os Ekt jamais retornarão à Terra?

— Rose Frankuin! Acha que sou estúpido?

— Desculpe. Mas preciso muito que você diga isso. Todos nós precisamos, na verdade.

— Preciso pensar.

— Continue.

— Daqui por diante, vocês seguirão os princípios da iguaudade e da cooperação. Esperamos que façam isso por vontade própria, mas não hesitaremos em impor esses princípios a vocês, caso necessário.

Não queremos interferir em outras raças, e é com grande reuutância que concordamos em voutar ao seu puaneta. No entanto, há muitas gerações nossa presença aqui pode ter mudado mais que apenas a sua genética, e agora consideramos que existe uma conexão entre nossos povos. Nossos destinos estão entreuaçados. Somos, em parte, responsáveis peuo que vocês são, e precisamos assumir a responsabiuidade peuo que vocês se tornarão. Não abandonaremos vocês em meio ao caos que criamos na Terra.

O Conselho não vai concordar com isso.

— Mas eles *são* responsáveis. Pode dizer isso a eles. Ou não. O Conselho não precisa saber. Além disso, tudo o que você está lendo é verdade, Enatast. Seu povo causou isso.

— Essa não é a maneira dos Ekt.

— Poderia ser.

— ... Entendemos que nossa presença aqui esteja causando medo e confusão, e não desejamos permanecer mais do que o necessário. Deixamos instruções bem específicas a uma de vocês, a draaa...

— Doutora. "Dra." significa "doutora".

— Doutora Rose Frankuin. Ela será nossa representante na Terra. Tem mais?

— Não. Só isso. Posso cuidar do resto.

— Espero que eu não cometa um erro bem bem feio.

— Você vai se sair bem. Posso pedir ao nosso pessoal que instale um microfone, se quiser mandar a mensagem daqui mesmo.

— Quero dizer que espero que usar as suas pauavras não seja um erro. Posso transmitir a mensagem de um dos gigantes. Mas eu gostaria de fauar com Vincent antes de partir.

— Ele está dentro de Têmis. Pode encontrá-la?

— Posso. Devo trazê-ua para cá?

— Sim. Há outro robô com ela. Traga os dois até aqui, se puder. Eva está lá dentro.

— Rose Frankuin.

— Sim?

— Usarei suas pauavras, mesmo que não concorde.

— Obrigada.

— Tenho um pedido a fazer.

— O planeta inteiro acaba de se render a você. Tenho certeza de que pode ter o que quiser.

— Vincent disse que existem coisas vivendo nos céus, aqui na Terra.

— Coisas vivendo nos céus... Pássaros?

— Sim. Se você puder encontrar um, eu gostaria muito de ver esse... pássaro antes de ir embora.

— Será que um pombo... Deixa pra lá. Você não sabe o que é um pombo. Sim, há alguns pássaros ali do outro lado da rua. Levo você até lá. Pode até dar comidinha para eles, se quiser.

— Obrigado, Rose Frankuin. Você tem aquiuo que nos prometeu?

— Sim. Eu tenho.

ARQUIVO Nº 2200

ENTREVISTA ENTRE A DRA. ROSE FRANKLIN E VINCENT COUTURE

Local: Quartel-General da ONU, Nova York, estado de Nova York, EUA

— Que diabos acabou de acontecer, Rose? Num minuto, estou com Eva na Coreia do Norte, então um robô gigante aparece bem do nosso lado. No outro, Têmis e Jápeto estão parados em um estacionamento bem na frente do antigo hangar do CDT. E agora Enatast está aqui? Acabei de escutar o discurso dele na televisão.

— Longa história, Vincent.

— Então é melhor começar logo a contar. Ele disse "resistir é inútil", mesmo?

— Não, não disse.

— Tenho certeza de que foi algo assim. Mas não é que o inglês dele está ficando bom?

— Eu ajudei um pouco com o discurso.

— Você? Foi *você* quem fez isso? Os Ekt vieram por sua causa?

— Não sabia mais o que eu podia fazer, Vincent.

— O que você fez?

— Eu... liguei para eles.

— Com o quê?

— Com... Eu não sei o nome. Aquilo que usaram em mim, para me trazer de volta quando eu morri. Também serve para comunicação. Mandei uma mensagem há mais ou menos duas semanas. Não sabia se eles tinham recebido ou não. Parece que sim.

— E qual era a mensagem? Por favor, venham invadir o nosso planeta?

— Não com tantas palavras assim. Eu disse que nós, nosso povo, estava sofrendo, e que estávamos causando sofrimento uns aos outros. Disse que havíamos perdido nossa noção de identidade e que estávamos... aterrorizados, sem saber o que fazer. Também falei que descobrir nosso parentesco com os Ekt roubou de nós o nosso passado e destruiu o nosso futuro. Disse que estávamos matando uns aos outros na tentativa de nos agarrarmos a uma noção ultrapassada de humanidade. Falei que era culpa deles, que era *tudo* culpa deles. Admitam ou não, eles são responsáveis por isso. Vieram há milhares de anos e mudaram o que somos. Eles nos transformaram em algo diferente. Tentaram consertar o erro mas só o que conseguiram foi matar milhões de pessoas, deixando o resto de nós à beira da loucura de tanto medo. Eles fizeram isso. Eu disse que eles não poderiam simplesmente lavar as mãos e se isentar da responsabilidade.

— Mas você... Rose! Aquele seu amigo alienígena, não foi ele que disse a você, ou não a você, mas àquele nosso outro amigo sem nome, enfim, ele não disse que os Ekt iriam... exterminar a humanidade inteira? Não foi isso que ele disse? Eles jogariam a nossa espécie no esquecimento e, então, deixariam que evoluíssemos do zero de novo, se pensassem que...

— Ele estava errado.

— Ah, bom, então ele estava errado. Desculpe lembrar esse detalhe. Achei que houvesse a chance de aniquilação total da nossa espécie.

— Pense bem, Vincent. Os Ekt mataram alguns milhões de nós, e isso já foi capaz de causar uma guerra civil no mundo deles. O povo de lá, ou pelo menos a metade, nos enxerga como... Sei lá, primos. Somos parentes. O que acha que aconteceria se eles matassem o nosso planeta inteiro? De qualquer maneira, não fizeram isso.

— Você nem se importou com essa possibilidade.

— Achei que valia a... Veja bem. Precisávamos de ajuda. Nós... Isso tudo foi um erro deles. Não conseguiríamos consertar sozinhos. Não somos capazes. Só não somos. Eles podiam ajudar. Podiam acertar as coisas.

— À força?

— Estou tentando me convencer de que se trata de outra coisa, não força. Supervisão? Somos crianças, Vincent. Não passamos de um bando de criança. Fomos jogados em um mundo adulto antes da hora certa. Pensei que... Pensei que precisávamos de algum adulto para nos dizer o que é certo e o que é errado.

— Sim, faz sentido, acho. Mas pareceu uma bela baboseira quando você falou.

— O que você quer que eu diga, Vincent? Que acredito no espírito de humanidade? Na nossa capacidade natural de enfrentar até mesmo as mais insuperáveis dificuldades? Gostaria que fosse verdade, Vincent. Quem me dera.

— Poderíamos ter feito mais.

— Quem? Você e eu? Eva? Não somos super-heróis, Vincent. Tivemos sorte algumas vezes, mas não podemos controlar o mundo inteiro. Você achou que poderia ajudar, com Têmis. Eva pensou o mesmo. Aonde isso nos levou? Tínhamos duas armas incrivelmente poderosas na Terra, e você e a sua filha estavam no controle de ambas. O que vocês fizeram? Socaram a cara um do outro, quase se mataram. Nós não... Nós não somos heróis. Ninguém é. Em cada filme que a gente viu, em cada livro que a gente leu, há uma pessoa capaz de resolver sozinha qualquer problema, enfrentar qualquer perigo. Na vida real, no entanto, nós chamamos a polícia. E foi isso que eu fiz.

— Não sei, Rose, eu...

— Eles estavam *executando* as pessoas!

— Não foi a primeira vez. Provavelmente não será a última.

— É a primeira vez que fizemos isso em todas as partes do mundo. É a primeira vez que não há *ninguém* para dizer: "Ei, parem com isso!". Está *errado*. Perdemos o nosso espírito de coletividade. Se tivesse acontecido comigo, você teria me arrumado um tutor. Se eu tivesse enlouquecido, colocado minha própria vida em risco, você…

— Chega, chega. Eu entendo por que você fez o que fez, Rose. Não tenho certeza se concordo, mas entendo. Agora, o que eu *não* entendo é como você conseguiu convencer os Ekt. Eles… Isso vai contra tudo o que eles acreditam. Você acabou de dizer que o planeta deles foi tomado pelo caos depois da última visita dos Ekt à Terra, e agora… Nós nos rendemos a eles, Rose! O mundo inteiro se rendeu aos alienígenas! "Interferência" não chega nem perto de… Pelo que conheço deles, os Ekt jamais iriam querer tomar partido nisso. Eles iriam querer exatamente o oposto.

— Tem razão. Eles não teriam vindo. Nem sequer considerariam a possibilidade. Eu tive que dar uma coisa a eles. Como foi que ele disse? Tivemos que dar a eles algo que eles desejavam ainda mais.

— E que "algo" é esse?

— O que vieram buscar na última vez.

ARQUIVO Nº 2202

ENTREVISTA ENTRE A DRA. ROSE FRANKLIN E O SR. BURNS

Local: Quartel-General da ONU, Nova York, estado de Nova York, EUA

— Tem certeza de que quer seguir com isso?

— Dra. Franklin, sou um homem de palavra. Além disso, acho que eles não aceitarão um não como resposta depois de terem vindo até aqui. E vieram tantos! Essa sua mensagem deve ter sido realmente impressionante.

— Eles vão executá-los de imediato, sabe disso, não é? Você e todo o seu povo.

— Bom, não de imediato. Vai parecer de imediato, sim, mas ainda vamos levar uns bons dez dias para chegarmos até lá. Tecnicamente, teremos alguns dias de vida.

— Não quero que vocês morram por nós. Nem por outro motivo.

— Espero que não queira, mesmo! É horrível desejar a morte de outra pessoa! Particularmente, eu também preferiria não morrer, sendo bem honesto com você.

— Então não faça isso.

— Dra. Franklin, há cerca de duas mil pessoas no hangar aqui atrás de nós. Tenho certeza de que nenhuma delas está muito ansiosa para finalmente conhecer o seu Criador, mas todas decidiram estar aqui por conta própria, porque acharam que isso era o correto a se fazer. Muitas dessas pessoas já estavam trancadas em campos de concentração, esperando para serem executadas, então não foi assim tão difícil convencê-las. Por mais de três mil anos, passamos a vida garantindo que ninguém mais soubesse que estávamos aqui. Quando isso mudou, o que acabou causando a morte de milhões, a maioria de nós teve dificuldade em lidar com a responsabilidade. Para muitos, é uma espécie de alívio saber que ninguém mais vai sofrer por nossa causa.

— Ninguém sofreu por sua causa. Vocês nunca fizeram nada errado.

— Os pecados do pai, dra. Franklin.

— Por algum motivo, você nunca me pareceu uma pessoa muito interessada na Bíblia.

— Ah, eu amo a Bíblia! Tem tantas histórias boas ali. Já ouviu a do Balaão e a jumenta falante? Tem uma sobre duas ursas estraçalhando quarenta e duas crianças, porque uma delas chamou alguém de "carequinha".

— ...

— Ajuda se eu disser que não vai doer nem um pouquinho? Digo, nunca passei por isso, e vai saber se aquele povo lá não resolveu voltar à Idade Média, e tal, mas me disseram que nos velhos tempos eles vaporizavam as pessoas com um raio de energia. Pelo que eu saiba, não dói. Ah, você saberia! Dói quando a gente morre?

— Eu não morri. A outra Rose Franklin é que morreu.

— Que complexo!

— O que eu quis dizer é...

— Dra. Franklin, eu entendi. Você se sente mal porque eu e mais dois mil dos meus amigos e parentes estamos prestes a morrer. Você se sente responsável. Já disse isso, várias vezes. É bonitinho nas primeiras cem, mas cansa um pouco depois de um tempo. Você não seria capaz de nos obrigar a isso. O fato é que meus ancestrais não conseguiram se aguentar e acabaram bagunçando o seu código genético. Talvez isso até tenha sido melhor para vocês, mas no fundo é essa a razão para os Ekt terem vindo e matado milhões de pessoas. Sempre existe a possibilidade de voltarem para terminar o serviço. Agora, vocês têm essa minhoquinha na cabeça, e não acho que sua espécie será capaz de seguir em frente enquanto isso não estiver resolvido. Então, vamos tirar essa minhoca daí. A vida está por aqui há milhões de anos. No grande esquema das coisas, não importa muito se vou morrer amanhã ou daqui a cinquenta anos. Vamos todos morrer. Se posso fazer algo de bom com a minha morte, por que não? Além do mais, vamos ganhar uma viagem grátis!

— Pare de fazer piada com a situação, por favor.

— Mas não é piada! Eu sei que você me vê como "aquele cara alienígena", mas eu nasci no Michigan! Nunca saí desse mundo. Você já! Isso é justo? Você já esteve em outro planeta e, pelo que me contou de lá, parece um lugar interessante. Eu gostaria que as circunstâncias fossem outras, mas estou feliz em ir. Certo, tem aquela parte de morrer no final, mas nada é perfeito. Acha que os astronautas que morreram no ônibus espacial Columbia jogaram a vida fora? Eles viajaram para o espaço, cacete! É a coisa mais legal que qualquer um pode fazer na vida, tirando viajar para outro planeta, em uma galáxia distante, dentro de um robô gigante alienígena, mas aí é outra história. Não se sinta mal por nós! Vamos para o espaço! Agora, se quer mesmo ajudar: quando eu digo para não se sentir mal, é pra não se sentir *muito* mal. Pode ficar um pouquinho mal. Há uma coisa que você pode fazer.

— Só dizer. Qualquer coisa.

— Tem essa padaria bem pequenininha na 53th Street. Deve ficar a um pouco mais de dez minutos a pé daqui. Eles vendem a melhor bomba de pistache que você já comeu na vida. Se vou sentir falta de alguma coisa da Terra, será... Não, não vai ser a bomba, tem aquele puri com chutney que comi em Kerala... Mas a bomba chega perto. Acha que consigo comer uma dessas bombas antes de ir embora?

— Claro. Vou pedir para alguém buscar em um minuto.

— Eu... Você provavelmente não vai conseguir duas mil bombas, mas pode trazer tudo o que tiverem na loja? Gostaria de dar um agrado aos meus amigos e à minha família antes que fôssemos embora. Além do mais, eu me sentiria um babaca se comesse uma bomba de pistache na frente de todos eles agora.

— Verei o que posso fazer.

— Obrigado!

— Não, eu é que agradeço. Por tudo.

— Ah, não me agradeça ainda. Bom, pode me agradecer por outras coisas, tipo salvar a sua vida. Isso deve valer uns "obrigados". Mas esse seu plano ainda pode dar errado. Há muitas pessoas na Terra com sua cota alienígena no DNA. Pode ser que você volte à estaca zero. Mas é capaz de funcionar. Com um pouco de sorte, os Ekt vão ter causado tanto medo nas pessoas que a ONU talvez volte a significar alguma coisa. Vocês vão voltar a ter o CDT. Têmis e... como é mesmo o nome? O outro robô vai proteger você, se for preciso, mas vocês vão parar de se matar com...

— Vou mandá-los de volta. Os dois.

— O quê? Vocês tiveram o maior trabalho montando aquele robô. Vocês não; *você*. Acho uma pena devolver Têmis dessa maneira.

— Não estamos prontos.

— Tem certeza disso?

— Tenho. Achei que estivéssemos. Eu queria mesmo acreditar que a humanidade tinha evoluído o bastante para lidar com isso. Mas não evoluímos.

— Por algum motivo, você nunca me pareceu uma pessoa muito pessimista, dra. Franklin.

— Eu não sou. Não sou uma pessimista.

— ...

— Se importa se eu contar uma história? Já escutei tantas das suas, acho que agora chegou a minha vez. É uma história real.

— Ah, eu adoraria ouvi-la, dra. Franklin.

— Eu conheci um sem-teto antes de irmos parar em Esat Ekt. Eu o via aqui pelas redondezas de tempos em tempos. Acho que ele dormia no abrigo para homens descendo a 30th Street. Nós conversamos... duas vezes na vida, acho. No máximo. De qualquer forma, eu vi esse homem mais uma vez ontem, enquanto vinha para cá. Ele estava sentado na escadaria de um pequeno parque que fica do outro lado da rua. Eu não o teria reconhecido, mas ele me reconheceu. Disse que estava procurando uma amiga. Estava preocupado, achando que talvez os alienígenas tivessem feito alguma coisa com ela. Ele me contou que os dois se encontravam naquele lugar toda terça-feira, perto da hora do almoço. Ela comprava chai, aquele chá indiano, para ele. Você precisava ver o sem-teto descrevendo o chá, como se fosse a bebida mais rara do planeta. A cada semana, ela emprestava um livro novo a ele, e os dois conversavam sobre a história no parque, tomando chai. Havia algumas semanas que não se encontravam. Eu disse a ele que talvez pudesse ajudá-lo a encontrá-la. O nome dela é Sarah, ele disse. Não sabia muito mais que isso, mas mencionou que ela usava um pano na cabeça. Eu disse que veria o que podia fazer. Tinha um palpite de que ela poderia ter trabalhado na ONU. E era isso mesmo. Sarah Smith, nascida Sara Dhanial em Karachi, no Paquistão. Ela trabalha... *trabalhava* como intérprete na ONU. Os diplomatas e suas equipes são submetidos aos campos como o resto das pessoas, mas Sara foi mandada para um de Connecticut depois de ter perdido o trabalho. Voltei ao parque para contar ao homem o que eu tinha descoberto. Ele ficou triste, é claro. Ofereci um prato de comida. Ele recusou, mas me pediu alguns trocados. Eu não tinha dinheiro na hora, mas reforcei a minha oferta de comprar alguma coisa no cartão. Ele refletiu por um instante e, então, me disse que gostaria de alguns saquinhos de chai, mas, se fosse muito caro, ele se contentaria com um só. Em seguida, me perguntou quanto custaria uma passagem de ônibus para Connecticut. Enfiou a mão no bolso e começou a contar quanto tinha de dinheiro ali. O sem-teto queria levar chá para a amiga. Ele ficou genuinamente surpreso quando eu comecei a chorar. A questão é: ainda há generosidade nesse mundo. Só precisamos procurar. Com o tempo, tenho certeza absoluta de que essa generosidade vai florescer novamente. Então, talvez.

Eu disse que ainda não estamos prontos. Não é pessimismo. Não posso fazer uma floresta crescer mais rápido só porque eu quero. Não posso forçar que ela cresça. Leva tempo. Eu tinha esperanças de que fosse viver o bastante para testemunhar isso, mas acho que não será possível. Só o que me resta é plantar algumas sementes, tomar conta das mudinhas e torcer para que alguém continue cuidando delas quando eu partir.

— Você é uma boa contadora de histórias, Rose Franklin. Vou sentir sua falta.

— Eu vou sentir muito a sua falta também.

— Você está tentando me fazer chorar, dra. Franklin? Eu achava que não, mas estou um pouco emocionado. Tudo bem morrer, eu já tinha me preparado para essa parte, mas a ideia de deixar este planeta para sempre é…

— Ficarei feliz em acompanhar você, se não quiser ficar sozinho.

— Sozinho? Estou indo com todos os meus amigos e com a minha família inteira. A solidão é a última coisa que passa pela minha cabeça nesse momento. Além do mais, você não passou os últimos nove anos tentando sair daquele planeta? Eu seria incrivelmente egoísta se pedisse que voltasse, só para me fazer companhia. Precisam de você aqui, dra. Franklin. Você tem um mundo inteiro para reconstruir.

— Eu? Não. Não vou reconstruir nada. Só estou aqui para lembrar às pessoas do que vai acontecer se elas não fizerem isso.

— Não consigo pensar em ninguém melhor para essa tarefa. Acho que não temos muito tempo, dra. Franklin. Vamos dar um jeito naquelas bombas de pistache, vamos?

ARQUIVO Nº 2205

ENTREVISTA ENTRE A DRA. ROSE FRANKLIN E VINCENT COUTURE

Local: Quartel-General da ONU, Nova York, estado de Nova York, EUA

— Eles foram todos embora?

— Sim, Vincent. Foram.

— Você não parece muito contente. Fique sabendo que todo mundo está bem aliviado por eles terem partido como prometeram.

— E você tinha dúvida de que fariam isso?

— Passou pela minha cabeça, sim. O que estou dizendo é que você deveria estar toda feliz. Conseguiu o que queria.

— Não é isso. Não consigo parar de pensar no sr. Burns. Você viu todas aquelas pessoas embarcando nas naves Ekt? Era como um bando de boi sendo levado para o matadouro. Elas não fizeram nada além de nos ajudar. E, agora, vão morrer. Por nada.

— Foi escolha delas, Rose. Sabiam o que as esperava quando entraram naquelas naves. E fizeram isso porque acharam que valia a pena. Não desonre essas pessoas agora, insinuando que não valeu.

— Talvez você tenha razão. Só parece… mais um item na longa lista de coisas erradas.

— Já que estamos falando de coisas em vão, onde estava com a cabeça quando pediu que levassem Têmis de volta? Jápeto, eu entendo: ele era um robô bem feio, com uma perna a menos. Mas Têmis? Passamos por poucas e boas, todos nós, colocando ela para funcionar. Cacete, você morreu, Rose. Eu matei você por causa disso. Muitas pessoas morreram para que tivéssemos aquele robô. Agora que não existe mais segredo e os Ekt sabem que estamos com ela, qual a desvantagem de mantermos Têmis aqui conosco?

— Estou surpresa, Vincent. Achei que… Você não prestou atenção? Eles estavam usando Têmis para matar as pessoas. Nosso próprio povo!

— Eles continuam podendo fazer isso, com tanques ou jogando uma porrada de bombas uns nos outros. Mas estaremos indefesos, caso alguns alienígenas do mal decidam fazer uma visitinha.

— É isso que preocupa você, Vincent? Homenzinhos verdes malvados?

— Bom, é.

— Há quanto tempo nos conhecemos?

— Contando a outra Rose ou não?

— Eu te conheço, Vincent Couture. Por que não fala logo o que realmente está incomodando?

— …

— Pode dizer.

— O que eu vou fazer?

— Como é?

— Não sei o que fazer, agora. Eu… Eu tentei ser alguém diferente em Esat Ekt, mas aqui… Aqui sou só o cara com os joelhos esquisitos.

— Agora você tem a chance de ser algo mais.

— E quanto a Eva? Ela também vai ter bastante dificuldade em abrir mão disso, tenho certeza.

— Achei que você queria que ela tivesse uma vida normal.

— Ela deixou bem claro que eu teria que repensar a minha definição de "normal". Nós dois abrimos mão de coisas para chegarmos a um meio-termo. Bom, quando digo "nós dois", digo basicamente eu.

— Eva tem dezenove anos, Vincent. Tem a vida inteira pela frente. Tempo de sobra para decidir o que quer fazer daqui por diante. E você sabe que vão ter oferta de emprego. Tanto você quanto Eva passaram nove anos em outro planeta, lidando com todo tipo de extraterrestres. Vão arrumar alguma coisa para vocês fazerem no CDT, mesmo que não envolva um robô de quase setenta metros. Se não quer fazer isso, pode escolher outra coisa. Não há nada que você sempre quis fazer mas não teve oportunidade?

— Talvez. E o que *você* pretende fazer? Devem ter lhe oferecido um trabalho também. Você é a "emissária do mundo alienígena". A maldita "escolhida".

— Não tenho tanta certeza de que as pessoas ainda confiam em mim depois de tudo o que fiz, mas me ofereceram o meu antigo trabalho de volta.

— Que bom! Fico feliz por você.

— Eu recusei.

— O quê? Por quê?

— Preciso mesmo responder? Eva pode até não querer um emprego normal, uma vida normal, mas eu quero. Ah, Vincent, quero mesmo. Quero chegar em casa e não me preocupar com o dia que passou. Quero tomar um banho de banheira, ler um livro. Quero tomar três banhos por dia, se me der vontade. Quero… pequenas coisas. Cansei das grandes.

— Você vai sentir falta.

— Sim, vou. Mas isso não significa que eu seria feliz se continuasse fazendo o que fiz até agora. Talvez um dia eu volte, mas por enquanto preciso cuidar de mim mesma. Só de mim.

— O que vai fazer o dia inteiro?

— A mesma coisa que venho fazendo nas últimas semanas. Eu dou aulas na Universidade de Chicago, na maior parte do tempo para alunos de graduação. Eu me sinto... bem com isso. Sempre que os olhos de um estudante brilham quando falo de peso atômico, é como se eu... tivesse conquistado alguma coisa. Como se aquele aluno ou aquela aluna pudesse, um dia, salvar o mundo.

— Muito bom. Eu diria que você merece. Sentirei sua falta, Rose. E, vamos admitir, se um dia estivermos em perigo mais uma vez, vamos trazer você de volta, querendo ou não. Digo, tínhamos nas mãos essa máquina gigante, capaz de destruir cidades inteiras, mas nunca fizemos nada de verdade com ela. Sempre foi sobre você, Rose. Só você. Este filme é seu. O resto de nós é apenas um bando de coadjuvantes.

ARQUIVO Nº 2367

ENTREVISTA ENTRE EVA REYES E VINCENT COUTURE

Local: Loja de brinquedos Têmis, Montreal, Canadá

— Não, pai! Não vou ficar aqui fingindo fazer alguma coisa no caixa só para você me filmar.

— Vamos lá! É o nosso primeiro dia!

— É o *seu* primeiro dia, pai. Já falei um milhão de vezes que só vou ficar aqui até encontrar outra coisa.

— Tá bom. Mas você vai amar tanto que em breve vai me implorar para não contratar outra pessoa.

— Vai sonhando. Alguns de nós já cresceram, sabe? Não quero passar o resto da vida brincando de boneca.

— Boneca! Sabe o que tem nas mãos neste exato momento? Essa é uma Princesa Leia vintage, usando o figurino de Hoth, de algo chamado The Vintage Collection. É um remake vintage de uma personagem vintage. "Meta vintage". Dentro dessa coisa aí há uma verdadeira aula sobre o universo, sobre como a vida se repete constantemente. São dez centímetros de pura sabedoria, e, antes que venha revirar os olhos para mim, saiba que vi você brincando com os personagens de *The Walking Dead*, quando achou que eu não estava olhando. Eu *estava* olhando, e vi você brincar de *boneca*, nas suas próprias palavras.

— É diferente! É o Darryl! Eu gosto do Darryl.

— Você não sabia que a besta dele disparava de verdade, sabia?

— Não. Isso é *bem* legal, mesmo.

— Ainda há esperanças para você, Eva. Há esperanças.

— Eu não contaria com isso, se fosse você. Estive pensando…

— Ops…

— Talvez eu possa me tornar piloto.

— Quer dizer entrar para o Exército?

— Qual o problema?

— Nenhum. Absolutamente nenhum problema. Eu sentiria sua falta, só isso. Sorte deles ter você.

— O que você acha que Kara diria?

— Ela diria… Ela diria que você deve fazer o que te deixa feliz, seja o que for. Vai fundo. Nunca desista. Ela estaria orgulhosa de você, sabe?

— E você?

— Se estou orgulhoso de você? Com certeza! Sinto orgulho desde que soube que você existia.

— Você ficaria orgulhoso de mim se eu entrasse para o Exército?

— Eva, eu sinto orgulho de *você*, não do seu trabalho ou do uniforme que você quer vestir. Eu sentirei esse orgulho sempre, não importa o que você faça. Agora, orgulhoso *de verdade* eu ficaria se você trabalhasse na loja de brinquedos com o seu pai.

— Acho que não é para mim, pai. Não acho que eu seria feliz confinada aqui o dia inteiro.

— Com brinquedos.

— Mesmo com brinquedos... É... estranho... Passamos por tanta coisa. Eu... Eu não sei se posso mais ser uma pessoa normal. Vou ao parque, sento em um banco, acho tudo bonito e calmo. Tão calmo. Olho as pessoas fazendo piquenique com seus filhos, e é legal, mas só consigo pensar em como seria divertido detonar aquele parque com Têmis. Alguns dias eu acordo me odiando por desejar que algo ruim aconteça. Eu gostaria de ter Têmis de volta, para dar um golpe com aquela espada gigante mais uma vez. Sou uma pessoa horrível por pensar assim?

— Eva, eu tive esse mesmo pensamento muitas vezes. Conheço a sensação. Pode acreditar. Levei dez anos para superar isso e parar de desejar o apocalipse. E, quer saber? Foi você quem me tirou dessa. Ter você por perto é algo que... Passei a vida inteira tentando descobrir quem eu era e o que queria. Então, você apareceu, essa coisinha brava que não escuta ninguém.

— Ei!

— Então, me dei conta de que era isso. Era isso que importava para mim. Não ligava mais para o que eu faria ou para o que iria acontecer comigo. Você é tudo o que importa, agora.

— ...

— Eva, preciso contar uma coisa a você.

— O que é?

— Quando Kara morreu, ela... O que foi? Você está bem?

— Eu ainda posso ver, pai. Kara, caindo de costas naquela nuvem branca. É... estranho. Eu mal me lembro de algumas coisas. Parece que aconteceram em outra vida, mas...

— Outras coisas parecem ter acontecido hoje de manhã... Não sei se você se lembra, mas o exército voltou à ONU alguns dias depois do ataque, para resgatar o corpo dela.

— Você queria que espalhássemos as cinzas. Nunca fizemos isso.

— De helicóptero, é verdade! Ainda podemos fazer. Encontraram as cinzas dela em um armário, com todas as nossas coisas. Aparentemente, catalogaram nossos pertences depois que desaparecemos da Terra e encaixotaram tudo. Chegou tudo hoje de manhã. Aqui.

— Minha… A marmotinha de Kara!

— Ah, é sua! Eu tinha me esquecido de como estava detonada.

— Obrigada!

— Tem mais. Kara estava com dois envelopes quando morreu. Em um deles, havia uma carta para mim.

— O que dizia?

— Ela… Quer saber? Não vou contar. É entre mim e ela. Mas foi essa carta que me convenceu a deixar você pilotar a Têmis. O segundo envelope era para você.

— O que tem dentro?

— Não sei.

— Você não leu?

— Não, achei que… É entre você e ela. Kara me pediu que entregasse a você quando chegasse a hora.

— O que isso significa?

— Ela disse que eu saberia.

— E soube?

— Pensando bem, soube, sim. Foi no seu aniversário de catorze ou quinze anos. Você estava discutindo com Rose. Olhei para você, e vi de repente. Bem ali, naquela hora. Bum! Você não era mais a minha garotinha. Agora, era essa… jovem mulher incrível, que eu mal conhecia. Eu estava com medo, emocionado. Você era tão… Era como se pudesse dominar o mundo. Naquele dia, pensei na carta. O problema é que ela estava dentro de um armário em Nova York, a milhões de quilômetros de distância, então…

— …

— O que foi, Eva?

— Não sei. Estou com medo de abrir.

— Por quê?

— Não sei! Só sei que estou!

— Bom, ela nem sequer conhecia você quando escreveu. Então acho que não tinha nada de ruim para dizer a seu respeito.

— Você é um idiota, pai. Quando Kara morreu, eu só a conhecia por dois dias. Eu não a conhecia *de verdade*. Mas tenho essa imagem dela, essa pessoa que construí na minha própria cabeça. Eu fui adicionando... detalhes com o passar dos anos, sempre que você falava dela, essas coisas, mas no fundo é isso que ela ainda é para mim: essa imagem que criei aos dez anos em alguns dias. Essa é a Kara, para mim. Essa é a minha mãe. Tenho medo que o conteúdo dessa carta, seja qual for, não corresponda a essa imagem. Tenho medo de perceber que estive errada esse tempo todo, que não a conhecia nem um pouco. Tenho medo de perdê-la mais uma vez.

— Só tem uma maneira de descobrir. Não acho que você vá perdê-la, Eva. Sua mãe era muitas coisas, mas não misteriosa. Era a pessoa mais honesta e transparente que já conheci, com exceção de você. Você via logo de cara o que ela era. Eu diria que essa imagem que você faz de Kara não pode estar muito distante da realidade, não. E sabe que estou aqui, não sabe? Sempre que quiser conversar sobre sua mãe. Você a conhece mais do que pensa, pode acreditar em mim, mas há um monte de histórias sobre ela que eu adoraria contar para você. Se quiser.

— Sim. Parece que vamos ter bastante tempo para conversar, de qualquer forma.

— Por que diz isso?

— Estamos abertos há quatro horas, e até agora não apareceu um cliente sequer.

— Não apareceu... Eu gosto assim.

— *Yokits...*

ARQUIVO Nº 1613

CARTA ESCRITA POR KARA RESNIK, CAPITÃ DO CDT, PARA EVA REYES MATERIAL ENCONTRADO COM O CORPO DA CAPITÃ

Local: Quartel-General do Corpo de Defesa da Terra, Nova York, estado de Nova York, EUA

Oi, Eva!

Eu pedi a Vincent que entregasse essa carta "quando Eva estivesse pronta", então não sei se você tem dez anos ou trinta. Espero que eu tenha partido há pelo menos um tempinho. Quero que esse seja um momento de alegria, não de tristeza. Sim, eu já terei partido quando você ler essa carta, mas estava bem viva quando a escrevi. Acho que nunca me senti tão viva. Eu encontrei você.

Estou em Cuba. O sol está quase se pondo. O dia todo foi incrivelmente quente e abafado, mas de um minuto para cá veio uma brisinha boa. Eu me sinto... Não sei exatamente o que estou sentindo agora. Estou com medo, tanto por você quanto por mim mesma. Ao mesmo tempo, estou animada, cheia de esperança. É uma mistura estranha de coisas boas e ruins, como a calmaria logo antes da tempestade. Estou olhando para você neste instante. É mentira. Estou olhando para a janela de onde você está presa. Mas sei que está ali dentro. Eu a vi hoje com eles. Tão pequenininha, perto daqueles homens. Deve estar morrendo de medo, mas tinha tanta força, tanto desafio nos seus olhos. Eu conheço aquele olhar.

Sinto falta do seu pai agora. Quero compartilhar isso com ele. Quero que ele veja o que estou vendo. Quero que ele veja você. Ele é o plano B. Se tudo der certo, você nunca lerá esta carta, e eu simplesmente vou levar você para casa. Espero que ainda exista uma casa nos esperando, mas uma coisa de cada vez. A Terra está sendo atacada por forças alienígenas, e há uma grande possibilidade de que todos nós estejamos mortos em breve. Semana difícil.

Eu deveria estar a bordo de Têmis neste momento, lutando, mas preferi procurar você. Eu estaria mentindo se dissesse que pensei bastante sobre o assunto e que, então, essa pareceu a escolha certa. Não foi uma escolha. Eu só... saí. Você não está sozinha, Eva. Só não sabe disso ainda. Vou mantê-la segura, e, se eu não puder, Vincent fará isso no meu lugar. Eu espero de verdade que seja eu. Prefiro não morrer, óbvio, mas também tenho um plano. Ninguém morre no meu plano. Se eu falhar, e se você acabar sendo encontrada pelo seu pai, acho que ele não vai se importar com quem sai vivo ou morto dessa. Ele vai pegar um facão e abrir caminho no meio de um exército inteiro, se for necessário.

Preciso avisar uma coisa, Eva. O seu pai é um verdadeiro pé no saco. É teimoso, não escuta ninguém. Acha que é mais esperto que todo mundo... Bom, geralmente ele é mesmo, mas essa não é a questão. O fato é que você é provavelmente mais madura do que ele jamais será. Claro, existe o outro lado disso tudo. Ele vai brincar com você não por querer agradá-la. Ele vai brincar porque adora brincar. O coração de Vincent é ainda maior que o ego, se é que isso é possível. Ele vai protegê-la mesmo quando você não precisar de proteção. Vai pular na frente de um trem por você. Sem pensar duas vezes. E fará isso porque morreria se algo acontecesse a você. Ele fará escolhas idiotas, eu garanto. Não vai levar muito tempo até que você se torne a adulta da família.

Preciso pedir um favor a você. Quero que tome conta dele por mim. Você é apenas uma criança, mas já vi você passar por tudo de pior nessa vida, e sei que é capaz de superar qualquer coisa. Ele, não. Não mais. Você precisa estar ao lado dele. Precisa protegê-lo do perigo, dele mesmo. Mais que qualquer outra coisa, você precisa viver. Você perdeu um dos pais. Perdeu três, se estiver lendo esta carta. Pode acreditar quando digo que Vincent não sobreviveria se perdesse uma filha.

Então, quando tiver a minha idade e, ainda assim, ele tratar você como se tivesse apenas dez anos, quando ele virar o mundo de cabeça para baixo para garantir que você esteja bem, quando ele fizer algo incrivelmente idiota por preocupação com você, deixe que ele faça isso. Continue sendo você mesma. Não se torne algo que não é, mas deixe que ele tenha esses momentos. Seja a filhinha do papai de vez em quando. Ele vai precisar disso. Nem imagina o quanto ele vai precisar de você. Ele tem esperado por você a vida inteira.

O sol está se pondo. Parece que você vai passar a noite aqui. Tem um barzinho do outro lado da rua. Acho que vou tomar um mojito, ver o pôr do sol, fechar o dia por aqui.

Até mais, Eva. Vejo você em breve.

Kara

EPÍLOGO

ARQUIVO Nº 2379

ENTREVISTA ENTRE A DRA. ROSE FRANKLIN E VINCENT COUTURE

Local: Restaurante Medici na 57th Street, Chicago, estado de Illinois, EUA

— Vincent! Como é bom ver você de novo! Quanto tempo faz? Um ano?

— Não pode ser.

— Deve ser, mesmo. Eva está com quantos anos?

— Vai fazer vinte e um em… Uau. Nem acredito que faz tanto tempo.

— E vocês estão bem? Como vai a loja de brinquedos?

— Tudo certo! Não ganhamos dinheiro algum, mas é bem divertido.

— Onde está Eva? Ainda trabalha com você? Na última conversa que tivemos, você me disse que ela estava trabalhando na loja.

— Pois é, e isso durou três meses inteiros.

— Nada mal.

— Eu sei! Tive que despedi-la.

— Despedir Eva? O que ela fez?

— Ficou, foi isso o que ela fez. Eu só queria passar um tempo com ela. Achei que Eva fosse embora depois de uma semana ou duas, mas ela foi ficando. Eu não podia fazer isso com ela por muito mais tempo. Era como assistir a um tigre andando para lá e para cá dentro de uma jaula. Ela era boa, no entanto, e vendia muito mais que eu.

— E onde ela está, agora?

— "Sweet home Alabama".

— O quê?

— Está em Fort Rucker. Academia de pilotos.

— Para o exército?

— Isso aí. Ela passou super-rápido pelo treinamento básico de combate, vai saber? Depois, por aquela coisa de escola de subtenente, e agora está fazendo treinamento no Apache. Achei que Eva fosse embora depois de uma semana ou duas, mas ela pegou o jeito.

— Rápido assim?

— Pois é. É rápido. Além disso, ela tinha boas cartas de recomendação.

— E como vocês vão continuar se vendo?

— Não tenho certeza. Vamos ver, quando ela for designada a algum posto. Talvez eu tenha que vender a loja. Eu tinha esperanças de que ela pilotasse um dos helicópteros canadenses, mas essas máquinas são bem mais divertidas do lado de cá da fronteira. Armas maiores. Ela *adora* brinquedos grandões.

— Que Deus nos ajude.

— Ela já recebeu uma proposta do CDT.

— Por que o CDT precisa de pilotos de helicóptero?

— Eles estão organizando uma… força de combate tradicional, desenvolvendo tecnologia nova. Coisas finas, experimentais.

— E quem está controlando isso? Não me diga que colocaram Alyssa no comando.

— Rá! Não, mas ela trabalha lá, sim.

— Eu… Quem está no comando?

— Você vai amar isso. Lembra a Katherine, da Rússia?

— Não! Sério?

— Pois é.

— Uau. Eles estão construindo armas.

— Bom, sim. Só para o caso de palavras mais duras não serem suficientes para impedir uma invasão alienígena.

— Eu não gosto nada disso, Vincent.

— Então vai gostar menos ainda do que vou dizer. Tem alguém aqui que gostaria de dar um oi para você… Pode vir!

— Sr. Burns!

[*Você parece surpresa, dra. Franklin!*]

Eu vi você. Vi você embarcar na nave Ekt e partir daqui. Você e todos os outros.

[*Eu parti. Considerando o "eu" que foi embora naquela nave, já parti há mais de um ano… Bom, acho que já estou morto há mais de um ano.*]

Mas…

[*Ah, dra. Franklin, fala sério! Eu disse que estava disposto a morrer. Não disse que eu era estúpido. Não podia assistir a milhares de pessoas, minha família, meus amigos mais próximos, eu mesmo!, simplesmente virarem pó sem motivo algum.*]

E como você…

[*Da mesma forma que trouxemos você de volta, é claro! Antes de partirmos, escaneamos cada um de nós com o dispositivo que usamos em você há… Quando foi isso, mesmo? Há dezenove anos! Uau! Estamos cada vez mais velhos. Nós escaneamos e armazenamos nossas informações. Aqui foi... inacreditavelmente chato. Você deveria ter visto a fila para usar a máquina! Pedi a um amigo nosso que nos trouxesse de volta depois, quando fosse seguro. Sua filha conheceu esse amigo, sr. Couture! Bom, acho que é seguro, agora!*]

— Esse amigo era... Como ele se chamava? Bob?

[*Isso, Bob! Ele mandou lembranças a Eva. Disse que... Deixa eu ver se consigo lembrar. Ah, sim! Artél'nyj gorshók gúshhe kipít. Alguma coisa assim.*]

O que isso significa?

[*Como eu vou saber? É russo.*]

Vou dizer a ela que ele mandou um oi.

[*Faça isso. É engraçado: por toda a minha vida, eu sempre quis visitar o planeta dos meus antepassados, e finalmente eu fiz isso! Mas não me lembro de nada, porque eu nem estava lá. Irônico, não?*]

— Não sei nem o que dizer. Eu não...

[*O que foi, dra. Franklin? Você não o quê? Sei que está feliz em me ver, mesmo com essa cara. É sério, você parece ter acabado de beber um copo inteiro de leite estragado.*]

— Acho que Rose está com medo de que os Ekt descubram que vocês ainda estão vivos e que resolvam voltar à Terra.

— Não, Vincent. Eles não vão voltar. O Conselho só precisava de algum tipo de vitória depois de tudo o que aconteceu. Acho que eles não dão a mínima para o que acontece ou deixa de acontecer aqui.

[*Esse é o espírito! E quem sabe? O universo não é um ambiente muito amigável. Um dia, vocês podem precisar de algum velho besta cheio de histórias para contar.*]

Tenho certeza de que vamos precisar, sr. Burns. Eu vou, pelo menos.

[*Falando em histórias, você nunca me contou da vez que caiu naquela mão gigante de metal.*]

Claro que contei! Você já sabe de tudo sobre essa história. Até me disse que tinha dedo seu nisso.

[*Não, não, não! Você me contou como conseguiu garantir que fosse a responsável pelas pesquisas com a mão quando ficasse mais velha, mas não fazemos ideia de como você caiu naquele buraco. Eu adoraria ouvir essa história.*]

Outra vez, quem sabe?

[*Você tem algo melhor para fazer agora? Não precisa nem dizer, eu já sei a resposta.*]

— Eu também nunca escutei essa história, Rose.

[*Viu? Todo mundo quer ouvi-la. Por favor!*]

— Tá bom… Era meu aniversário de onze anos. Eu tinha acabado de ganhar uma bicicleta nova do meu pai…

AGRADECIMENTOS

Acabou. Escrevi uma *yokits* de uma trilogia. Não sei bem que emoção vai sobrar no final. Por enquanto, estou feliz. Estou triste. Estou orgulhoso. Quero agradecer a Seth, meu agente, Will, Rebecca e a todos os outros na Gernert. Devo drinques a vocês, pelo resto da vida. Jon Cassir, da CAA. A meus editores, e olha que tive alguns. Mark: obrigado por dar um lar a esta história. Mike — que no momento passa seus dias perseguido por zumbis —, matar cem milhões de pessoas com você é muito divertido! Mua-ha-ha! Sarah! Você é incrível. Ainda estou espantado com seu trabalho aqui. Você entende. Entende de verdade. Espero que façamos isso de novo. Todo o pessoal da Del Rey, Alex, David, Emily, Erika, Keith, Scott, Tricia, amo vocês. Vocês são a minha família. À equipe de áudio inteira da PRH, o que vocês fizeram foi muito especial. Não podemos esquecer meus três editores britânicos — eu disse que não eram poucos. Alex, Emad e Jillian, obrigado por colocar aquele rosto nos céus do Reino Unido. Obrigado aos meus outros dezenove editores ao redor do mundo. Obrigado, Dave Kaiser, por me ajudar com o russo de Bob. Ele diz:

"*Bolshoe spasibo!*". A todos que trabalharam nesta série, de uma forma ou de outra, eu agradeço.

A Barbara, ex-presidente da Bot Bot: consegue acreditar que chegamos tão longe? Esta é aquela coisa que comecei a escrever no meu iPhone enquanto você estava lendo. Eu não estaria aqui sem você. Ao meu filho, Theodore. Você é a inspiração para tudo isso, então continue fazendo perguntas, muitas perguntas. E não se preocupe, vamos conseguir mais Têmis de brinquedo para você.

Aos "Temisófilos" — sim, é assim que eu chamo vocês, os mais incríveis leitores do universo —, um enorme obrigado. *Mucho, domo merci beaucoup! Eyesunt yesk!* Alguns de vocês já vieram perguntar se haverá mais Arquivos Têmis no futuro. Veremos. Estou trabalhando em algumas coisas, mas não fechei as portas àquele universo. O sr. Burns tem mais algumas histórias para contar, tenho certeza. Espero que ele guarde um pouco do frango Kung Pao para mim.

Então... E agora?

1ª EDIÇÃO [2020]

ESTA OBRA FOI COMPOSTA EM ADOBE GARAMOND PELA ABREU'S SYSTEM E IMPRESSA PELA UMLIVRO EM PROCESSO DE IMPRESSÃO SOB DEMANDA SOBRE PAPEL PÓLEN SOFT DA SUZANO S.A. PARA A EDITORA SCHWARCZ A PARTIR DE FEVEREIRO DE 2020

FSC
www.fsc.org
MISTO
Papel produzido a partir de fontes responsáveis
FSC® C128038

A marca FSC® é a garantia de que a madeira utilizada na fabricação do papel deste livro provém de florestas que foram gerenciadas de maneira ambientalmente correta, socialmente justa e economicamente viável, além de outras fontes de origem controlada.